羌人六
Qiangren Liu

羌人六，本名刘勇，1987 年 5 月生，四川平武人，中国作家协会会员，巴金文学院签约作家。获《人民文学》“紫金·人民文学之星”散文佳作奖、四川少数民族文学奖、滇池文学奖等。著有诗集《太阳神鸟》《羊图腾》，散文集《食鼠之家》《绿皮火车》，中短篇小说集《伊拉克的石头》。

1997，南瓜消失在风里

羌人六
Qiangren Liu
著

黄河出版传媒集团
阳 光 出 版 社

图书在版编目（CIP）数据

1997，南瓜消失在风里 / 羌人六著. -- 银川 : 阳光出版社，2021.8
（我们的时代 / 唐晴，谢瑞主编）
ISBN 978-7-5525-6069-5

Ⅰ. ①1… Ⅱ. ①羌… Ⅲ. ①中篇小说 – 小说集 – 中国 – 当代②短篇小说 – 小说集 – 中国 – 当代Ⅳ. ①I247.7

中国版本图书馆CIP数据核字(2021)第173968号

我们的时代　1997，南瓜消失在风里　　羌人六　著

责任编辑　杨　皎　陈建琼
封面设计　赵　倩
责任印制　岳建宁

黄河出版传媒集团
阳　光　出　版　社　出版发行

出 版 人　薛文斌
地　　址　宁夏银川市北京东路139号出版大厦（750001）
网　　址　http://www.ygchbs.com
网上书店　http://shop129132959.taobao.com
电子信箱　yangguangchubanshe@163.com
邮购电话　0951-5014139
经　　销　全国新华书店
印刷装订　山东新华印务有限公司
印刷委托书号　（宁）0021768

开　　本　880 mm × 1230 mm　1/32
印　　张　9.25
字　　数　200千字
版　　次　2021年8月第1版
印　　次　2021年9月第1次印刷
书　　号　ISBN 978-7-5525-6069-5
定　　价　48.00元

目 录

1997，南瓜消失在风里

1997年秋末的一天傍晚，太阳刚落山，白昼的身影只在对岸山顶的那一小块穹隆，留下一抹淡淡的鱼肚白亮光，晚霞涂抹得鸡冠一样的巍巍山巅，渐渐开始贫血、干枯，显露出本来的峥嵘、苍茫。山脚下，一条逼仄蜿蜒的河谷顺势而下。在这川西北的群山腹地，在这宁静偏远的河谷地带，盈盈暮色开始生长，静候夜晚降临。

一日将尽，倦鸟归巢，炊烟自河谷人家的烟囱缓缓升起，爬升的巨擘，很快让风吹歪了脖子，雾霭一般白茫茫地斜斜地盘旋在山腰。牛的叫声混合着狗吠，从很远的地方打架似的撵了过来，贴着男孩水生家石灰刷过的墙根，顺着那一遇下雨天便会爬满蜗牛和鼻涕虫的墙根，很快地，也被这个季节冰欠欠的凉风吹远了。

穿过梅镇的河叫喇叭河，远远看去，喇叭河鹅卵石密布的河床似一张蒙古族骑手的弯弓，又像一条游走在山脉缝隙的史前巨蟒。夏天，镇上的人们三五成群来到河里游泳、抓鱼、洗衣服、纳凉。在贫乏的年代，喇叭河的存在对大山里的人而言无疑是种难得的恩惠。

喇叭河水深流缓，适合鱼类繁衍，种类繁多，母猪鱼、肉鱼子、黄辣丁、磁巴子、草鱼……也有水蛇、水老鼠、娃娃鱼之类的“怪物”。晴朗的夜晚，河里常常传出婴孩般的哭泣，是娃娃鱼的恶作剧。1995 年夏天，水生幺爸用背篓在水边轻而易举捞起一条娃娃鱼，挨边二十斤，舍不得杀来吃肉，寻思卖给专门经营野味的餐馆得一笔浮财，夜里却做了一个奇奇怪怪的梦，梦见一个穿着绿肚兜的碎娃娃给自己磕头作揖。翌日清晨，水生幺爸不顾家人阻拦，将暂养在水缸里的娃娃鱼拿去河边放生了。

山中无雨的日子，喇叭河清澈见底，却也危机四伏，毕竟水大，家长们担心小孩儿背地里下水玩耍，于是编出许多关于水鬼的故事。家在河边，这方面的故事水生自然听过不少，当然，孩子们喜欢听些神神秘秘的事情，虽然能满足好奇心，有时也吓得睡不着觉。最让水生记忆犹新的，是外婆几年前跟他讲过的一段经历。

水生外婆懂阴阳之道，是镇里的“大仙”，有人病了，吃药久不见好，去找水生外婆化了一碗水拿回家喝了，几天就痊愈。于是，一些人背地里将水生外婆贬作“神婆”，说她搞封建迷信，但也有很多乡亲父老对她十分敬重，称她是“活菩萨”。

外婆向水生讲述的那段真实经历，早已深深刻在他的脑海。

“1987 年 5 月下旬，你出生那天傍晚，我在河边摘桑叶，心里像有预感似的，桑叶也不想摘了，我就背着半背篓桑叶，顺着河边急急忙忙往你们家走，想来看看你妈。天要黑了，风把河边茂密的芦苇秆子吹得哗啦啦响，走着走着我就看见前面有个人，和我一样也是不紧不慢地走着。我估摸没准儿是哪个熟人，就想快点撵上去打个招呼。然而，我甩开脚步走得快一点，前面那个人就像后脑勺有眼睛似的，也跟着快了起来；我慢下来，那个人也跟着慢下来。我当时心里很纳闷，觉得这个人真是奇怪呀，简直跟我的影子一样！眼见前面拐弯了，我决定追上前去看个究竟，没想到我真看清楚了。老天爷，这家伙完全不像是人，身子几乎玻璃似的透明，像是刚从水里爬出来，湿漉漉的，更恐怖的是，这个人居然没有脑袋，只有一个身子在走。我琢磨是遇到不干净的东西了，却顾不上多想，毕竟，看他的架势，是往你们家方向走的，我就大起胆子吼了几句让他‘滚远点’之类的话。距离不到十米远，拐过弯，就看到那个身影飞快地跑向河边，‘扑通’一声跳进水里，消失不见了。”

想必，是水鬼无疑了。据大人们说，水鬼喜欢在水下拉孩子的脚，拉下去小孩就没命了。水生年纪小，听了害怕，很长一段时间都不敢去河里游泳捉鱼。

“外婆，当时你不害怕？”水生问。

外婆回答：“说怕也怕，说不怕也不怕，鬼和人一样，有好坏之分，这世界上有许多人比鬼恶毒，比鬼还要可怕呢！所以，做人要善良，恶有恶报，好人好一辈子！”

水生似懂非懂，却记住了外婆的话。

水生家与喇叭河中间隔着一条坑坑洼洼的泥土公路，泥土公路蜿蜿蜒蜒通往镇上。

由鹅卵石砌成的青苔累累的堡坎上，有一排矮矮的破旧的青瓦房，便是水生家的院子。院子里不止水生一家人，水生家隔壁有祖母一家，祖母家的隔壁，还有伯父一家。水生的祖父姓刘，村里人历来把这个靠山临水的院子，喊作“刘家院子”。家门前，河水滔滔，昼夜不息，河风也是从早到晚不歇气地吹拂，春夏两季倒是惬意，秋冬却十分恼火，冷风削面，简直像是要把人的躯壳吹出一道道裂缝。毫无疑问，这样的风，脸上擦再多的宝宝霜也不管用。

一个冷冷清清的傍晚，水生正坐在父母分配给自己的这间小小卧室，趴在那张木质的旧书桌前认认真真写着家庭作业。有时，他觉得自己能够专心学习不仅是出于对知识的尊重，也是因为，在大山里，生活本身并无多少乐趣。

“娃，努力读书，给妈争口气！”这段时间，这样的话水生母亲至少说过不下百遍，通常情况下，都是那些讨债的人来了又两手空空愤怒离去之后，母亲抹着眼泪说的。这两年，父亲沉迷赌博，将家里输了个底朝天，输个底朝天不算，还欠下一屁股债。水生明白母亲的意思，家里穷得一无所有，唯有读书……书中自有黄金屋嘛！

水生懂事早，学习刻苦，每天放学回家，水生都要把自己关进卧室写作业，雷打不动。水生有个弟弟，叫虎牙。兄弟两人都在镇上中心小学读书，水生四年级，虎牙三年级。与水生比，虎牙要小十一个月。有那么几次，在熟人面前，说到自己和虎牙的年龄差，大人总是无可奈何般地挤出一丝蒙娜丽莎似的神秘微笑。水生不知道这些人为什么笑，他觉得有些不可思议，有些莫名其妙。年龄上，兄弟二人相差十一个月，在学习态度上，比起大哥水生，虎牙恐怕要差好几万里，虎牙比较贪玩，嘴也特别馋。虎牙有句口头禅："成绩能当饭吃吗？"他的语气透着一种哲学家的口吻。不过，虎牙只敢在水生面前这么表现，他也深知，世界上无论什么花都能开出很美的样子，唯独屁股开花，不好看。

太阳离开了，山的阴影从玻璃窗外，拥挤着爬进河谷边这间小小的青瓦房子，晃晃悠悠爬到水生眼皮底下。卧室逼仄，光线弱，课本上的那些大字，此时纷纷变得看不太清，而暮色一截一截生长着的窗外，还挺亮堂。水生的这间卧室上面，用木板搭了一层木楼，平时搁置些粮食、杂物，夜里则变成了老鼠们聚会的根据地，夜里，老鼠们总是在木楼上吱吱吱地跑过来，又吱吱吱地跑过去，仿佛黑夜的皮肤上飘动着一个个不断变化的线团。

做完家庭作业，水生把笔、卷笔刀、橡皮擦塞进文具盒，连同作业本、课本一股脑儿装进书包之后，走出了卧室。水生没有玩的心思，肚子早就饿得呱呱叫。因此，他决定钻进灶屋，看看母亲做饭没有。水生习惯吃母亲做的饭菜，无论吃母亲做的什么，都津津有味。母亲生下他的时候，仿佛把这种习惯也生下来了似的。背靠檐沟的灶屋一片昏暗，弥漫着一股浓郁的青草香，水生闻出来这是猪草的气味，母亲身上也有这种气味。每天，母亲都要出门割猪草，这气味已经跟她如影随形。

母亲表情愁苦，一声不吭地坐在矮板凳上大汗淋漓地剁着猪草。家里有头小猪，是母亲从外婆家要来的，外婆知道家里拮据，没收钱。前几天，地里收回家的粮食都被卖掉了，变成钞票，给父亲还了一笔赌债。没钱买饲料，只好用猪草代替。水生心疼、可怜圈里那头小猪，他恨恨地想，父亲真不该连小猪的“奶粉钱”也输掉！

抬头看了看水生，母亲没有说话，低下头继续剁猪草。冷锅冷灶，灶孔里，也没有柴火燃烧的动静。水生一声不吭，转身出了灶屋，来到院子里。

“哥，快来看！我又发现了一窝蚂蚁……”

虎牙的声音。水生假装没听见，径直走向院子边缘那棵老核桃树下的长板凳——杀猪凳，每年春节杀年猪会用到。刚从灶屋出来，水生心头很不舒服，冥冥之中，他有种预感，预感今年春节怕是吃不成年猪了，父亲欠了那么多钱，债主三天两头往家里跑，几乎踩破门槛。长远点看，小猪的命运似乎已经一目了然。

“知我者谓我心忧，不知我者谓我何求。”

这句话是教语文的唐老师最爱说的。现在，水生想起这句话，忧愁不已，很快，忧愁转化成一股愤懑，对虎牙的愤懑，家里目前的处境可想而知，弟弟虎牙却像个没有灵魂的局外人，对糟糕的家庭境况无动于衷，真是冷血动物啊！

水生像树桩一样，枯坐在家门前泥巴院子的老核桃树下，望着暮色里的喇叭河发呆。秋天深了，秋天把大地变得锈迹斑斑，树没了叶子，草没了衣裳，河谷呈现出一片惨淡迷茫的灰色。一只乌鸦哀鸣着，在河面上飞来飞去。乌鸦是不详鸟，声音也难听。镇上有人死去前后，乌鸦总是会这样哀鸣，那架势就像一位真正的孝子。

这时候，母亲忽然从灶屋走了出来，对兄弟俩说：“谁去你姨妈那里买袋米回来？米缸没米了。”

水生和虎牙互相看了看，都没吱声。

水生看见，母亲说过的话一个字一个字地从虎牙的左边耳朵进去，又一个字一个字地从虎牙的右边耳朵出来了。虎牙也看见，母亲说过的话一个字一个字地从水生左边耳朵进去，又一个字一个字地从水生右边耳朵出来了。

见两个儿子都不说话，水生母亲只好下命令了：“虎牙，你去吧。”说完，她又补充道：“给你姨妈说，我逢集就给她钱，账先赊着，说话算数！”

姨妈是母亲的三妹妹，在镇上小学对面开了家超市，生意兴隆。在水生和虎牙眼中，姨妈素来特别亲。尤其是虎牙，每次在学校里，看着班上的同学吃零食忍不住要流口水的时候，他总是想起姨妈，还会指着小学对面的超市，告诉大家："你们知道吗？那是我姨妈开的，里边的零食我可以随便吃。"其实，只有去年，虎牙在姨妈家的店里吃过一袋快要过期的方便面。

"我不去，每次赊米都喊我，我好欺负似的，咋不喊大哥呢？！你们年龄大的要疼惜面子，我年纪小，就不知道疼惜我的面子了吗？我学习差，是因为不想把脑袋只用在这件不能当饭吃的事上，可你们真拿我当傻瓜，当猴儿耍。"

虎牙气鼓鼓地说完，便蹲在地上，看他的蚂蚁去了，他花了不少工夫给蚂蚁找了小毛毛虫，现在，那毛毛虫身上全是忙忙碌碌的蚂蚁了。其实，虎牙本来是要去的，到镇上也不远，加上自己又是飞毛腿，跑得快，十分钟就到了，虎牙更期待的是，如果幸运，没准能再次得到一袋哪怕是快要过期的方便面呢。可听母亲又说要赊账，虎牙不干了，坚决地回绝了母亲。

"水生，那你去？"母亲不好勉强，就商量似的问水生。

水生："家里难道一分钱都没有了吗？"

母亲摇摇头，用很愁的样子说："都叫那个败家子输得光光的了，要是拿得出钱，叫你上街赊米做啥？赊账又不是啥光荣的事！"

"我只是不知道咋开口，开不了口。"水生自言自语，脸已经红到脖子根。

“你姨妈可是我的亲妹妹，你的亲姨呢！怕啥？”

“我……”

“我把你们生出来，为家里做点事都这么恼火？你们吃我的喝我的，还要让我累死给你们看吗？”母亲的声音已经有些哽咽。

水生学习好，也懂事，就是自尊心强。自尊心强了，人脸皮就薄，水生脸皮薄。平日，家里让干再苦再累的活，水生都不会吭一声的，可是，遇到赊米这样的事，水生心里就特别的别扭，特别的不舒服，也特别的害怕。家里日子本来还算好过，父亲几番折腾，现在穷得叮当响，穷得连吃米都要靠赊账。水生不敢埋怨父亲，这个人也实在可怜，香港回归那天晚上，在镇上赌了三天三夜的父亲终于回到家里。回到家后父亲立马就在堂屋里给母亲跪下了，父亲道歉似的跟母亲说，你的老刘今天回归了，在此，我向你保证，今后再也不赌啦，再赌就是乌龟王八！那天晚上，为了显示浪子回头的决心和态度，父亲甚至忽然冲向灶屋，拿起菜刀将自己一只手摁在菜板上就是咚咚咚的一阵猛砍！灶屋很快传来父亲万分痛苦的呻吟，母子三人都以为这个赌鬼真做了傻事，吓得哭了起来，尤其是母亲，哭得格外伤心。“刘金成，你的脑袋让驴踢了吗？你输钱我们不怪你，欠一屁股债也不怪你，让你走到今天的是你的贪心，关你手什么事呢？你剁你的手干什么？”母亲号啕着，赶快跑到她的男人面前，去看男人故意捂在裤裆下面的手。时至今日，水生依然清楚记得那个难忘的夜晚，父亲为了戒赌，竟然狠心剁了自己还要参加劳动的手！父亲这是想当甩手掌柜啊！那一刻，屋子里静悄悄的，只有父亲痛苦的呻吟，在空气里摇来晃去；那一刻，母子三人的心仿佛是三枚拧紧的螺丝，全都关心起一个人的手，就像白天里的一整天，人人都在关心着香港回归的事。比起父亲的手，父亲将家里最后的几百块钱偷偷拿走并且输掉这样的事瞬间变得不值一提，香港回归祖国怀抱的那个夜晚，事实证明，父亲并没有真的挥刀自残，父亲只是以一幕精彩的苦肉计演出赢得了母亲的谅解，当母子三人为他的手而哭泣的时候，他又魔法般地把自己尚未骨肉分离的手完美无缺地展示出来，在这个四口之家成功营造出一种悲喜交加的气氛。这天以后，水生父亲果然说到做到了，真的不赌了，毕竟，就是把家里的房子翻过来也倒不出一分钱来。眼下，为了躲债，也为了给家里挣些零花钱，落魄的水生父亲只好天天早出晚归，跟几个村里人走很远的路，去山上的老林里砍树，然后锯成菜板，在公路边摆摊卖钱——不得不说，这是他在那次表演时意外收获的灵感。

给水生父亲借过钱的那些人几乎天天登门讨债，从夏天讨到了秋天。今天，似乎倒是有些例外，家里没有人来。现在，母亲让水生上街赊米，赌博真是后患无穷啊……

去还是不去呢？水生有些犹豫。同时，他又感到自己压根没有别的选择，因为母亲已经哭了，母亲哭得很伤心，仿佛是要把这个家的一切贫穷、困难和委屈，全都哭出来似的。母亲一哭，水生的心就软了。

水生答应母亲立刻到街上姨妈那里赊米。

“去吧，又不死人。”在心里打起退堂鼓之前，水生安慰自己。再说，火烧眉毛，眼下能有什么事比饱餐一顿要紧？水生觉得，最近家里的日子越来越恼火了，这主要体现在几天来越来越简陋的饭菜。一般的家庭，米饭、挂面可能是主食，可是在水生家，水生母亲天天做的是金裹银，大米搭着玉米面一起做出来的金裹银，据说是父母那辈人年轻时吃的家常便饭，马上都要 21 世纪了，并且，水生母亲做的金裹银，玉米面的分量远远大于米的分量，这样的金裹银虽是粗粮，加一点泡菜或者豆腐眼（民间食品，辛辣有味，下饭，容易保存），也能咽下，也能管饱。好在，饮食方面，水生和虎牙倒是不挑剔，也没得挑剔，母亲做什么他们吃什么。家里没米，而且还要自己立马上街去姨妈家赊米，水生心里五味杂陈。不过，他现在也顾不得面子，便默不作声地朝街上走去。

“姨妈，我妈让我来买米的。”

走到姨妈家超市，水生脸已经憋得通红，很久，才憋出这句话。

胖乎乎的姨妈笑眯眯地问：“水生，买贵点的还是便宜点儿的？”

水生紧张了一下，说：“你姐说的赊账，逢集就给，说话算数！”

听到“赊账”，水生姨妈的脸一下乌云笼罩，很不高兴，她想了想，问：“怎么又要赊账？上次虎牙来赊米的钱还没有给，今天你咋又来了？”

姨妈的话里，水生像是来讨饭似的。

这个问题，水生真是回答不上来，他木头一般，愣在那里。过了好一会儿，水生才壮着胆子，语气几乎像在哀求：“姨妈，我妈说了的，逢集给你，你就先给她赊着吧。”

姨妈说：“说的好像是你在给你妈帮忙似的。”

水生没反应过来，脱口而出：“嗯……”

姨妈一副六亲不认的架势，跟水生说：“你妈要赊米，就让她自己来！我这儿的米不是随便赊的！”

姨妈分明是在故意为难。水生没想到，母亲的妹妹会这样说话，好歹是一个妈生的，连这样的忙都不肯帮，如果不是家里拮据，谁愿意赊账！芝麻大点事！水生这时候才意识到，母亲还是把事情想得过于简单。

水生急得眼泪都要下来了，说：“姨妈，我来都来了，你就方便一下……”

姨妈却斩钉截铁地说：“回去告诉你妈，让她自己来赊米！”

姨妈如此不近人情，水生心头不由得涌起一丝恨意，他决定再争取一下，否则，路就白跑了：“姨妈，帮帮忙……”

实际上，水生已经不知该说什么了。

姨妈肯定地说：“我懒得跟你废话……”转身，姨妈去给客人拿东西去了。

水生转身走出姨妈的超市，两手空空地离去。

回家路上，水生走得飞快，眼泪断线珠子一般哗哗地流着，没有声音地流着，泥土公路上除了葡萄串似的脚印，也留下了一个个明亮的伤心水坑。

回到家，天差不多黑了，山间隐隐挂出一轮明月，此时，水生的父亲还没有回家。

走到已经生火烧水准备做饭的母亲面前，水生终于忍不住号啕大哭。

“水生，咋啦？”

母亲从未见水生这样哭，着急地问。

哭了半天，水生停下来，望着灶孔里噼啪作响的柴火，神情呆滞。

母亲问：“水生，你咋哭着回来了，跟谁打架遭欺负啦？！米呢？”

“米在你妹妹超市里。”水生老老实实地回答，“我哭着回来，你为什么不去问你妹妹？！今后，就算饿死，我也不去姨妈那里赊米啦！”

母亲说：“到底咋回事呢？你别半截半截地说话。”

水生委屈地交代："姨妈死活不愿赊米给我，她说，要赊米，得你亲自去！"

水生母亲听到这里，大概明白了事情的原委，她一声不吭，仿佛是在默默消化刚刚咽进肚里的食物或者耻辱，她慢慢把手伸进灶孔，将熊熊燃烧的柴火退了出来，搁在灶孔下面的灰堆里弄熄了，锅里烧得滚滚的热水，也渐渐平静下来。家里没有可以勉强充饥的食物，巧妇难为无米之炊。看来，今天只好让两个孩子挨饿了，水生母亲心疼水生和虎牙，对自己的饥饿却是一种遗忘状态。

"娃，努力读书，给妈争口气！"

良久，母亲跟水生和虎牙兄弟俩说。

水生父亲背着一截半人高的木头回到家里，已是半夜，水生和虎牙早在各自屋子睡下。水生母亲不舍得开灯，便点了一支蜡烛，在微光下用砂纸打磨那些锯好的菜板，准备天亮到镇上的转盘路摆摊，那里是镇上的临时停车点，来往人多，运气好，能卖出去。菜板是目前家里唯一可以拿来换些零花钱的东西了。她暗暗祈祷，希望明天遇见好心主顾，没准儿能多卖些钱。

这天早上，太阳刚从屋后山上的松树林里面探出脑袋，水生母亲就背着五个菜板出门去转盘路摆摊了。"家里没粮，你今天就别上山了，在家好好休息一天。"出门前，她跟水生父亲说。每天，水生父亲上山都要带上干粮，来回二三十里山路，早出晚归，回来还得背上一截沉甸甸的木头，没有干粮就等于是没有力气，怎么行？水生父亲却铁打的金刚一般，摇摇脑袋，莫名其妙地说：“世界上啥都有，独独没有后悔药！”说完，背着背篓出门上山了。

父母出了门。水生从床上爬了起来，被扇不走的苍蝇似的饥饿折磨了整整一夜，现在，他已经饿得头晕眼花，浑身无力，走路都成问题。

水生跟虎牙说：“你想不想吃东西？”

虎牙惨兮兮地回答：“废话，这是我脑袋里唯一住着的念头。”

水生：“我也是。”

虎牙：“感觉我就像昨天逮住的那只毛毛虫被疯狂的蚂蚁全部包围起来，你明白这种感觉吗，水生？饥饿层层包围了我，而我就像一颗水果糖或者一块点心，无处可去地凝结在饥饿的中心，坐以待毙。”

水生：“我们可以去地里转转，没准儿能够找些吃的，无论怎样，都比饿着肚子想饱肚子强！”

虎牙刚才还以为大哥水生已经胸有成竹，能让空荡荡的肚皮渡过一劫呢，没想却是这么个脚拇指都能想到的主意，便失望地说：“这个季节地里有什么？除了表情枯黄的小草，除了叽叽喳喳的小鸟，除了蛐蛐忧伤的喊叫。有啥？屁都没有！”

水生想了想，经验丰富地说：“没准儿能找些核桃吃，你懂我的意思，每年，地里的那些粮食能收拾干净，而树上的核桃是永远打不干净的，我是说，总会有些漏网之鱼，现在是秋天，树上的叶子已经掉光了，这些漏网之鱼便会在风里逐一现形，我们不费吹灰之力就可以弄来，就当是吃零食，塞塞牙缝总比饿着肚子好吧！”

虎牙想了想，说：“哥，你说得就像1加1等于2那样。”

水生问：“啥意思？”

虎牙笑着说：“我的意思是你说得完全正确。”

水生恍然大悟，就和虎牙急急忙忙把门锁好，准备去地里吃核桃。兄弟两人屁股刚面朝屋门，一个瘦瘦小小的人形，怎么说呢，就像一脚踩在积水上面溅起的水花似的，往旁边深深地挪了一下，伸得长长的脖子也一点一点缩回到肩膀附近，毫无疑问，如果不是眼下忽然出现的兄弟俩，她的脖子恐怕早已伸到他们静悄悄的家里去了。刚才，兄弟俩一心想着吃，想着树上的核桃，没有发现在家门前空气里突然多出来的这么一个鬼鬼祟祟的人形。

晃动的人形让兄弟俩吃了一惊。

人形似乎也吃了一惊，她没料到静悄悄的门后会突然钻出两个人来，吓了一跳，拍着胸口说：“哟，我以为这家屋头没人呢！”说完，人形才发现自己说漏了嘴，赶忙捂住嘴，生怕再说出内心的秘密。自然，这个人形不是外人，而是水生和虎牙的伯娘，父母口中的“大嫂”。伯娘就是大伯的女人，堂哥多多的母亲，名字叫挪挪，村里人背地里给她取了个绰号——

三只手。当然，挪挪并不是真的拥有三只手，而是说，挪挪注定是个不平凡的山村妇女，她拥有多数村妇普遍稀缺的能力，将别人家的东西转为己有的能力，并且，之于她，这种能力远非龌龊耻辱的偷盗行为，而是积善，是基于与生俱来的悲悯情怀。比如，去年水生家接连莫名其妙失踪的四只大公鸡，挂在房梁上的三块老腊肉、十多节香肠的消失，都是挪挪背后默默的功劳。四只大公鸡早晚会死，一想到水生父亲迟早会拿菜刀在它们脖子上一抹，并且，在它们死后，还会用滚烫的开水在尸体上大做文章，挪挪就心痛万分，对于人类的残忍怒火攻心，在她看来，公鸡们活着真是太痛苦，长痛不如短痛，挪挪便只好在背地里委屈自己，把自己变成罪人，暗地里解决了它们将来也会遭遇的所有痛苦；至于那些腊肉、香肠，是因为挪挪担心它们搁得太久而发霉发臭。这些年，挪挪就是这样默默为村里做了不少好事，让很多别人家的财物妥善地消失在风里。“某某消失在风里啦”，遇到类似的情况，村里人总是这样说，也不敢故意刁难挪挪。总之，在村里，在刘家院子，除了主人家碰巧穿在身上的衣服、裤子之类的东西不会被挪挪“消失在风里”之外，其余身外之物都是有可能被她顺手牵羊的。刚才，挪挪之所以把脖子伸得老长，长得就差点儿伸进水生家里，也是出于助人为乐，她见水生父母大清早便出门去了，一想到这个家里有那么多从山里背回的菜板无人看管，一种善良助人的天性立刻驱使她来到这个家的门前，当然，她知道这个穷得叮当响的家庭其实几乎没有任何富余的东西来回报自己的帮助，不过，她还是愉快地单方面决定趁机拿一块菜板来弥补自己因此损耗的时间，好在，家里那块满是裂缝的菜板也确实早该换掉了。

兄弟俩还在为面前鬼鬼祟祟的人形吃惊的功夫，挪挪已然镇定下来，她故作关心地问：“水生、虎牙，我亲爱的侄儿们，你们急急忙忙的，这是要去哪？”

虎牙如实说：“出门找吃的，伯娘，我们还没吃饭呢！”

水生的眼睛射出几把刀子，剜了几眼虎牙。

挪挪呵呵笑了一阵，又问：“人是铁饭是钢，你们为啥不吃饭？”

虎牙说：“傻瓜才愿意饿肚子！只是家里没米啦！”

听到这样的回答，挪挪心头忍不住快活起来，毕竟，属于她这般底层妇女的快乐不多，在她的人生观里，羡慕那些日子过得好的人家完全是一大错误和悲剧，相反，看着旁人家的日子走下坡路倒不失为一种乐趣。几年前，挪挪家里的日子可比他们差远了，嘻嘻，看看现在，真是老天有眼啊。“活你们的该！”挪挪心里说。想完，挪挪脑袋里就忽然跳出一个几乎八竿子打不着的人来，不是别人，正是水生和虎牙的外婆。村里，除了那个装神弄鬼的老婆子，还有谁比自己本事厉害？挪挪很瞧不起水生和虎牙的外婆，尤其让她看不惯、想不通的是，听说，有一打一打的傻瓜似的山里人总是给那个老巫婆送这送那的，而自己却要大费脑筋呢！挪挪百思不得其解，此刻，一股无名的妒火便忽然在她心底熊熊地燃烧起来。

挪挪想到这里，便意味深长地问："你们怎么不去外婆家找吃的啊？听说，你们外婆可是富得流油啊！"

水生怕愣头愣脑的虎牙继续自曝家丑，让伯娘看笑话，便有意插话："伯娘，你咋知道我外婆富得流油？"

挪挪话里藏针地说："我听说啊，别人给你外婆送的肉啊、烟啊、酒啊什么的，一辈子都吃不完！还听说，你外婆总把吃不完的东西挖了坑坑往地下埋呢！"

死人才往地下埋东西陪葬呢，伯娘的话，明明是故意在咒人，胡说八道！水生听出明显的弦外之音，既愤怒又无能为力，毕竟，眼前的人可不是省油的灯啊！水生便说："我外婆不是那样的人……"水生说完，忽然想起外婆的话，"这世界上有许多人比鬼恶毒，比鬼还要可怕！"

"水生，虎牙！"

这时，兄弟俩忽然听到母亲的声音从院子下面的堡坎上传来，便再不搭理伯娘，一阵风似的朝母亲声音的方向跑去。

眨眼，挪挪肥皂泡泡似的，在空气里消失了。

水生母亲汗津津地回家来了。天无绝人之路，水生母亲今天特别走运，背出门的菜板被一个老板派头的中年男子全部买下，带进城里去了。五个菜板，六块钱一个，卖了三十块钱，水生母亲很高兴，高兴自己这么快就把菜板卖出去，也略略有些遗憾，遗憾自己没有多带些菜板。不仅如此，水生母亲还有意外收获，回家的路上，水生母亲忽然很想方便一下，她就顺着公路边的水沟钻了进去，水沟的一边是野地，另一边则是庄稼地，地里的粮食早收光了，只剩下几堆玉米秆整整齐齐搁在路边，见四下无人，水生母亲便急急忙忙蹲了下去。起身片刻后，水生母亲有了意外发现，在其中一堆玉米秆后面，她隐隐约约看见了一根绿色的南瓜藤，目光顺着那藤蜿蜿蜒蜒走了没几步，一个金黄色的大南瓜如同天上掉下馅饼似的，瞬间掉进她的眼眶里！水生母亲怕看错，揉了揉眼睛，再去看那根拇指粗细的南瓜藤，简直就像一位可爱的母亲，勇敢地庇护着自己的孩子……

“天上掉馅饼啦！”

水生母亲在脑海早已将眼下这个大南瓜，翻译成了香飘飘的美食。夏天的南瓜还没有熟透，可以切了炒南瓜丝，味道香飘飘，特别下饭。秋天了，大地老了，南瓜也老了，这样的南瓜适合切成块，搁在锅里做南瓜饭，或者直接蒸了吃，特别甜，也不腻人。想着两个饿着肚子的儿子，水生母亲毫不犹豫地走了过去。山里的蔬菜已经很少，这个节骨眼儿上，发现这样一个美美的大南瓜，简直不亚于获得上苍赐予的一份珍贵礼物！

水生母亲将南瓜装在背篓里，上面盖了些水麻叶，带回了家。

“肚子饿坏了吧。”水生母亲怜爱地望着水生和虎牙说道。然后，她神神秘秘地给兄弟俩指了指背篓里的意外收获。见母亲背篓里婴儿一样胖乎乎的南瓜，水生和虎牙开心得跳起来，肚子里呱呱呱叫着的兄弟俩仿佛瞬间真的变成了青蛙。

当然，这一幕没有躲过挪挪的眼睛，她在背地里把一切都看得清清楚楚，嘴上忍不住骂了起来：“准是偷别人家的，不要脸！”

回到家，水生母亲掏出十块钱让虎牙上街到姨妈那里买米。“五块钱买米，五块钱给上次买的米。”水生母亲嘱咐道。

虎牙问：“上次的欠账不给行吗？我想给水生买糖吃！”

水生母亲哭笑不得，说：“虎牙，是你自己想吃吧！糖虽然好吃，但钱也不能乱花，去吧。”

水生负责生火，母亲则把南瓜切成几块，去皮，搁在面盆里用清水洗了又洗，毕竟是老南瓜，熟得透，肉多瓤也多，水生一边生火，一边将瓤里的南瓜子喂小鸡似的塞进嘴里，甜滋滋的味道便在胃里长驱直入，沁人心脾。冷清清的灶屋，因为有了火，有了锅碗瓢盆的声音，更因为有爱，变得温暖起来。

“妈给你们做香喷喷的南瓜饭！”水生母亲说，眼下，让两个孩子填饱肚子，是她唯一操心的事。家家有本难念的经，日子这么苦，这么艰难，水生母亲无人倾诉，也不在乎，她在乎的是这个家，更在乎两个孩子，毕竟，他们还远远够不上自食其力的年纪。眼下家里的景况，一般人估计都承受不了，丈夫打牌背了那么多债，多少年才能还清，才能熬到头？有那么几次，水生母亲为自己做好了打算，在街上用五毛钱偷偷买过老鼠药，在房梁上给自己的脖子套过棕绳，最终还是放心不下水生、虎牙，放弃了。

虎牙很快抱着一袋米回来了。

虎牙说："妈，多淘点米，我要吃三碗！"

水生说："我也吃三碗！"

母亲说："去把门关了，万一……"

水生心领神会，走进堂屋外面，将大门锁了，又从后门回到灶屋，将门关了。母子三人高兴起来，仿佛生活的风风雨雨全都被关在了外面。

米淘好了。镇底子在灰口铁锅放端正，摆好南瓜，将已经半生熟的米均匀地覆在上面，再盖上锅盖。水生母亲几乎是一气呵成。南瓜饭已经近在眼前，灶屋里洋溢着一股过节似的气氛。

虎牙望着灶孔里的火苗，问："妈，南瓜哪里来的？"

"回来路上地里捡的。"

虎牙笑着："嘿，其实就算偷的也无所谓！"

母亲："你瞎说啥，咱们家穷，但要穷得有志气，决不能偷！"说完，她又细细忆起邂逅这个南瓜那会儿的点滴，南瓜，确实是别人家地里发现的。她心想，这肯定不算偷吧，在这群山环抱的穷山沟里，南瓜压根不值钱，甚至算不得一道菜。想到这里，她松了口气，毕竟，自己也不是那种贪图小便宜的人，只是家里的日子太难了！

开饭了。水生母亲刚拿锅铲往瓷碗里添好一碗南瓜饭，这时候，堂屋却突然响起“砰砰砰”的敲门声。

“琴，快开门呀！快开门呀！快开门！”

一个苍老的声音踩着空气，穿过堂屋，快速走来。

“真烦！谁啊？！早不来晚不来，偏偏这个时候，破坏心情！”虎牙嘀咕。

水生听了虎牙的话，莫名地想笑，他心想：“吃饭要啥心情？现在，就是倒立着吃饭，我也能吃进肚里哩。”

兄弟俩看着母亲迈着小碎步走向堂屋，在门缝里侦查员似的朝屋外看。水生母亲看清了，悬着的心放下了，幸好，来人不是跟家里要债的。

门口来的，是个想不到的人，村里杀猪匠刘玉高的母亲黄秀群。黄秀群今年已经八十高龄，住在村上的皂荚树院子，是村里出了名的勤劳妇女楷模。村里一些人即便活到这个岁数，也没多大眼火，老老实实待在家里颐养天年了，黄秀群的身子骨却十分硬朗，照样下地劳动。几年前，县文化馆几个干部模样的人来村里采集民间故事和歌谣，路上碰见背着一百多斤干柴回家的黄秀群。一个负责摄影工作的同志忍不住走到她面前想要寒暄几句，老人家，你多大岁数了？七十好几了，黄秀群回答。老人家，你身体好哟，居然能干这么重的活！好啥好哦，我这两年跳高都跳不到好高了！黄秀群故意打趣，逗得几个文化馆的干部哈哈笑。

水生母亲姓黄，黄秀群算是婆婆辈的，论血统，老人跟刘家也是沾亲带故，出于对高龄长辈的敬仰，村里许多人便不按辈分称呼黄秀群，而是叫她“老祖宗”。至于水生和虎牙，则要称她为“祖婆”。水生母亲最近一次见到黄秀群，还是清明前后，路上匆匆照过面。杀猪匠刘玉高因病去世十多年了，子女也早已成家住在城里，这些年，老人一直和儿媳董玉芳相依为命。近来，村里一直在风传黄秀群精神失常的事。

水生母亲跟屋外的黄秀群说：“秀群婆婆，堂屋锁了，你从后门进来！”

家里来人，水生和虎牙都有些不高兴，手里紧紧握着筷子，却也不急着吃饭了。

黄秀群从后门进来，却吓了水生母亲一跳，水生母亲没想到，这才几个月时间，眼前这个老祖宗像换了个人似的，老得面目全非，白发苍苍，枯瘦如柴，记得元旦那会儿，老人还挺精神，面色红润，头发墨汁一般黑。

水生母亲一下愣了，忘了说话，心头隐隐作痛，老人的样子太可怜啦！

黄秀群刚进灶屋，便老鼠似的用鼻子在空气里夸张地闻来闻去，然后，她用气若游丝般的哭腔说道：“我好心的闺女，给老婆子弄口饭吃吧！我快饿死了！”

“啊，你没吃饭呐，好，我这就给你舀一碗！”水生母亲没有丝毫犹豫，看得出来，这秀群婆婆压根就不疯，肯定是饿坏了！此时，刚舀好的一碗饭还原封不动，水生母亲便顺手拿了筷子，将碗一起递给老人。水生母亲不慌不忙，毕竟，南瓜饭还有满满一筲箕。

老人接过碗筷，都来不及坐下，便狼吞虎咽起来。

等到一碗饭吃完，水生母亲才想起应该叫老人家坐下慢慢吃的。

“还要吗？”

“再来一碗！”

吃第二碗饭的时候，老人终于坐下了。

“还要吗？”

“再来一碗！”

吃到第五碗的时候，老人似乎才恢复了一些力气，她放慢速度，还自言自语似的说：“真把老娘饿坏啦！”

水生和虎牙一直在旁边当观众，似乎忘记了饥饿，不是因为眼前的老人像电视剧《聊斋》里的老妖婆，而是因为她的吃相实在太吓人了！兄弟俩四目相对，心领神会，便各自偷偷地笑了起来。样子像是要赶着投胎呢！

老人吃到第九碗的时候，筲箕里的南瓜饭也只剩下十分之一。这时候，水生和虎牙才终于意识到了点什么，心痛得眼泪都要下来了。

“还要吗？”水生母亲的声音里夹着担心。

“再来一碗。”老人说完，打了一个响亮的饱嗝儿，有些惭愧地表示：“闺女，放心，我不会亏待这顿饭的！”

当老人开始细嚼慢咽地享受第十碗南瓜饭的时候，筲箕里已经空了，水生和虎牙气鼓鼓地转身回卧室流眼泪去了。

“闺女，谢了啊！谢谢你，也谢谢挪挪，要是她不透露情报，估计我这辈子也没口福吃到如此美味的南瓜饭呢。”将第十碗南瓜饭的最后几粒米塞进嘴里，老人终于心满意足，脸上塌陷般的皮肤有了血色。

“玉芳妹子不照顾你？”水生母亲眼神惆怅地望着空荡荡的筲箕询问。是的，母亲的询问里既暗含着一种关心和怜悯，也携带着一丝丝不满和内疚，孩子们还饿着肚子呐，可南瓜已经消失在风里啦！

“闺女，你不知道啊，她就是想把我这个臭老婆子整死呢，跟左邻右舍的人说我疯疯癫癫，天天把我锁在房子里，我门都出不来！今天，我好不容易跑出来的……”黄秀群说着，老泪纵横。

老人的话，瞬间又将水生母亲心里的那些不快填平了，如果真有这样的事，可真是大逆不道啊！她觉得无言以对。

“吃饱啦，也吃好啦。闺女，我要走啦！”

黄秀群说着，风一般神神秘秘地从灶屋走到堂屋，绕了一圈，然后这才从后门慢悠悠地出去了。

“闺女，再见啦，祝你们好运！”

这是水生母亲听见老人说的最后一句话。等她追出门想要说几句什么话的时候，却连影子都没看见。

下午，水生母亲在家里捡到一只金手镯，足有二两重，想到这个家除了债主和黄秀群，再无人来，她百感交集。直到这时，她才隐约想起早早听说过的一件事，老祖宗黄秀群原本是地主家的女儿，曾经富甲一方。

傍晚，冷清的河谷狂风肆掠，鸦声震动群山，有眼尖的人在村前喇叭河上发现一具浮尸，身形如柳叶般轻飘细软，脑袋火柴似的朝灰色的天空仰起，最显眼的是腹部，鼓鼓胀胀，充气一般，大得仿佛能撑船——枯瘦的躯壳贴着冰冷的河水滑行——她远远贴着岸，顺着河心急急忙忙一直往下游漂去……

夜里，下雪了，纷纷扬扬的雪从天上千军万马似的爬下来，覆盖着、笼罩着大山的角角落落，村庄、河谷、庄稼……1997年秋天这个深夜，大山同时也被一个已然匆匆消失的南瓜留下的香气覆盖着、笼罩着，仿佛一个弱不禁风的魂灵，遥遥坐在一声叹息里，又好比迷茫忧伤的艰难岁月，昂首阔步地来到生活中间，在苦涩又坚韧的生命和生命周围盘旋，百般的压榨、磨损、锤炼，久久不散。

棕色绳

这几张脸在人群中幻景般闪现

湿漉漉的黑树枝上花瓣数点

——（美国）埃兹拉·庞德

时间在圆形挂钟里的脚步声淹没了整个堂屋。

堂屋像苍老的祖父，表情孤寂黯淡，简陋的家具上面，覆满了岁月的烟尘，香火熏得黑乎乎的神龛上，“祖德流芳”四个精神饱满的大字，勉强能睁开眼睛，看见我和弟弟趴在堂屋的桌子上写作业。

圆形挂钟里传来的时间脚步声仿佛入睡者的呼吸般均匀：咔嚓，咔嚓，咔嚓，咔嚓。像是一小截柴火棍，在耳朵里断掉了。惊心动魄，令人恐惧。或许，时间就是这样，心无旁骛，不留余地，只争朝夕，一秒钟扑向另一秒钟，一个尽头紧挨着另一个尽头，机械而又漫不经心地将自己怀中隐形的刀刃落在事物或生命的皮肤上，一如耐心、卓越的匠人。

“同学们啊，绳锯木断，水滴石穿！”

我和弟弟戴灰色框眼镜的语文老师白圣山，经常在上课间隙，摘下他无比拉风的“望远镜”，面对一下课就生龙活虎、上课时昏昏欲睡的我们，唇角蹦出这句老掉牙的话来，给我们敲警钟，要我们务必好好学习天天向上，疯得不晓得自己是谁的时候，想想家里含辛茹苦的爹娘。他说，世间许多东西都可以浪费，唯独时间不能浪费。为了不让这话引燃不必要的误会，他进一步语重心长地教导我们，你们的未来就掌握在你们自己手上，并且，完全取决于你们今天的努力。

每次，我都会不由自主地摊开自己那双脏乎乎、永远没时间洗一洗的手，注视着淤积在指甲盖下面的垢痂，一言不发。不晓得白老师口中的“未来”是什么东西，也无法想象它究竟长什么样子，我羡慕的是他戴着的那副框架眼镜。我和同学们对他的眼镜的着迷程度不亚于《安徒生童话》，或者《聊斋志异》。

知识就是力量，在我思维活跃的脑海当中，一副眼镜，无疑是知识的最好说明书，想想看，只有知识才能让眼睛需要一副眼镜作为伴侣，而斯斯文文的一副眼镜把你的大半张脸挡在它后面，足以在瞬间将你和那些灰头土脸的普通人区分开来，这是多么值得开心和期待的事情！我渴望也深信自己早晚会得到一副属于自己的眼镜，然后，每天我会戴着它——睡觉也不分开，到人多的地方去，去展示一副眼镜的魅力。当然，作为它的主人，我再也不用担心父亲的责骂，我的眼镜会告诉他，我长大了，我甚至可能会让他对我产生一些敬畏和恐惧，要晓得，他是个连自己的名字都写不来的“困难户”。

忙碌的一天即将画上句号。

乡村公路上，草木蓬头垢面，呼啸的车辆渐渐稀少，庄稼地里忙得热火朝天的农民伯伯，嘴上叼着长长的烟锅子，跟在甩来甩去的牛尾巴后面，慢慢悠悠，踏上被两旁的杂草夹得紧紧的羊肠小道，往家里走。

暮色渐浓。傍晚不是夜晚。我的意识里，夜晚，从来不是一个空洞的概念，它和我一样，作为独立的个体而存在，就像是尚未被秃顶的科学家们研究过的古老生物，有自己完整的生命。不晓得是因为我和弟弟的作业没有做完，还是母亲头发里的汗水珠儿没有干透。眼下，沿季节的走廊滑动的朴素而又仁慈的大地，以及它皮肤上的芸芸众生，仍在光的栅栏里徘徊。夜晚，这只尚未被秃顶的科学家们研究过的古老生物，尚未把空气喷上墨汁，刷上那种让眼睛的存在失去了意义的黑漆，就像唐僧引领着孙悟空、猪八戒、沙和尚以及白龙马去西天取经那样，引领着闪闪发光的星辰和萤火虫，收复断裂带，收复我们的村庄——它的失地。

断裂带天黑之前的傍晚有些奇妙、鬼魅，仿佛一株小草、一粒沙子、一只蚂蚁孤独地置身尽头，或者，身体正被恶作剧似的推向边缘。对岸磅礴的山脉与皮肤上安静的草木在习习秋风的吹拂下，如同小学生，也就是我们脖子上的红领巾那样醒目、自然。仔细看，就会发现，草木身上的颜色已经有些松弛，宛如岁月在母亲的脸上不经意留下的皱纹。清漪江的水一如既往地流淌，水声哗哗啦啦，清澈得能看到河底的沙石，以及成群结队的鱼儿，它们带着小小的茫然，在祖先们待过的河流里幸福地活着。我和弟弟都希望自己能变成一条鱼儿。尤其是夏天，我们满头大汗的时候。它们比我们过得好，它们没有家庭作业，不会遇到小明同学，不用耷拉着脑袋到白老师面前背整篇的课文，也用不着做家务活，扫地，烧水，扯猪草，洗衣服，去镇上的小卖部帮父亲买烟、舀老白干，或者，鼓起勇气红着脸做贼似的给母亲买她需要的舒而美牌卫生巾。

腰酸背痛。每一秒钟都像是被拉长了一百倍，所以，我和弟弟都觉得我们已经趴在堂屋的桌子上写了很长时间作业了。事实上，我们才写了差不多半个小时的样子。姿势一如既往，我们的文盲父亲对此有过形象的比喻："浑身像是没长骨头似的。"我们的文盲父亲不喜欢我们用这种"懒得烧蛇吃"的姿势写作业，就像他不允许母亲打扮得花枝招展上街赶集一样，他喜欢的永远都是些关乎生存、朴素、实用的东西。不能像我们一样在知识的海洋里乘风破浪，但父亲总是不失时机地约束我和弟弟，把我们的言行牢牢控制在他的管辖之内，他要我们往东我们就往东，要我们往西我们就往西。

时间在圆形挂钟里的脚步声，正在被另一种声音取代。此时此刻，我脑袋里的反射弧，就像从烟囱里挣脱出来的炊烟，越来越长，我心烦意乱，家里那群畜生又闹起来了。为什么不把猪圈修到山上去呢？我的脑袋要爆炸了。

弥漫着柴米油盐味的灶屋后面，铺着玉米秆和菜子秆儿的猪圈像是炸了锅，畜生们已经饿得团团乱转。两边简易粗糙的门框，是一条浅浅的竖状凹槽，由九块长方形木板子构成的圈门，被几颗臭烘烘的猪脑袋撞得嘭嘭响。畜生们一边轮流撞门，一边鬼哭狼嚎，焦躁的呐喊声如雷贯耳，大得能把屋顶的烟囱、黑瓦和专门用来补光的亮瓦一股脑儿震天上去，好像有人拿着水果刀欺负它们，把它们身上的肉一片一片割下来似的。为尽快填饱肚子，它们折腾出如此大的动静，搞得鸡犬不宁，真是没有一点出息。为啥把这群废物买回来当神仙一样管吃管喝，就是用来伤害我们无辜的耳朵吗？这些叫人如坐针毡的饿死鬼，不晓得它们这样肆无忌惮的呻唤会影响我们写作业吗？我们讨厌这种耽误我们学习的行为。每天傍晚时分，我和弟弟都要试着用成年人的语调将畜生们奚落一番，使用的词汇通常来自我们正在学习的某一篇课文，在沉重的事实面前，我们渴望准确无误地表达，而且不乏内在的感情色彩。遗憾的是，猪只长肉，不会长心，听不进我们的话，说它们，骂它们，和对牛弹琴毫无区别。我们比兔子尾巴长不了多少的耐心很快就像冰一样化掉了。实在忍无可忍，我和弟弟就到灶屋里找根结结实实的木棍，上面最好有些疙瘩的那种，然后跳进猪圈，收拾它们。母亲通常会在第一时间发现并制止我们的暴力行为，好像她的眼睛一直在我们身后盯着我们似的。母亲生怕我们把她的猪吓傻了，吓得不长肉了，命令我们兄弟两人不许再干这样的事，她凶巴巴地跟我们说："你们手上的木棍不长眼睛，我手上的木棍可是长眼睛着呢！"母亲这样说，我和弟弟十分伤心委屈，毕竟，我们才是她的儿子。凶起来的母亲身上有父亲的影子，她对这些畜生比对她自己的两个儿子好，好像我们不是她的儿子，猪才是她的儿子似的。畜生们是母亲的宝，为此，我和弟弟不得不想点别的办法，来减弱噪音的影响。

堂屋中央的方形桌，就像延安，是我和弟弟学习的革命老区，据父亲说，它的年龄足足超过半个世纪，我们都可以认它当祖父了。我想，半个世纪比起母亲搁在铁盒里的那些乾隆通宝、康熙通宝之类的古币，压根算不了什么的。据说，父亲小时候也是用这张普普通通的桌子写作业，每次想到这个，我会很沮丧、灰心，口苦，喉咙冒烟儿。我试着想象自己二十年后的生活场景，儿子，我的儿子，就在这张估计已经老得站不稳的桌子上写作业，而人高马大、身强力壮的我，整日在地里满头大汗挥舞着锄头，祈祷丰收。

复杂的人生作业，留着以后再说。眼皮子底下，一道跟小明同学有关的应用题，让我绞尽脑汁。作业几乎写完了，只剩这道题找不到突破口，若不是这道题，我早就大功告成了。我把吃奶的劲儿都用上了，我把汗都急出来了，愣是没有一点儿进展。题读了一遍又一遍，其中有几遍，我还是倒着读的。不知是不是老师故意为难我，还是小明故意为难我，反正，要不是有所顾虑，我真恨不得把这道题一个字一个字地从作业本上挖出来，扔到院子里，喂鸡。小明同学优越的家境让我既羡慕又嫉妒，一天到晚不是买这就是买那，买东西不说，还要我们这些同龄人帮他算账。如果我的名字也能像小明同学这样频频出现在我们的数学课本中、我们的试卷上，也许，我不会像现在这么讨厌他的存在。我不喜欢小明同学，给他帮了多少次忙，他没有感谢过我，连一句像“谢谢”这样简单的客套话也没有。

当然，这道数学题，就算做不出来，我也不会请教弟弟。我不放心他在数学这个科目上的智力水平。小我一岁、与我同班的弟弟坐在我的斜对面，鼓着小眼睛，不时地东张西望。谢天谢地，弟弟似乎遇到了麻烦。我瞟了一眼他的作文，瞬间什么都明白了。他皱巴巴的作文本上，只有一个可怜巴巴的标题：《我最难忘的事》。今天，语文老师布置的作业是让我们以《我最难忘的事》为题，写一篇不少于六百字的作文。我的作文在学校的时候就已经写好。虽然语文成绩一般，但写作文对我来说，完全是小菜一碟，易如反掌。我的作文题目是《我最难忘的事是我在公路上捡了六百多块钱后物归原主》。我确实在赶集的时候捡到过一块钱，不过具体是买了棒棒糖还是冰淇淋吃，我忘了。

我收回目光，准备继续埋头苦思冥想之际，我弟弟，这个不时用舌头去舔自己鼻涕的家伙，忽然停下手中转得飞快的橘红色钢笔，一本正经地跟问我："大川，你晓得猪为什么那么笨吗？"

我弟弟喊人素来喜欢直呼其名。我没想到弟弟会跟我问这个，诚实地摇了摇头，表示不晓得。我确实从来没有思考过如此抽象的问题，也不太擅长去思考与学习无关的事情。老师经常说："一心不可二用。"

"这些畜生之所以那么笨，完全是它们自己撞门撞笨的！"

弟弟迅速抛出答案，乐得前俯后仰，差点摔倒。

我扯出耳朵里的棉花，认真听了听畜生们在猪圈里一边撞门一边鬼哭狼嚎的声音。往耳朵里塞棉花，以免受到畜生们不必要的干扰，影响我们完成作业，这个效果不错的办法是弟弟无意中想出来的，如今，已经成了我们放学回家做作业之前一项必不可少的准备工作。棉花是我们从棉絮上偷偷扯下来的，不是母亲放在衣柜上面的备用棉絮。那太显眼了，容易被发现。是我们自己被子里的棉絮。做到这一点并不麻烦，被子上的浅白色拉链一拉，要多少，就有多少。平时在家里，母亲和父亲睡一间屋，我和弟弟睡一间屋。我们兄弟两人已经过了喜欢挤一个被窝睡觉的年龄，所以，偶尔看到父母睡觉仍然盖着同一床被子，我由衷地愧疚、心酸很长时间，毕竟，他们是为了我们能有自己的被子盖，才如此委屈自己。他们总是把好东西留给我们。有时，想到以后我长大了，也得走上这条路，为儿女操心，为他们的成长发光发热，我就希望自己永远不要长大。我愿意永远给人当儿子。

我和弟弟睡的是同一间屋，同一张床，但我们的被子各是各的，我们耳朵里的棉花，也不可能是一个妈妈生的。要是我在弟弟的被子里扯走一小撮棉花，弟弟就会从我的被子扯走一大坨棉花，要是我在弟弟的被子里扯走一大坨棉花，那么他还会变本加厉，如此恶性循环，估计我们的被子都没得盖了。我和弟弟当然不希望因为这点事发生内讧，更不希望母亲发现我们的耳朵里有棉花。要是发现了，结果只能是悲剧。如果用棉花塞耳朵的事被母亲发现，我和弟弟不会有好下场的，估计耳朵会被痛心疾首的她毫不留情地扯掉——她以前尝试过揪着我的耳朵让我摆脱地心引力脚不沾地；或者，屁股开花——就算是庄稼地边上最不起眼的花，也不是随随便便什么时候都开，但我和弟弟屁股上的花，就没有那么娇气了，也不分春夏秋冬，不分时间、地点，说开就开。

母亲一个人在灶屋剁猪草，青草干脆的喊叫声跟畜生们的粗嗓门比起来明显处于弱势，不过也能听得见，毕竟，灶屋到堂屋的距离更近。父亲去向不明。我和弟弟放学回来的时候就没有见到过他的影子，他没在家里也好，我和弟弟不用把身上的皮肤绷得那么紧，家里的气氛也没有父亲在的时候那么死气沉沉。说起来，我们家，和断裂带其他家庭没什么分别，家里的大事、芝麻事都是男人说了算。我们家父亲说了算，家里的一切都属于父亲，除了这些简单得有些过分的生活设施，还有母亲、我和弟弟，就是圆形挂钟里的脚步声，也是父亲的，不属于时间本身。父亲把我们，也就是母亲、我和弟弟，以及家里的一切，视为他的财富，他是我们独一无二的拥有者，随心所欲地约束我们的行为。支配我们的意志，是他的权利，也是他的义务。

在家里，父亲很少打骂我和弟弟，不过，对于母亲，他倒是有些苛刻和残酷，经常动手动脚，好像不经常那么锻炼锻炼，手脚会生疮、生锈，武功全废似的。父亲将他在生活里的大多数不快转移到了母亲头上，而我和弟弟似乎早就习以为常，婚姻是两口子的事情，还是让他们自己解决好了。

母亲剁完猪草，算是完成了属于她的一份作业。很快，猪圈里传来畜生们狼吞虎咽的声音。接下来，母亲就该为我们做晚饭了，她整天都和这些琐事捆在一起，不过我想，除了做饭，也许世界上也没有她更擅长的事情了。

作业终于写完。我快速地把作业放回书包，仿佛稍微慢那么一点儿，猛扑过来的夜晚就会把它们一下子抱走似的。

我和弟弟掏出了耳朵里的棉花，包在一张废纸里面，趁母亲不注意的时候塞进灶孔。不过，即使被她撞见，也没事，棉花的外面穿着衣服呢，反正，我们又不是把钱塞进灶孔。我们没那么多钱。

母亲以前就告诫过我和弟弟："千万别把写着你们名字的本子搁火里烧了啊！否则，厄运就会雨点一样降临到你们头上。"说完，她又立马补充道："也不能去擦你们臭烘烘的屁股。"

写着谁的名字谁就要倒霉？

为了验证母亲没有故弄玄虚，我和弟弟试过把我们讨厌的同学的名字写在纸上，扔进厕所。

我写的是我的死党江啸天的名字，死党，准确点说是以前，而不是现在，现在，我们早已形同陌路。江啸天的良心被狗吃了，我每次买干脆面都要拿出来和他分着吃，和我同父同母的亲生弟弟，也没有这样的待遇。他呢，吃个夹心饼干，也要躲在厕所里偷偷地吃，慢慢地吃，好像生怕别人分享了他的美味似的。如果不是被我去厕所小便碰巧撞见，我可能永远不明白友谊的小船真的说翻就翻。我被江啸天一直蒙在鼓里，他比起《儒林外史》里的吝啬鬼严监生，完全是有过之而无不及啊！若要人不知，除非己莫为，在苍蝇与屎尿味齐飞的厕所里，我和江啸天就那样狭路相逢了。"江啸天，你这个没良心的，以后你走你的阳关道我过我的独木桥，让我们说好的'有福同享有难同当'见秦始皇去吧！"说完，我感觉我的心碎了。然而，臭烘烘的厕所里，就着半块夹心饼干细嚼慢咽的江啸天似乎把我当成了空气，把我说的话当成了耳边风，无动于衷。我讨厌这种不尊重人的人，亡羊补牢为时不晚。也许，江啸天知错能改，把手上半块夹心饼干给我，大事便可化小，小事便可化了。我们跟从前一样，还是好得可以穿一条裤子的死党。我其实并不太想吃他手上那半块夹心饼干，我要的是他的态度，我即使吃了那半块夹心饼干，也吃的是态度，是友谊。并且，那半块友谊饼干我不会全都吃到肚子里，别人用嘴咬过的地方我肯定碰都不会碰，不是我嫌他脏，而是这种吃法确实不怎么卫生。江啸天这个吝啬鬼对我的恼怒非但不理不睬，把剩下的半块友谊饼干塞进嘴里，面无表情、头也不回地走了。我的负面情绪瞬间全面爆发，于是，我朝着他的背影喊道："江啸天，把吃我的干脆面还我，不然，老子马上去告你！"江啸天回过头，嬉皮笑脸地跟我说："干脆面早就被我屙厕所里了，你要我还，自己去捡，你要告我，就去告我的屁股！"人脸比马脸长，嘴巴吃了让屁股还，真是混淆是非，岂有此理。我打不过人高马大的江啸天，要是打得过他，我肯定马上追过去一顿暴揍。君子报仇，十年不晚，瘦得一阵风似的我，只好把这份耻辱，默默压在心底。

弟弟写的是一个名叫杜娇娇的女孩的名字。杜娇娇是我们班上的"大明星"，她父亲是我们断裂带的副书记兼副乡长。她不但学习好，还能歌善舞，说话就像百灵鸟似的好听，长得也好看，仿佛全世界的优点和美好，都以生命的形式，显现在她身上了。我不晓得弟弟为什么讨厌我们班上最耐看的女孩，或许，正如爱因斯坦所言："世界上最难以理解的是它竟然是可以理解的。”弟弟以前把杜娇娇的名字在练习本上翻来覆去地写，我就晓得弟弟有心事，弟弟和我一样，对杜娇娇有一种如影随形的渴望，或者说，好感。弟弟把杜娇娇的名字写在纸上扔进厕所，把这样美好的一个人的名字泡在粪便和污水之中，完全超乎我的想象，出乎我的意料。不过，在暗处的我已经对杜娇娇没有任何念想，即使弟弟抛弃了她，她在我的心目中，也仍然属于弟弟，毕竟，只有弟弟为这么一个人，用过那么多的碳素墨水。

我和弟弟把我们最讨厌的人的名字写在纸上，扔进了厕所。

事毕，弟弟眼泪哗哗地对我说：“哥，我的心好痛哦！”

于是，我的心也莫名其妙地跟着痛了起来，不是为江啸天，而是为杜娇娇，我皱着眉头跟弟弟说：“哥比你更心痛。”

因为我也喜欢杜娇娇。

事实证明，母亲的话，压根就不会起什么作用，更不至于置人于死地。因为无论是江啸天，还是杜娇娇，到今天为止还是老样子，一如刚刚从清漪江钓上岸来的鱼儿，活蹦乱跳的。没有一头扎进错误的浑水里面，我们如释重负，松了一口气。毕竟，先前我们没有意识到自己的行为，不过是用别人的错误惩罚自己，并且，良心上会谴责自己斤斤计较，小题大做，用如此卑劣的手段，实现不可告人的目的。

吃晚饭的缝隙，我侧着脑袋看了看堂屋圆形挂钟里的时间：

六点四十九分。黏稠、嫣红的鲜血在皮肤下快乐地涌动，心跳的频率加快，枯燥的时间平常很难让我如此兴奋。我很快算出了时间，还有四十一分钟。也就是说，再过四十一分钟，柳邦德叔叔家就要开始放录像了。如果把以天安门、长城和烤鸭为核心的祖国妈妈的首都——北京——除外，每天晚上七点半，柳邦德叔叔家，就成了我们这个冷清乏味的村庄，尤其是我们这些孩子心目中最想去的地方了。团里团转，上百户人家，只有柳邦德叔叔家里买了一台功夫明星成龙代言的爱多 VCD，可以看录像，如武打片、喜剧片、鬼片、科幻片，还有大人们才能看的生活片。我和弟弟没有看过生活片，大人们不让我们看，估计是太恐怖血腥了，影响我们学习。那台也没有几斤重的爱多 VCD，却似一段巨浪，掀起了岁月沉睡已久的激情，让柳邦德叔叔的家成了我们村里最热闹的地方，也成了每天晚上七点半中央电视台新闻联播结束以后，我们这些孩子心目中最神往的地方。正如从录像里捡来的一句话：世界上没有免费的午餐。柳邦德叔叔家放录像也是要收费的，成人一人五毛，孩子们呢，不要钱，说是不要钱，隔三差五，老婆去世多年的柳邦德叔叔还是会点名让我们从家里带点“土特产”给他，一把豌豆尖，一个南瓜，或者花生、核桃之类。按他的说法，这叫作“可持续发展”。我们尊重柳邦德叔叔的做法。人情世故，我们还是懂得的。不过，在柳邦德叔叔家看了那么多次录像，他几乎从来没有为难过我和弟弟，主要是他和父亲关系好，经常在一起打麻将。印象中只有那么一次，看录像的时候，柳邦德叔叔捉小鸡一样把我从座位上拉了起来，上下扬了扬手上的五块钱，说："把你的脚杆借我用一用，帮我跑个腿，去街上买两包红梅烟。"反正，我是不会跟他讨价还价的，我的脑袋里装的又不是豆腐渣，他就是不说，我也清楚拒绝的后果。

下午放学在回家路上，我和弟弟商量好了，做完作业，吃过晚饭，我们就去柳邦德叔叔家看一场录像，运气好，看两场。第二场大人们要是想看生活片，我们只能看一场。

正方形桌子，母亲、弟弟、我，一人一方。刚好三缺一。父亲没有回家，父亲的脚还在茫茫的夜色里，没有跨进门槛。不用问眉头紧锁的母亲，我已经猜到，父亲一定又是到街上的麻将馆打麻将去了。父亲的麻将瘾比他的烟瘾更大，母亲只在我们面前偶尔抱怨几句。在父亲面前，她的声音永远是卑微的，恭恭敬敬，像个没事人一样。

已经七点整了，圆形挂钟"铛铛，铛铛，铛铛，铛"地响了七下。我感觉即使用胶水把屁股粘在凳子上，我也坐不住了。再不出门，恐怕来不及，去柳邦德叔叔家有很长一段路要走，而且走的是夜路。稍不注意，脚就会踩空，落到田埂下面去，和蛐蛐们做朋友。

我急得像热锅上的蚂蚁，弟弟却似乎没有注意到时光的流逝，他津津有味、吧唧吧唧地埋头吃着饭，像个没事人一样。晚饭是金裹银，炒土豆丝，凉拌茄子，泡菜。我不喜欢吃金裹银，只吃了一小碗，弟弟吃得多，这已经是第四碗了。

弟弟的记性难道是被狗吃了，忘了我们的约定了吗？

难道弟弟的耳朵里塞着棉花，没有听到圆形挂钟里时间的脚步声？

“嗯哼。”我说。“嗯哼”是我和弟弟之间的暗语。

弟弟这才抬起头来，看看我，又侧着脑袋看看圆形挂钟里的时间。继续埋头吃饭。七点十分，弟弟终于吃完，接连打了几个饱嗝。弟弟曾经说过，饱嗝是从嘴巴里打出来的屁。

“妈，你把碗筷收拾一下，我和哥哥去看录像了啊！”弟弟大人似的指挥母亲，一本正经的样子，仿佛他是她的家长，她是他的女儿似的。

“早点回来，路上注意安全！”母亲没有像以往那样阻拦我们。这让我的心情多少有些忐忑。以往我们都要求爷爷告奶奶才能取得母亲的同意出门，今天有点不一样。

我和弟弟终于出门了。我们带了手电，它是我们黑夜中的领路人。柳邦德叔叔的家在半山腰上，和到镇上的方向刚好相反。断裂带的夜晚伸手不见五指，眼睛在没有参照物的情况下，很难立足。如果不想人仰马翻，我们必须小心翼翼。弟弟打着手电走在前面，他让我拽着他的衣角，以免摔倒。

走在被野草夹得紧紧的乡间小路上，漫天星辰，蛐蛐声此起彼伏，阵阵秋风，还有镇上数不清的小小的灯火，都让我们感到安全，让我们的心头涌起一丝无名的欢乐与渴望。一直到柳邦德叔叔家门口，我和弟弟都没有说话。我们的潜意识里面，话多不过是某种幼稚和肤浅的表现，不能当饭吃，不能当衣服穿，毫无用处。

今天看录像的人不多，十来个吧，不超过二十个人。大多数是孩子，跟我和弟弟一样，在小学读书。孙富美娘娘也混在其中，她家跟我们家住得很近。她老公这些年一直在外面打工。据村里那些喜欢嚼舌头的女人们说，孙富美娘娘不是省油的灯，凶得很，下巴上长胡须的女人一般都很凶。再凶也不过是个女人，我不信她老公打不赢她。我喊了句“孙富美娘娘”，算是打了招呼。

一群人挤在柳邦德叔叔家堂屋里的十多条长板凳上。柳邦德叔叔家神龛上也有“祖德流芳”四个字。不知为什么，想到他家里没老没小，孤身一人，我总会有一种地球快要完蛋了的感觉。不止一次，我听到大人们在他背后议论，说他放录像不该收钱，甚至还有人说，如果没人到他家看录像的话，他可能连电费也没钱缴，说得就好像如果没有他们，柳邦德叔叔就没办法继续在地球上生存了似的。

录像尚未开始。堂屋里闹哄哄的，有几个没教养的捣蛋鬼把一条长板凳翻过来搭在另一条长板凳上，坐起了跷跷板。真是把柳邦德叔叔的家当幼儿园啦！

“今天放啥好看的？”弟弟问旁边的一个正在嗑瓜子的小女孩。

“你问我，我问哪个？”小女孩理直气壮地回答。

吃了闭门羹的弟弟，直接走到爱多 VCD 旁边正在用一块抹布擦拭光碟的柳邦德叔叔面前，问他："今天放啥好看的？"

"《碧血剑》，武打片，根据金庸的武侠小说拍的。"柳邦德叔叔不紧不慢地告诉弟弟。

录像剧终的时候，柳邦德叔叔站起来，冲大伙儿招了招手，说："散了吧，散了吧，今天不放了，欢迎大家明天晚上七点半再来！"

一伙人的脚板就像抹了润滑油，眨眼间，化在了茫茫夜色里面。

堂屋只剩下我、弟弟，还有孙富美娘娘没走。我们可以结伴回去。

"大川，小引，你们怎么不回家呢？你们要在我这儿守到天亮才回家吗？"柳邦德叔叔似乎在下逐客令。

"我们不回去，我们跟孙富美娘娘一起回去。"弟弟瞟了我一眼。

"你们两个先回去，我在这儿跟你们叔叔说点儿事。"

孙富美娘娘突然开了腔，她硕大的胸脯波浪似的一起一伏。什么事呢？白天不说，非要等到晚上才说。

"我们不着急，等你一路嘛！"弟弟似乎不想走。

"你们先回去，不然以后不准来看录像了哦！"柳邦德叔叔大声说道，仿佛录像里的那把削铁如泥的碧血剑，斩断了我和弟弟继续等待的念头。

“孙富美娘娘，柳邦德叔叔，你们两个人是不是要看‘生活片’呢？”

“我们不看‘生活片’。”柳邦德叔叔板着脸。

“我想看。”弟弟仿佛在哀求。

孙美娘娘在一旁突然哈哈大笑起来，“你们还小，长大了慢慢看。”

你们还小，今后长大了慢慢看。就像只有等天亮了眼睛才可以把世界看得清清楚楚一样吗？可是，我一点儿都不想长大，我只想这样寄人篱下，给人当儿子，在老师面前装孙子，白天学习，晚上睡觉，睡觉之前，看几部录像。孙富美娘娘这么说，明显是在敷衍我和弟弟。

我和弟弟从柳邦德叔叔家里出来，他立马把门关上了。

“他们肯定在看‘生活片’！”弟弟和我一边往回走，一边肯定地说。

不知为什么，刚才经历的一切，孙富美娘娘和柳邦德叔叔熟悉又陌生的脸孔，让我忽然想起从前的死党江啸天。我对弟弟说：“人都是自私的。”

“哥，我突然好渴望马上长大。”

“为什么？”

“等长大了，我肯定要买台爱多VCD，我们两个好一起天天看‘生活片’。”弟弟激动地说，好像他看过生活片似的，好像马上他就要长大了似的。大人们说，生活片小孩子不能看。

“我还是喜欢成龙演的武打片、周星驰的喜剧片。”我表示，“我不喜欢‘生活片’，人没办法去喜欢一个你从来没有接触过的东西。”

“不喜欢没关系，可以尝试着喜欢。”弟弟说完，话锋一转，他咂着嘴巴告诉我：“大川，我想吃学校门口的麻辣烫，我好久没有吃过了。”

麻辣烫，我也好久没有吃过了。父亲最近赌运不佳，已经很久没给我们掏过零花钱了。母亲从来不会给我们拿零花钱。

我想了想，说：“明天，哥请你吃。”

“你有钱？”

“我有办法。”我告诉弟弟，“肯定没问题。”

“一言为定？”

“一言为定。”

我俩气喘吁吁地回到家里，母亲已经睡下了，听到我们进屋的声音，母亲故意在她的卧室里咳嗽了一声。我和弟弟也准备睡了，刷牙、洗脚还是省了吧，明天要上学呢。睡前弟弟到母亲和父亲的卧室绕了一圈，回来后，我听见他冲我嘟囔了一句：“你爸在外面打麻将，现在还没有回来，真的是无可救药啊。”

清晨，星辰重新锁进抽屉，大地再次返回光的栅栏之内，恢复了原形。

堂屋里的圆形挂钟“铛铛，铛铛，铛铛，铛铛”地响了八下。

该出门上学了。对我而言，上学的心情，和清明节去给祖宗们上坟的心情一模一样。

弟弟早早起了床,洗漱完毕,吃过早饭。早饭还能吃什么呢?估计又是金裹银，至于面条和稀饭这样的伙食，在我们家几乎不存在。吃它们不经饿。

在我们的卧室，弥漫着一股子脚臭味的黯淡空间，弟弟用力扯开我故意蒙在头上的被子，大声问我：“大川，怎么不起床？你不上学？你以为今天是周末啊。”

我相信，弟弟已经把我说要请他吃麻辣烫的事情落在昨晚去柳邦德叔叔家看录像回来那条被野草夹得紧紧的乡间小路上了。他记性不好。但是，我没有忘。我在等待时机成熟。

我缓缓睁开眼睛，说：“你先走，我马上起床。”

“再不走就迟到了。第一堂课是白老师的。”

弟弟说完，背着他那就像是从垃圾堆里捡来的浅蓝色书包，冲出了卧室。弟弟一走，我心里的第二块石头就落了地。母亲是我心里的第一块石头，不过，她已经出门扯猪草去了，扯猪草是她每天早上的第二份作业，第一份作业是给我和弟弟做早饭。

也许是出于担心不争气的父亲把钱拿去打麻将输掉，提高麻友们的生活质量，母亲总是小蚂蚁搬家一样，把家里的钱藏来藏去。但无论她怎么藏，我总能找到蛛丝马迹，就像夏天的时候，父亲只要用他的指甲在我们的胳膊上轻轻一刮，就能判断我们是否偷偷到河里游泳。

我蹑手蹑脚闪进他们卧室。一阵翻箱倒柜，我在母亲和父亲的枕头下面发现了家里的钱。不是一个枕头，两个枕头的肚子里都藏着钱。一个枕头里面塞的是面额稍大的块票，一个枕头里塞的是角票。不过，已经没有去年那么多了。钱在缩水，估计是父亲打牌输多了。家里的钱表面上是母亲在管，但实际上父亲才是当家的，他要用钱的话，让母亲拿多少，母亲都必须给他多少。而我只能偷。

我有些犯难——这个情况是我之前没有预料到的。随便拿几块吧，觉得少；多拿些吧，母亲肯定会发现。犹豫一番，我拿定主意，干脆一不做二不休，把所有的钱塞进了我的书包。留着也是留着，我想，钱又不会生孩子，说不定不争气的父亲哪天就把它们输光了呢。钱不是万能的，没有钱，是万万不能的。这种舍己为人的想法淹没了我的做贼心虚。我甚至为我这样做有利于我们家的“可持续发展”产生了一丁点自豪。

就这样，我从容地将作案现场伪装一番，把母亲衣柜的衣物和床上的被子、床单统统扔在地上，狠狠踩了几脚，然后，背着书包，一阵风似的朝学校跑去。

没跑到学校门口，我已经追上了弟弟。他望着气喘吁吁的我，故作惊讶地说道：“大川，你跑得贼快啊，跑这么快，急着去见秦始皇呢？”

“去见秦始皇”是个隐晦而又讽刺的说法，毕竟，让一个活蹦乱跳的人，去见一个已经死了的人，是很不吉利的。我讨厌这种拿死人名字开玩笑的幼稚行为，虽然曾经当着偷偷在厕所吃夹心饼干的江啸天，我也有过这样的错误行为。“去见秦始皇”在班上用途广泛，老师们作业布置多了，我们想去见秦始皇；老师们体罚我们，我们就会讨厌他，恨不得让他立马“去见秦始皇”。弟弟的话让我突然整个儿地失去了激情，就像一块被扔进水中的鹅卵石，孤立无援，最后无助地躺在河底下，望着温暖的生命从头顶冲过，却没有一丝渴望。为了请弟弟吃个麻辣烫，我无畏地铤而走险。然而，以为会有光亮，结果碰到的是一盆冷水。即便如此，我还是决定原谅弟弟对我的小小伤害，毕竟，书包里偷了那么多家里的钱，也有他一份。于是，我从书包里摸出一张五块的钞票，递了过去。

“拿去，请你吃麻辣烫。”我说。心底涌起施予的快乐与满足。

弟弟仿佛被我突如其来的慷慨行为惊呆了，迟迟没有伸手接，过了半分钟，他才如获至宝一般，接过礼物。他把五块钱死死揉成一团，捏在手心，担心钱突然长翅膀飞走了似的。弟弟的态度分分钟拐了一个弯，他几乎是眼泪哗哗地跟我说：“哥，从小到现在，就是你爸，也从来没有给过我这么多零花钱呢！你何止是我的亲哥，你简直就是我精神上的又一个父亲！”

我想，弟弟的说法并非胡言乱语，俗话说，长兄如父。他的话虽说有点肉麻，令我无所适从，但我还是象征性地点了点头，毕竟，礼多人不怪。见上课铃没响，学校操场的嬉闹声震耳欲聋。

于是，我说："走，我们哥俩去吃几串麻辣烫！"

王婆婆已经把卖麻辣烫的摊子摆出来了。煤炉上的大锑锅里，红辣椒和油水在翻滚，夹着海带、土豆片的竹签密密麻麻。

"来来来，来吃麻辣烫，两角钱一串，顶呱呱好吃！"王婆婆一如既往地大声吆喝着。

名副其实。人没走拢，我已经闻到了麻辣烫那股沁人心脾的香气。每天从这儿路过，我都要放慢脚步，多咽一会儿口水，麻辣烫的味道实在太香了，香得学校里的旮旮旯旯都能闻到，让我恨不得用小刀把空气一片一片切下来，当肉吃。

我和弟弟一人一口气吃了十多串，真过瘾啊。弟弟吃得尤其过瘾，嘴角的油珠珠也来不及擦，又拿起一串。我已经吃不下了。但弟弟说："大川，我还想吃。"

"想吃就吃呗，随便吃。"我告诉弟弟，"那五块钱你留着以后再花，这儿的钱我来给。"

或许是嫌两个人吃着根本不过瘾，我和弟弟不愧是从同一个娘肚子里钻出来的，心有灵犀。苟富贵，勿相忘，我们都觉得有必要请班上几个要好的同学跟我们一起吃麻辣烫。反正我书包里的钱一时半会儿花不完。我让弟弟到班上叫人。他果然没有让我失望，一下子叫了十多个同学，雄赳赳气昂昂地赶了过来。我们十几个人把王婆婆的麻辣烫摊子围得密不透风。我忙得不亦乐乎，一边热情关照着这些前来为我和弟弟捧场的家伙，告诉他们，"多吃点啊""别拘礼啊"，一边享受着他们通过眼睛和微笑传递出来的感激和敬意，同时，又不忘提醒王婆婆手脚麻利点，给我们再多准备些麻辣烫来。

结账的时候，我问王婆婆："好多钱？"

王婆婆数着竹签，脸都快笑烂了，她说："五十九块六角钱。"

我说："便宜点嘛！"

王婆婆的笑脸立刻变成马脸，她说："娃儿嘞，我们这是小本生意，不赚钱的，没法少。"

吃过麻辣烫，还没有来得及走进教室，我就听见母亲站在学校门口的花坛旁边尖声尖气地吆喝我和弟弟了。我装作没听见似的进了教室，好让审判和不幸来得稍微晚一点。奇怪的是，我并不感到害怕，好像肚子里的那些恐惧早就被王婆婆的麻辣烫烫翻了，没有任何反应。母亲的声音未免太大，覆盖了整个断裂带中心小学。为了看稀奇，教室里的同学们像出笼的鸟儿一样飞出了教室。弟弟也在外面，混在人群中间。

在我恨不得找个墙缝躲起来之际，弟弟出现站在教室门口，他用那种生怕我听不到的声音喊道："大川，快出来，你妈在喊我们！"

情非得已，我和弟弟在众目睽睽之下，走向母亲，步履沉重，仿佛在走向生命的终点。

弟弟似乎才意识到了什么，他幸灾乐祸地跟我说："你死定了！"

母亲连哭带号，两只布满死茧的手，似铁爪一般，准确无误，使劲儿地揪住我和弟弟的耳朵，弟弟立马大呼小叫起来。

“两个败家子啊，败家子啊败家子啊！呜呜呜，快说，你们哪个偷了屋头的钱？呜呜呜，你们是不是要把你们的妈妈气死？呜呜呜，你们把你们的妈妈气死了，你们只有喝西北风！呜呜呜。”

母亲伤心欲绝，说话的时候喷了我一脸口水。

“他偷的。”弟弟疼得龇牙咧嘴。他一说完，母亲立马把揪着弟弟耳朵的那只手松开了，她对他说：“去老师那里给你哥请个假，说今天我在家里教育教育他，让他长点记性。”

“明白了，妈妈！”弟弟深深朝母亲鞠了一躬，朝着我眨了一下眼睛，转身朝教学楼跑去。

“幺儿，学习认真点，今天放学回来妈妈给你炒你最爱吃的番茄炒蛋。”母亲目送着弟弟的背影。

“妈妈，要得！”弟弟头也没回。

“败家子，钱呢？”母亲停止了哭泣，问我，目光透着的愤怒，能在瞬间将我击穿。

我指了指我那和弟弟的一样破旧得像是从路边捡来的书包。母亲自从去年晓得我和弟弟每天放学，为了节省体力，总是把书包搁在地上拖着背带往回走，就洞悉了我和弟弟每人为啥一学期都要背烂五六个书包的原因所在，她当着家里香火熏得黑乎乎的神龛上那些菩萨发过誓，再也不会给我们买一个书包。

“走，回去，看我怎么收拾你这个败家子！”母亲说完，咬牙切齿地看着我，眼睛里噙着的泪水还没有干透。

“妈，你是骑自行车来的，还是走路来的？”我试图讨好母亲，软化她的怒意。

母亲没有理我，一只手死死揪着我的耳朵，另一只如同皮划艇运动员手上的木浆，飞快地前后滑动。她走得飞快。我不得不侧着身子紧随其后，像一只身不由己的螃蟹。

我已经插翅难飞。一顿暴揍，一顿痛骂，估计是免不了的。既然免不了，我想，那就顺其自然吧。风波早晚会过去，一如黎明终将到来，不过，眼下我更加渴望风波早点平静，生活回到正轨，不再摇摇晃晃，就像脑袋扎进木头里的钉子。我想到这会儿可能还在某个麻将馆里眼窝深陷的父亲，他曾经连续三天三夜打麻将不下桌，我和弟弟在学习方面要是有父亲这般浑然忘我的精神，成绩恐怕在班上也不会倒数。这个彻夜不归的人，让我忍不住悲从中来，要是他在家里，我未必有胆子偷家里的钱，虽说是我无意将自己犯下的错误归咎于他。是的，我确定，确定自己已经失去了对父亲的骄傲与认同。正如这九月瑟瑟的秋风、绚烂的阳光，像是用洗洁精洗过的蓝天白云，失去了意义。我难过无比，想到了死，一了百了。于是，我伤心地哭了起来，好像自己真的就快死了一般。

母亲放慢脚步，转过头。粗糙、刻薄的嗓音，透着深沉的挖苦，让我很不自在：“生活不相信眼泪，你哭个屁！”

我不得不跟她解释："我没有哭屁，我在哭我。"

"为了这个家，为了你们两个小兔崽子，你妈妈我是一角钱都想掰成两半花，你倒好，用钱跟水龙头放水似的！"应该感谢母亲洪亮无比的大嗓门，恨不得让整个断裂带的人，晓得她养了个傻瓜儿子，偷了家里的钱，拿到学校请一大伙人吃了五十九块六角钱的麻辣烫。这场由我一手掀起的风波里面，母亲才是主演，而我，现在不过是她用来行使一个乡下妇人为数不多、弥足珍贵的权利的道具。

危难时刻，祖父苍老的身影，还有挺着大肚子的柳青娘娘，如同雨后的彩虹，划破了我家门口的那片空气。柳青娘娘是我父亲兄弟的女人，他们和祖父祖母住在我家隔壁。我跪在圆形挂钟咔嚓咔嚓的脚步声中，母亲手上的黑色皮带像雨点一样落在我的脊背上，实话实说，疼痛早已麻木，像风吹走了似的。

见来了救星，我哭得更加喘不上气来。家丑不可外扬，母亲却一点面子也不留给我。她不给我面子，我还不想活了呢，哭死算了。

"住手，哪有这样打自己亲生娃儿的？"祖父明显有些生气，在生气的后面，还有几许轻蔑。

"你儿子整天就晓得打麻将，我再不教育，他们怕是翅膀硬了，要飞上天。"母亲气鼓鼓地说。

"你们莫管闲事，让她打，打死我好了！"我十号着。

柳青娘娘细声细气地说："嫂子，天大的错误，地大的错误，给他好生讲讲道理，他有耳朵，他听得见。”

“呜呜，我晓得他有耳朵，可没长心啊！呜呜，我怎么就这么造孽，养了这么个畜生哦，呜呜！”母亲像是来劲儿了，哭起来。

母亲哭起来，我便哭得没意思了。索性不哭。

“大川，快起来吧，柳青娘娘看得好心疼！你快看看你的背上，好多血痕，哎呀呀！”柳青娘娘用手轻轻抓住我的胳膊，想把我扶起来。

“让他跪！不准他起来！”母亲吼道，一脚踹在我的肚子上。

要不是祖父的意外表现，我本应顺势倒地，闭上眼睛，再也不睁开。然而，眨眼之间，我七老八十的祖父，一把山羊胡子白得像是用雪染过一样的祖父，突然做出了一个令人震惊无比的举动，在我怒火中烧的母亲面前，他的两片膝盖一弯，“扑通”一声，跪在堂屋坑坑洼洼的水泥地上。

“孩子他妈，你大人大量，不要打孩子，他的错误，我来承担。”祖父慷慨激昂地说，“我们家族里还没有人这样打过自己儿子，而且还是孩子他妈！”

事发突然。母亲呆住了。柳青娘娘呆住了。我也呆住了。空气凝固一般，只有时间在圆形挂钟里发出咔嚓咔嚓的脚步声，只有我们的呼吸和心跳。前无古人后无来者啊，公公给儿媳下跪了。这还得了？

“爸，男儿膝下有黄金，你这是做啥？快起来，快起来……”母亲反应过来，她把手上的皮带扔在地上，想要伸手去拉跪在地上的祖父，不过，某方面的禁忌让她迅速把手缩了回来。

“我不在乎我这副老骨头膝下有没有黄金，我只是心疼我的孙子！你打的是他，也是在往我的心上钉钉子。我再三给你们说，养儿不是养女，养儿是防老，你现在这样打他，今后不把你送到养老院去才怪！”祖父酸溜溜地说道。

我脑子里嗡嗡作响，一片空白。

我已经有点搞不清楚状况，都说老人是老了的孩子，养老院就是老年人的幼儿园吗？于是，我问祖父：“养老院是不是老年人的幼儿园？”

祖父没有理会我的问题。

“大川，快起来，快把你祖父拉起来！”母亲命令我。

我装着没听见，我想，你要我跪下我就跪下，你要我起来，我偏偏就不起来了。把我当什么人了？母亲见我无动于衷，来气了，照着我的屁股，又是一脚。

“也给我来一脚吧，也给我来一脚吧！”祖父一边说，一边将我搂在他的怀里，像鸡妈妈护着它的小鸡。

“大川，你的耳朵聋了？”

“没有啊！”我说，“反正，不是我让他跪下的，要拉你自己拉。”

母亲没辙了，她眼泪哗哗地说：“好了，好了，大川，快把你祖父扶起来，我求你！”

长到这么大，母亲从来没有求过我。人心是肉长的，况且，同在一个屋檐底下生活，抬头不见低头见。为了让紧张的气氛渐渐松弛下来，不能太过分，我告诉自己。于是，在原形挂钟咔嚓咔嚓的脚步声中，我蜗牛一样慢吞吞地站起身来，生怕速度快了会有高原反应似的，我用手拍拍蓝色运动裤上的灰尘，将仍然老老实实跪在地上的祖父扶了起来。或许是长年不洗澡的缘故，祖父身上弥漫着一股堪称剧烈的陈腐味儿。我瞬间觉悟，这也许是祖母和祖父分床睡的原因所在。刚才，祖父搂着我的时候没在意。现在，那股味道闪电般来袭，我感觉它像一辆开足了马力、迎面而来的面包车，几乎将我撞昏。

“大川，中午去我们家吃饭，祖母给你吃柳青娘娘炖的土鸡。”祖父说完，便将他枯瘦的手掌搭在我的肩膀上，几根手指紧贴着我血泪斑斑的皮肤，如同一支支冰凉的针管。

“嫂子，你也过来一起吃。”柳青娘娘笑盈盈地冲着母亲说。

“不了。”母亲毫不客气地说，“吃人嘴软，拿人手短。”

连柳青娘娘自己也承认，她小山一样隆起的肚子里即将面世的小生命，有我和我弟弟的一份功劳。柳青娘娘新婚当晚，祖父祖母用糖果和装着两块钱的小红包做诱饵，成功打发掉了在场渴望参与闹洞房的所有女孩，只留下我和弟弟，请我们兄弟两人在布置得非常漂亮的婚床上“胡作非为”，据说这样有助于提高婚床上的“阳气”，我和弟弟并不排斥这样的纵容，甚至热血澎湃，仿佛肩负着一项极其庄严的使命。透过一大家人热切而又善意的眼神，我和弟弟已经无需探究本地所谓的风俗习惯，或者那些神神道道的迷信说法。我们已经晓得，他们希望柳青娘娘能生个男孩儿，延续血脉，当然，双胞胎也不会嫌多。众所周知，计划生育政策只允许生一胎，究竟是生男孩儿还是生女孩儿，造化是一方面，最主要的，恐怕是闹洞房得选对人。

一顿饱餐过后，我打着响亮、快活的饱嗝，把发生在上午的不快忘得干干净净。

时间是最好的去疼片，果然。

午后的时光百无聊赖，柳青娘娘挺着大肚子让我陪她在院子里晒太阳、聊天。她在做一些针线活，脸上荡漾着清晰可见的幸福和喜悦之情，她告诉我："你说你柳青娘娘能不能干？"

"能干。"我察言观色，一边说，一边高高竖起大拇指。

"哈哈，能不能干，不是你说了算。"柳青娘娘显然没有把话说完，她告诉我，"你这个弟弟的衣服，这几年都不用愁了，心灵手巧的我把从他出生到三岁的衣服通通做好啦！"

柳青娘娘说"你这个弟弟"的时候，白皙的手掌在肚皮上画着圈。

"太棒了，将来，我一定好好带他，白天上学读书，晚上跑到柳邦德叔叔家看场录像再回家睡觉。"

"不用跑那么远，以后我们自己买一台，在家里看。"柳青娘娘许诺。

“柳青娘娘，你看过生活片没有？什么是生活片？”我一面用手拍打着正在脚踝上吸血的蚊子，一面抛出这个在内心深处盘绕已久的疑问，期待能从柳青娘娘那儿找到答案。

“生活片……我……也没看过。”柳青娘娘似乎不愿意告诉我真相，她的脸上忽然间升起一片红霞。

“孙富美娘娘昨晚在柳邦德叔叔家看生活片了。”我心直口快。

“好多人看的还是她一个人？”柳青娘娘的脸色突然变得神秘莫测。

我简单思考一番，立即否定了她的推测，“不，不是一个人，是她和柳邦德叔叔，两个人。”

“你确定？”

“确定。”

“哦，我明白了，两个人。”

如此浅显的数学问题，说“明白”，未免夸大其词，我想，柳邦德叔叔也不是那样的人嘛。说孙富美娘娘昨晚在柳邦德叔叔家和柳邦德叔叔一起看生活片，仅仅我和弟弟的猜测，不过，两个大人关在屋子里能做什么呢？总不会大眼瞪小眼吧。

“这个骚货，真不要脸。”柳青娘娘喃喃自语。

“为啥骂她？”

“你不懂。”柳青娘娘短短一句话把我抵得死死的。

这时候，一夜未归的父亲忽然走进院子，在我们的视线里一晃而过，进了我们自己的屋，连起码的招呼也没打。赢就是手红，输就是手背，父亲眼窝深陷，没精打采，明显是手背，又输了。久病成良医，习惯成自然，父亲的输赢实际上都写在脸上，能看出来。

“小引的爸打麻将肯定是输了。”我居然有些幸灾乐祸地说。

“小引他爸，也是你大川的爸，怎么一家人还变成了两家人？”

“小引在我面前，在别人面前，把他们都说成是‘大川’的。”

“你们太有趣了。”柳青娘娘哈哈笑着。我注意到，她的胸脯几乎是平的，没什么波浪，跟丰乳肥臀的孙富美娘娘比起来，真是一个天上一个地下，相差了十万八千里，就是跟面色枯萎的母亲比起来，也只能稳稳当当地占下风。

前后不到十分钟，父亲又从家里出来了，他依然把我和柳青娘娘当成了空气，匆匆忙忙从我们面前穿了过去。不过，很快，他就退了回来。一进一退，给我一种奇特的感觉，我感觉他的眼睛没有长在脸上，而是长在后脑勺似的。

“大川，你怎么没去上学？”父亲冷冷地问我，显然，母亲没告诉他我干了坏事。父亲问我的时候，顺便瞟了柳青娘娘一眼。

“我生病了……”我支支吾吾地表示，然后，迅速切换话题，

“爸，你又要打麻将去了？”

“给你们挣点生活费。”父亲大言不惭。

“家里的钱没被你这个败家子输光就是万幸了。”我这么想，但没让这句话跑出我的喉咙，变成声音，抵达父亲的耳膜。

“你们慢慢耍，我走了啊。”父亲说。

父亲走后，柳青娘娘问我：“大川，你爸是不是打麻将老‘背书包’？”

“‘背书包’？背什么书包，他又不念书。”我回答。

“‘背书包’就是输钱的意思。”柳青娘娘解释。

“已经是家常便饭了。”我说。

“柳青娘娘告诉你一件事，但是，你得答应我，不许跟你妈说。”

我鸡啄米似的点了点头。

“你爸打麻将输了很多钱，现在已经欠了好多债了，不光是街上那些熟人，上个月七月六日下午三点，他还在我们家借了一千块钱，借钱不说，还让我们保密，千万别让你妈晓得。”

柳青娘娘的话犹如晴天霹雳，又像是美国的原子弹在日本的广岛炸开了那样，一下子在我的心里炸开了。好端端的心情瞬间粉碎，魂飞魄散。我真希望自己永远不要听到这些话，恨不得分分钟把自己的耳朵扯下来，扔进鸡圈里，喂鸡。有那么短短一瞬间，我看到的是臂缠黑纱的父亲驾着一辆破旧的马车，拉着我们摇摇欲坠的青瓦房子，快速冲下高高的、布满荆棘的、没有回头路的悬崖。

“真是个胎神，把我们几辈子的麻将都打完了！”

我暗暗发誓，以后我要是沾上赌博，直接拿菜刀剁手。

柳青娘娘却在一旁哈哈大笑。

父亲到处借钱烂赌，最终没有瞒住。忍气吞声的母亲终于忍无可忍，一度产生自杀的念头，她犹豫着是否拿自己的生命做实验，向我们展示死亡并不是想象得那么遥远。仿佛死亡才是最好的去疼片。

早已陷入泥潭的父亲，依然我行我素，希望自己在哪儿跌倒就在哪儿爬起来。更气人的是，掏空了家底的父亲，似乎总能想办法借到钱。

到家里讨债的人犹如过江之鲫，几乎踏破了我们家那道四五公分高的门槛。我和弟弟每天放学回家，要是没有三五个人来家里讨债，心里竟然有些不习惯，会怅然若失。父亲总是不见人影，母亲只好一个人焦头烂额地应付，应付，应付。为了给父亲还赌债，母亲卖了家里那几头还没有来得及长大的猪。我和弟弟做作业的时候，也用不着往耳朵里塞棉花了。

一天傍晚，父亲不在。

母亲又送走一批上门讨债的家伙。屋外飘起了小小的冷雨，在堂屋圆形挂钟咔嚓咔嚓的、机械而又凄凉的脚步声中，突然间苍老了一大截的母亲在我和弟弟面前交代起了后事。我和弟弟搁下作业，看到她腋窝下死死夹着一根结结实实的棕色绳，面色异常平静。

“大川，小引，妈不想活了，妈死了之后，你们千万不要难过啊。”母亲直言不讳，声音透着感伤。

我和弟弟不约而同地摇着头，眼泪珠儿像饱满的种子撕破土壤那样，哗啦啦流着。

“妈，你不能死，我们不想你死！”弟弟哭得撕心裂肺。

“下辈子，我还给你们当妈，照顾你们吃喝拉撒，供你们念书。”母亲顾影自怜地说着，泪水也跟着滑了出来。

“我们要亲妈，我们不要后妈。你要死，我们跟着你死。”弟弟滔滔不绝地哇啦着，文采飞扬。不过，我想的是，他平时写作文吃力得如同在发明汉字，也许正是因为缺少所谓的真情实感吧。

“你们好好活着，好好学习，将来当大官挣大钱，给妈争口气。”说完，母亲又告诉我们，以后放学回家的路上千万别相信陌生人的话，她担心那些要不到钱的债主会伤害我们。

当大官挣大钱。母亲就是这么说的。我把这句话在脑子里写了整整三遍。

“我和大川，一定给妈争这口气。”弟弟懂事地回答。

“大川，你爸不靠谱，你要靠谱，长兄为父，今后这个家你要多费心，照顾好弟弟，莫跟他打架，也不准同学欺负他，知道了吗？”母亲继续交代。

我说：“哪个兔崽子敢欺负小引，我和哪个兔崽子拼命！”

也许是觉得后事交代得差不多了，母亲将夹在腋窝下的棕色绳转移到手上，她跟我们说：“你们认真写作业吧，我把饭菜蒸在锅里了，你们饿了，就自己去吃。”

说完，母亲拿着结结实实的棕色绳，向着死神出发了。

她顺着堂屋的梯子，噔噔噔地爬上木楼。家里的房子是青瓦房，砖木结构，木楼就在几间卧室上面，平时用来存放粮食和杂物。母亲一上楼，就把梯子也提了上去。她这样做，明显是不让我和弟弟当她自寻死路的绊脚石。

我和弟弟目瞪口呆地打望着木楼上的母亲，感觉天都要塌了。

弟弟眼泪哗哗地对我说：“哥，我的心好痛哦！”

于是，我的心也莫名其妙地跟着痛了起来，我皱着眉头跟弟弟说：“哥的比你更痛。”

母亲的身影消失了。

在圆形挂钟咔嚓咔嚓的脚步声中，我脆弱的心脏，快从嗓子眼里跳出来了。

“妈！”

“妈！”

“妈！”

“妈！”

…………

没了梯子，楼是上不去了。我和弟弟急得像热锅上的蚂蚁。我们把桌子掀翻在地，把堂屋里的所有凳子拍在墙的脸上。我们临时抱佛脚，拼命喊着母亲，希望她不要抛下我们。

终于，奇迹出现了，母亲的身影再次出现在我们的视线里，她缓缓地放下梯子，回到堂屋，脚踏实地，把我和弟弟紧紧搂在怀中。

母亲哭着跟我们解释："妈舍不得你们啊。妈放心不下你们啊。为了你们，这个家就是穷得舔灰，我也要充满激情、充满信心地活下去啊！"

母亲放弃了自杀行为。类似的情形，后来又发生过好几次，死亡的交通工具换来换去，几乎每次都有新意，有时是一瓶百草枯，有时是家门前的清漪江，有时，仍是那根结结实实的棕色绳。幸运的是，每次母亲都能踩下刹车，临时改变主意。就像每次见证母亲的软弱，我和弟弟的内心都会变得坚韧、强大一些。

生活仍在堂屋里圆形挂钟咔嚓咔嚓的脚步声中继续，继续朝崭新的21世纪走去。

冬天的时候，柳青娘娘如愿以偿生下一个男孩儿。孙富美娘娘在柳邦德叔叔家跟柳邦德叔叔一起看生活片的事情，也在断裂带，在我们的生命周围，秘密传扬开来。当然，这事儿不是我和弟弟捅出去的。我和弟弟已经不喜欢凑热闹了。

穷困潦倒的日子，我和弟弟懂事了。我们沉浸在知识的海洋里，如饥似渴。

临近春节的一个周末，无所事事的我顺着堂屋里的梯子爬到木楼上找东西时。陡然看见那根棕色绳，那根被母亲盘了只有脑袋那么大的一个圆圈、挂在房梁上的棕色绳，看上去，像是一个极其尴尬的句号。我踮着脚，试着让自己的脖子套进去。一股凉意，瞬间从脖子上蔓延全身。我把脑袋迅速缩了回来。

我花了很长时间，才把棕色绳从尘埃累累的房梁上取下，托在手上，仔细打量一番，觉得它真是一个实用而又残酷的发明。

铁器时代

在生命的某一段时期，当他们回头审视，发现多年来被视为巧合的事，其实是不可避免的。

——（土耳其）奥尔罕·帕慕克《白色城堡》

所有悲剧都长着一颗坚硬无比的脑袋。悲剧没有嘴，所以它不会把自己说出来；悲剧没有腿，但总是如影随形。它苔藓一样隐秘地依附在生命的某些角落，直至尘封，或者烟消云散。悲剧的脑袋可能是一段不堪的记忆，可能是一条河的源头，看似其貌不扬，细细品味，又觉得惊心动魄。悲剧其实并不可怕，可怕的是隐蔽在它后面的迷惘、愧疚和疼痛，这些都是时间难以消化的苦果，也是生命所不能轻易超越的部分。关键是，我该怎样将盘旋在自己头上的悲剧击碎？伟大的遗忘是不可能的。它似乎从来就没有疼惜过我，不愿意帮我把身上的痛苦就地正法，取出悲剧那颗壮丽的苦胆。这些年，它让那个看似早已冻结的悲剧在我的身体里一再汹涌澎湃，让我寝食难安，让我愁眉不展，让我看起来不过是一团那个悲剧中膨胀出来的事物，荒唐而可笑。记忆如水缸里看似弥坚的冰花，也似罂粟，早已定格的1997年，是我将要讲述的这场悲剧萌芽并最终发生或者说是成形的时间，是把本该平淡的人生掀起层层巨浪，把漫长的岁月浓缩为一块阴影的时间。教科书上说，清末洋务运动之后，机器生产在中国进一步发展。但是，我认为，对于偏远而又贫瘠的断裂带，即便是1997年，铁也依然是它生活或者生产的主角。所以，我更愿意把1997年归纳为铁器时代的一分子。当然，我不是历史学家，这仅仅是我的个人观点。也许，铁器时代不仅仅是历史学概念，对我，对生活在断裂带靠天和地吃饭的人们来说，它要意味深长得多，就像中秋的月亮之于每个中华儿女。我要讲述的这个充满悲剧色彩的故事，自然能够证明这一点，虽然它如此微不足道，就像埋在河床下面的沙子，一滴掉进大海的雨水，或者一棵长在山谷里的小草。可以保证的是，我不会因为自己作为当事人的胆怯把真相捏碎。我仅仅希望，自己能尽量勇敢地、客观地呈现事实，而不是隐瞒，为曾经做无聊而又肤浅的辩解。那毫无用处，也毫无意义。我记得自己年轻的时候写过一篇小说，标题是《人永远去不了的地方就是过去》。人永远去不了的地方就是过去，如今，我却如此渴望回到过去，回到1997年，就像种子渴望着春天，就像一棵树渴望着一片森林。

我还记得，我曾经也写过一篇名为《总想多长几只手》的散文，赞美断裂带忙碌、勤劳，一辈子与农具、庄稼为伍的乡亲父老。总想多长几只手更像一种古老的天气，既是对忙碌的隐喻，也是置身铁器时代无可摆脱的命运，断裂带儿女们共有的命运。需要补充的是，在断裂带，在铁器时代，总想多长几只手，和多长了一只手，并不是同一回事。回忆 1997 年，我首先想到的不是香港回归，而是我的妈妈，我那比普通人多长了一只手的妈妈。

即使有人手伸进喉咙把我知道的秘密往外掏，即便丝毫没有跟家人同悲欢共命运的态度与热情，我也坚决不跟任何人说我有个多长了一只手的妈妈。我的懦弱或者说虚伪的后面，以及被现实冲淡的亲情后面，隐藏着某种可能的畏惧、伤害与报复。我当然没有义务为妈妈的贪婪负责，但是，泥沙俱下的现实往往会对涉及某些事实的人造成误判乃至曲解，妈妈偷菜的事情一旦被传开，他们很可能把矛头插在我身上，仿佛我有一个偷菜的妈妈比妈妈偷菜这种行为更加令人厌恶。多一事不如少一事，我想。消极有时候并没有想象得那么坏，至少，我可以暂时通过“多一事不如少一事”远离闲言碎语，在它的屋檐下平安无事，不像被削尖的铅笔那样被推向风口浪尖，黯然而又无可奈何地陷入命运的深夜。隐瞒对已经步入歧途的妈妈没有任何好处，就像裤子上的补丁，脸上被什么尖锐物体留下的疤痕，或者扎进轮胎里的铁钉。但是，我不得不隐瞒，我不希望别人把这个家说成老鼠窝。我希望妈妈的那一只手能够永远隐藏起来。

再过一天，就是香港回归祖国的日子。

下午，我亲眼看见妈妈猫着腰钻进人家菜园偷菜。她把偷菜这件事做得小心翼翼，就像老太太过独木桥，就像老鼠过街，就像蚂蚁在雨中搬运食物。要是凑巧被其他的人看见了，妈妈也会没事，不是因为妈妈身上带着护身符，而是断裂带没人喜欢插手这种事，只要不是他家菜园的，睁只眼闭只眼就过去了，也就是说，即便真相就埋在眼皮子底下，也很难抛头露面。大事化小、小事化了在断裂带人的观念里早已根深蒂固。断裂带的人很客气，不，是客气得有点过头。比如，妈妈偷菜即使是被菜园的主人发现了，人家也会事先远远地吆喝或者咳嗽几声，提醒一下她“差不多了该收手了”，好像种菜的人比偷菜的人更不光彩，更见不得人。然后，等偷菜的人走远了，主人才会慢悠悠地走过去，不慌不忙地骂上半天，一解心头之恨。

虽然妈妈并没有被别人发现，我还是忍不住为她的不劳而获感到羞耻。我很失望。人穷要穷得有志气，妈妈经常教育我们，不过，今天我总算是见证了她的口是心非。事实上，我知道菜园是泥瓦匠刘邵良家的菜园，他家的菜园跟我家的玉米地挨得很近，近得就像两口子，中间隔着一道半人高的篱笆，牵牛花顺着篱笆一直往上爬，好像要爬到天上去似的。印象中，刘邵良种菜好像从来不是为了吃，也不是要拿到青梅街去卖，而是为了给人偷，经常能看见刘邵良双手叉腰站在菜园里扯着喉咙破口大骂，他骂得天昏地暗，好像骂人能过瘾似的。刘邵良破口大骂，旁边看热闹的人却不时哄笑。

妈妈是背着背篓去的，背篓里面委了些猪草，不是很多，但足以隐藏妈妈想要带走的东西，猪草的存在不过是为了打掩护，所以也不能太多。我深谙这些猪草的作用，但不了解生活，不了解它塑造的面孔与沧桑，和躲藏在面孔后面像断裂带的星光那样璀璨的疼痛。生活如此重要，所有人都在它的眼睛里打滑，在它的褶皱里荒废，我们生来笔直的身体其实只是一种包裹在我们外面的假象，而真实的我们可能是破碎的、残缺的，甚至是扭曲的。很难有完人。

被绿荫和泥土的腥味缠绕的断裂带，空气中飘荡着某种腐尸的味道，气味可能是从不远处的女娲河飘过来的，令人作呕。几只乌鸦在对岸的沙滩上飞来飞去，叫得难听死了。在断裂带，它们的叫声就是丧钟——死亡的化身，它们一叫，就意味着附近有人要死了。菜园里的所有蔬菜都耷拉着脑袋，昏昏欲睡，千姿百态的绿意之下，饥饿在闪烁，对我们的胃发出持久、古老的召唤。断裂带上的烈日，大得就像一个超级灯泡，它粗野地舔着断裂带的每一寸土地，也包括我们的皮肤，和我们枯草一样的黑头发。菜园里没有阳光，几棵挺拔的核桃树站在地边，它们的胳膊把菜园里的阳光挡住了。

妈妈“袭击”了刘邵良家的菜园。袭击，这个词几乎是弟弟的专利，他经常欣赏爸爸或者妈妈拿着棍子袭击我的屁股、我的后背，那种无法掩饰的快乐在他的脸上闪烁，好像他不是在看我挨揍，而是在看动画片似的。妈妈没有叫我帮她的忙，已是万幸。我是妈妈的一只手，我是爸爸的一只手，有时候，我还是弟弟的一只手。他们不愿意做而又不得不做的事情，通常都会让我帮他们完成。大概是觉得多余，冒险，碍手碍脚，或者，怕增添不必要的麻烦，妈妈才故意把我这只手漏掉的。忽略有时候也是一种幸福，妈妈压根就没有意识到我会跟踪她，我想，从不劳而获的毛细血管渗出来的辛酸、卑微和惭愧，只有妈妈自己心里清楚，真让人扫兴。妈妈从刘邵良家的菜园“凯旋”的时候，我的担心才慢慢松弛下来。

妈妈多长了一只手。可怜天下父母心。她是为了弟弟才那么做的，她愿意为她的儿子做任何事，上刀山，下火海。好在事情并不难，昨天早上，弟弟奶声奶气地说，他想吃凉拌番茄。凉拌番茄，做法比一加一等于几简单得多，放在瓷盆里洗干净，用菜刀在菜墩上切成小块装在盘子里，再撒上几勺白糖就可以了。家里有白糖，但是没有番茄，没有番茄，再多的白糖，也是孤立无援。据说，蔬菜的价格又涨了，不过，这好像和我们家没太大关系，因为妈妈从来不舍得掏钱买菜。因为没钱，在家里，提钱是件缺心眼儿的事。有钱走遍天下，没钱寸步难行，有钱可以把你想要的任何东西买回家，爸爸说，他以为我们都是白痴。家里穷，所以我总感觉那些我或者弟弟想要的东西，永远长在别人家里似的，可能妈妈也知道这一点，不然，她就不会到别人家的菜园浑水摸鱼了。白糖是姥姥给的，妈妈把它藏在碗柜最下面靠右边的泡菜坛子里。泡菜坛子里没有泡菜，它的心是甜的。妈妈把白糖放在里面，主要是为了防我，家里但凡是好的东西，妈妈都会小心翼翼地藏起来，好像她生的不是一个女儿，而是一只老鼠。妈妈藏起来的东西一般情况我不会碰，我不想自己也多长一只手，我害怕自己某一天真的会变成一只老鼠。

家里，妈妈，还有爸爸，他们的脑袋不是他们的，是弟弟的脑袋。不用数，就知道，弟弟有三颗脑袋，只有一颗长在他自己头上。弟弟是爸爸妈妈的命根子，是他们的凉拌番茄。对我来说，爸爸妈妈就像铁一样顽固，难以改变。我与他们之间很难翻出点温情的东西。一碗水端平，做白日梦吧。我也不奢望。在家里，我最多的念头就是快快长大，快快逃离这块不属于我的地方。我的骨子里长满了逃离，就像断裂带雨后的树林长满了蘑菇。每个人的生命里或多或少都会有些麻烦，它就像苍蝇一样围着你，搞得你心神不宁，但是，你一时半会儿又不能把它从你的生命周围挪开。我需要更多的时间实现这个愿望。不过，我很庆幸，我的脑袋不是弟弟的，我的脑袋只属于我自己。

晚上的菜肴因为多长了一只手的妈妈而变得丰盛起来，她做了一大盘凉拌番茄，从番茄的颜色可以看出有些还没有熟透，不过，妈妈不可能等到它们熟了。弟弟吃得津津有味。爸爸和妈妈也吃了，但吃得很少，对儿子的那份爱已经塞满了他们的胃。妈妈的吃相让我倍感不适，她每夹一块番茄放进嘴里，都要舔一下筷子头，美滋滋的，意犹未尽，感觉她都快把筷子舔成针了。我没有吃凉拌番茄，每块番茄里都坐着刘邵良的咒骂，这个念头或者意识，让我失去了同流合污的勇气。我没有吃凉拌番茄的另一个原因，也有着一丝难以言传的报复心理，爸爸妈妈对弟弟的宠爱令我感到无端厌恶，我以为我早已习惯了他们对弟弟的那种近乎全身心地投入与娇惯，但我没有，它们就像断裂带上的星星，在漫漫黑夜里原形毕露。弟弟是一颗包在爸爸和妈妈之间的糖果。他们不厌其烦地将盘子里的番茄送到弟弟的嘴巴里，好像弟弟的手都长到他们身上去了一样。挂在刚刚粉刷不久的墙上的闹钟不急不慢地走着，旁边，我的几张三好学生奖状沧桑而又紧张地趴成一堆，好像随时都可能从墙上掉下去，曾有的快乐消失了，变得惨不忍睹。弟弟在上面涂鸦，那些蚯蚓一样弯弯曲曲的线条爬满了奖状，不过，还是勉强能够看出，弟弟这个年纪所拥有的想象力和创造力，他画了长着两条腿的房子，笑眯眯的、有胡子的太阳公公，一条蛇懒洋洋地吐着芯子，还画了他和爸爸妈妈手牵手在河边散步的样子。望着弟弟的杰作，我觉得自己没被气死，真是一个奇迹。

每个人的前面都有一个大大的坑，最后，每个人都会从那儿掉下去，永远不回来了。用泡菜下饭的时候，这个奇怪的念头在我的脑海反复闪烁着，有那么一会儿，它似乎抚平了我内心的焦虑、怅然若失，以及那种因为忽略而野蛮生长出来的孤独和伤感。

爸爸、妈妈还有弟弟一直在说话。好像沉默会死人。生活的长长短短，是是非非，当然，也有家里的事情。爸爸跟妈妈商量给弟弟买辆自行车的事情，说以后弟弟就不用走路去学校了，妈妈开始并不同意，她觉得腿比自行车方便、灵活，更具有操作性，她还担心弟弟学不会，爸爸一句话就把妈妈顶了回去，他说得很实在也很轻松：就当是给家里添一样东西。但现在家里没那么多钱，妈妈实话实说。家里穷得连菜都舍不得买，现在，他们却要给弟弟买自行车，会不会吃错药了。他们对弟弟一直都很大方。若给我买颗水果糖，我就是睡着了，也会笑醒。我飞快地往嘴里刨了几口米饭，生怕肚子里的妒火一下子喷出来。也许买自行车难度确实挺大，爸爸说，那就等家里的猪肥了再说。等家里的猪肥了再说，这句话里面，我丝毫没有感觉到爸爸的力不从心，或许有那么一点，但这更像是一个坚定不移的承诺。然后，他们换了话题，他们说起了二月十九日中国社会主义现代化建设和改革开放的总设计师邓小平的去世，说起了长江三峡大江截流，他们还说起了已经摆在眼皮子底下的香港回归。孤掌难鸣，爸爸和妈妈轮流就这些与他们本身隔着永远都无法穿透距离的重要事件发表着各自的看法。他们讨论的话题如此深刻宏大，让人难以想象他们不像是断裂带的寻常百姓，更像那些忧国忧民的知识分子。爸爸和妈妈聊得尽兴，无形之中，晚饭的时间被拉长了。吃完饭，屋顶上已经不再是黑漆漆的夜空，多得难以计数的星星爆米花似的坐满了整个天宇。断裂带静悄悄的，仿佛所有的声音都被头顶上那些神秘、灿烂而又遥远的事物吸掉了。

多长了一只手的妈妈开始收拾饭桌，油腻腻的抹布将落漆的桌子蹭得吱吱响。此时此刻，她似乎早已把下午的不光彩行为抛到了九霄云外，脸上挂着浅浅的疲惫。为了把日子过得滋润一点，妈妈和爸爸每天起早贪黑地忙碌着，除了种庄稼，家里还喂了不少鸡，实际上，家里并没有从它们身上捞到多少油水，弟弟喜欢吃鸡肉，每过一段时间，爸爸都会为弟弟杀一只解馋。家里的鸡越来越少，儿子却永远都是儿子。对爸爸妈妈来说，贫穷、忙碌并不可怕，因为弟弟足以帮他们把埋在日子里的不快归零。

妈妈年轻的时候很漂亮，是家族里有名的“菜盘子”，就是太固执太任性了。当年，她背着家里所有人跟爸爸领结婚证就是个例子。婚姻是爱情的坟墓，岁月是婚姻的坟墓，妈妈老了，皱纹在她的脸上扎堆。还没有弟弟那会儿，爸爸和妈妈经常吵架，有时候也动手，仿佛生活把所有的浓情蜜意都磨掉了，只剩下永远没法揉碎的磕磕碰碰，和循环往复的忙碌。结婚就是为了延续血脉，为了开枝散叶，“有心栽花花不开，无心插柳柳成荫”

这句老话在爸爸妈妈的婚姻里得到了验证。很小的时候，我就明白自己不过是他们的一小块儿痛，他们做梦都想要个儿子。我清楚记得，弟弟是 1990 年年底出生的，那会儿电视剧《渴望》正在全国热播，毛阿敏唱的同名主题曲火遍了整个断裂带，几乎人人都能哼上几句。小时候，我的头发从来没有长过，每次去青梅街的理发店，他们总要想方设法让理发师给我剪个短发，一来可以节约洗发水，二则可以从某种程度上满足他们对儿子的幻想。俄罗斯著名作家索尔尼仁琴在 1970 年的诺贝尔文学奖获奖演说里有句话说得很深刻，也说得非常好：一句真话能比整个世界的分量还重。我想说的是，在爸爸妈妈心目中，一个儿子能比整个世界的分量还重。当然，不光他们，几乎整个断裂带的父老乡亲都有这种古怪、狭隘的思想，在一个儿子能比整个世界的分量还重的断裂带，这个思想几乎就是传统，天经地义的传统，永不生锈永不枯萎的传统，传统的里面，是笼统而愚昧的性别歧视。所以断裂带的父母都想要个儿子，就像我们这些读书的孩子做梦都想考满分似的，生个儿子比生了一堆金子还要开心。自从家里有了弟弟，爸爸和妈妈就很少闹矛盾了，生活的重心全部转移到了弟弟身上。同时，弟弟也带来不可思议的力量，他重建了爸爸和妈妈久违的浪漫和爱意。

有天晚上，我撞见两口子在厨房淡黄色的白炽灯下接吻。妈妈踮着脚，双手环抱爸爸，咬他的舌头，快把爸爸的舌头吸到她的肚子里去了，我看得手脚冰凉，羞愧、激动，感觉像是被雷击中了一般，迅速转身逃之夭夭。每次想到这个场景，我都忍不住恶心。我的闺蜜罗佩佩说她也曾遇到过这种情况，主角依然是给了她生命的两个人，不过，她的爸爸和妈妈疯狂得多，两个人像蛇那样缠在床上。她的确比我勇敢多了，不但能在众目睽睽之下朗诵阿赫马托娃、普希金的爱情诗，还能如此从容不迫地观察生活，也不怕把眼睛弄花。罗佩佩在家里也不如意，她有一个弟弟，也刚念小学。友谊随着我们身上那些相似的遭遇而变得牢不可破，熟悉的人都知道我跟罗佩佩好得恨不得穿一条裤子。即便如此，她的某些想法还是让我大跌眼镜，她告诉我她想往弟弟的喉咙里灌农药，她说的时候咬牙切齿，看样子绝不是开玩笑。我被她这种稀奇古怪的念头吓到了，我担心她脑子一时转不过弯，做出丧心病狂的傻事来。我们都缺少关爱，以及正确的、必要的、及时的心理辅导。

一个儿子能比整个世界的分量还重，家里因为有了弟弟，所有黯淡、憋屈的存在感都被刷新了，爸爸和妈妈也慈悲地让我留起了长发，我甚至有了一条虽然廉价但充满归属感的红裙子。即便如此，我的内心却毫无感激，我怀疑他们只是想要炫耀家里有个儿子罢了。对整个家庭而言，我不过是一块小小的冰，毫不起眼，不值一提。著名歌星郭富城发行的第二张个人国语专辑《我是不是该安静地走开》，我很喜欢。他的第一张国语专辑《对你爱不完》，名字有些赤裸、庸俗，透着几分虚假的狂热。但是还好，我觉得其中的某些歌词可以代替我难以言表的心情，释放我无处宣泄的压抑。生在这样的家庭简直就是个悲剧，我，是不是该安静地走开？离开断裂带，离开那团古老的阴影。断裂带比想象中的断裂带还要偏远、滞后，反应迟钝，就像王朗自然保护区里那些吃饱喝足了的大熊猫，慢悠悠地穿过密集的箭竹林。实际上，知道郭富城，听郭富城的歌，是在我上初中之后，也就是1995年以后的事情。中间还隔着好多年呢。任何新鲜事到了断裂带都会布满历史的沧桑，变得老态龙钟，罗佩佩猜测，没准儿郭富城早就落伍了，明星又多了好几箩筐，只是我们不知道而已。可是，能有什么办法？

妈妈收拾完碗筷，开始在厨房里剁猪草。爸爸跷着二郎腿在堂屋里看电视。弟弟剪完手指甲，趴在已经破了皮的沙发上看他的小人书，一副陶醉的样子。我站在院子里望着漫天的星辰，兴许是被硕大、遥远而缥缈的宇宙感动了，眼泪无缘无故地落下来。

时候不早了，该回屋休息了。

明天是香港回归祖国的日子。

这一段时间，香港回归俨然成了断裂带最为热门的话题。这个话题跟以往那些话题长得不太一样。它不涉及断裂带，仿佛一块从天而降的陨石。几乎所有关心国家大事、民族未来的人们，都在谈论这件事情。

并不是没有可能。我念初二，学了地理，我已经知道，46亿年前起源于原始太阳星云的地球——庞然大物，不过是茫茫宇宙一粒小小的尘埃罢了。在它的周围，还密密麻麻分布着难以计数的尘埃。当然，这个周围得用光年计算，而这些尘埃的体积和分量，也不是几个胖子能够媲美的；我还知道板块构造学说是在大陆漂移学说和海底扩张学说的基础上提出的，根据这一新学说，地球表面覆盖着不变形且坚固的板块，包括岩石圈，这些板块以每年一厘米到十厘米的速度在移动。但是，可别小瞧了这种缓慢的力量和改变。我们风度翩翩的地理老师，就是学校里那位脑袋比萤火虫还光还亮，整天踩着一双浅蓝色拖鞋走来走去的家伙，曾在课上告诉我们，世界最高峰珠穆朗玛峰就是由亚欧板块和印度洋板块相互碰撞的结果。为了加强我们的理解，他双手合十，并缓缓朝上抬升，仿佛专业的游泳教练在给他的学生们示范蛙泳的规范动作，他说，珠穆朗玛峰就是这样形成的。此外，他还特别强调，珠穆朗玛峰平均每年增高 0.3 厘米。0.3 厘米，这足够让班上那些还没怎么长个儿的同学郁闷半天了。

香港回归，牵动着整个断裂带的心跳和呼吸。各种鲜艳夺目的庆回归标语，随处可见，仿佛断裂带就是香港，好像如此就能拯救我们沉闷平淡的生活，把乡亲父老们骨头里那些就像他们的指甲缝一样黯淡的命运和自豪感擦亮，让沉浸在某种陈腐和古老气息里的断裂带，多一丝热闹和现代气息。我愿意读书，《伊索寓言》《一千零一夜》，或者《安徒生童话》。也许，作为女孩子，关心个人的衣着是否干净、脸蛋长得是否漂亮，怎样隐藏正在发育，或者已经膨胀得有些过度的乳房，以及如何让某个帅气的男孩在与你擦肩而过时忽然眼前一亮，露出相见恨晚的神情，都远比香港回归紧要得多。

断裂带上的灯把眼睛纷纷闭上以后，天就算是黑透了，黑透了，仿佛可以把它们砍成块，撕成片。如果赶夜路，没有手电筒，就像吃饭没有筷子，下雨没有带伞。我第一次赶夜路是去外婆家，他们帮外婆割麦的时候把钥匙忘在外婆家了，回家的时候才发现进不了门，爸爸妈妈认为我跑得快，应该我去，真舍得把我往火坑里推啊！我胆子小，但又找不到拒绝的理由，只好硬着头皮出发了。姥姥家在山上，走拢大约得花半个小时。我来回花了半个小时。确实跑得快，并且没觉得累，因为恐惧已经让其他混乱的情绪凝固了，变得无足轻重了，要是我持之以恒，当世界冠军也是水到渠成，如履薄冰。

夜就像大海那样深了，此起彼伏的虫鸣在它们各自的疲惫里慢慢塌陷。山顶上时隐时现的松涛梦幻而缥缈。

生命陷入沉睡。寂静在断裂带放肆生长，仿佛整个世界都停止了呼吸。

萤火虫是世界上最小的灯笼，它在夜晚的皮肤上移动，仿佛为断裂带守夜的精灵。

饱满而澄净的露水坐在草尖上，等风来把它们吹向遗忘，脱胎换骨。

躺在我那比穷人骨头还要硬的床上，我毫无睡意，精神得像是天上的星星。他们和弟弟睡的是席梦思，我呢，只能用叹气来缓冲内心的挫败感，所谓的公平都被“一个儿子能比整个世界的分量还重”这句话卷到了九霄云外，强烈的委屈又一次占据了我的心房。有那么一会儿，我感觉自己就像一块小小的冰，睡眠在慢慢融化，身体在慢慢融化，在一个儿子能比整个世界分量还重的断裂带，在重男轻女的铁器时代，在香港回归前的这天深夜。

千呼万唤始出来。七月一日，香港回归的日子如期而至。

如新闻联播的播音员所说，全国人民翘首以盼的日子，终于来了。

我早早起了床。我没有睡懒觉的习惯。脖子有些疼，好像落枕了。爸爸妈妈起得更早，他们从来如此，新的一天永远都是从他们起床开始的。爸爸在院子里锯木头，每过三四天他都会到山上去背一截木头回来，锯成菜墩，然后，妈妈把它们卖给那些需要的人。逢集的日子我是不会上街的，因为妈妈要在街上摆摊卖菜墩，她经常叫我帮她守摊，我面皮薄，害怕遇见熟人，尤其是学校里的老师和同学。其实也没什么，但我总觉得在大街上摆摊就像在展示我个人以及家里的苦难似的。爸爸挣的是血汗钱，家里暂时没有别的经济来源，所以，妈妈总是恨不得把一分钱掰成两半花。妈妈大概是穷怕了，因为她经常冲我们抱怨，这样的日子啥时候才会天亮呢？这样的日子啥时候才会天亮呢？我也想说这样的话。我把这句话当作写作素材记在我的日记里了，当然，这个秘密我没有告诉任何人。或许，我把自己隐藏得太深了。我想写一篇题目叫作《等待天亮》的作文。我喜欢在作文里引用诸如“这样的日子啥时候才会天亮呢”“骨头车成纽扣”“别天都亮了还把尿屙在裤子里”这样的话，我迷恋它们身上那种淳朴、独特的气息，化抽象为形象的智性诉求，以及瞬间就能够爆发出来的弦外之音。如果把断裂带看作一部包罗万象的大字典，那么，这些话就是活在其中的精灵，可遇而不可求，就像女娲河里的娃娃鱼，踏破铁鞋无觅处。但是，如果运气好，得来也是不费工夫的。

弟弟依然在他舒适的席梦思床上呼呼大睡，弟弟是一块永远笼罩在我身上的黑夜。

这样的日子啥时候才会天亮呢？

天已经亮了。

缓缓驶进黎明臂弯里的断裂带，格外赏心悦目，刚刚过去的夜晚，在浅蓝色的天边留下了最后的痕迹，几粒星星，若隐若现。太阳尚未升起。空气好得要命，好像被妈妈用洗衣粉洗过一样。亮晶晶的露水在路边的草丛里闪烁。乳白色的晨雾蜗牛般从山上深绿色、死气沉沉的松林漫下来。总是蜷缩在茂密枝叶里的屋顶，也在这个还有些模糊的黎明慢慢亮出它灰色、轻盈的翅膀。安宁总是短暂的，很快，一切平静都被那些喉咙痒得要命的鸡鸭猪狗压在它们的舌头下面去了，它们快活地、尽情地唱啊闹啊，生怕地球忽然停下来不转了。

已经分了家、住在隔壁的爷爷，老早跑到我家来看电视。他给我们提了一袋前几天从青梅街买来的橘子，橘子好像多得卖不完，或者，纯粹是营销策略，卖橘子的老板已经把写在纸板上的五毛钱一斤改成一块钱三斤。望着爷爷带来的橘子，我忽然发现自己对生活的理解力惊人地提高了，思维更为活跃、敏捷，对存在和隐藏在背后的意图心领神会。爷爷不应该这么客气的，大概是怕惹妈妈不高兴。妈妈本来就不高兴。妈妈不喜欢爷爷或者婆婆到家里来串门，两个偏心的老人让她的肚子里装满了怨气，她经常在我和弟弟面前说起早些年他们分家的时候如何可怜，只分了几亩薄地，几块腊肉，几十斤粮食。妈妈说，她永远不会忘记这些磨难。是的，磨难，耿耿于怀的磨难，心灵深处的磨难，比留在皮肤上的疤痕还要让人难以接受的磨难。有时候，妈妈也告诉我们别的陈年旧事，比如，婆婆冤枉过她，冤枉她偷他们家米缸里的米，冤枉她偷他们家菜园里的菜，还有藏在衣柜里的钱和传了好几辈人的戒指，妈妈说，这些事肯定都是婆婆的那帮女儿们干的；再比如，婆婆喜欢儿子，但是很不幸，前面四个都是女儿。后来婆婆终于生了两个儿子，如愿以偿，一个是爸爸，一个是幺爸。生孩子跟下雨似的，妈妈如此总结，她从岁月的墙根下挖婆婆这些苦难的时候，我发现，她平日里总是紧绷着的脸有了松弛的快乐，那种天马行空、肆无忌惮也无需任何代价的快乐。这很自私、野蛮，我觉得，妈妈不应该这样，即使婆婆冤枉过她，人这辈子怎么可能没有丁点儿差错。但是，很快，我心头便有了本能的恐惧，还有沉甸甸的危机感，一年三百六十五天，总结下来不过是春夏秋冬。在断裂带，儿子才是圆满人生的末班车，人生注定要有个儿子才能算得上圆满。我想起我和弟弟，以及我在这个家里享有的待遇和麻烦，一个儿子能比整个世界的分量还重，一个女儿呢，屁都不算。粗心大意的妈妈把某些重要的东西漏掉了，像突然踩到一泡狗屎，妈妈漏掉的那些事物，让我再次触及了我的命运和疼痛。那个关乎性别的比喻就在我的生命周围盘旋，我不过是这个比喻下面的一个微不足道的积水坑。我有些害怕了，这种害怕,让我变得冷漠,婆婆和妈妈,都在我的冷漠范围之内。我也好奇，觉得不可思议，仿佛苦难有着某种惊人的记忆，妈妈和婆婆，她们也是女人，为什么还要固执地让不幸继续繁衍生息，让伤口变大变深。今后，我也会重复她们的命运吗？我不会。也许，我应该给她们的恩恩怨怨好好写封感谢信，感谢她们，让我及早洞悉了朦胧、陌生的命运中那最为惊人的相似。简而言之，就是重男轻女，就是对儿子的膜拜与迷信。

恨屋及乌。妈妈讨厌爷爷，也是顺理成章的事情了。我不讨厌爷爷，只是觉得，他当了一辈子农民，太可惜了。爷爷早年在公社里当过会计，识字，是蒲松龄的铁杆粉丝，就是不用翻《聊斋志异》，他也能讲得栩栩如生，好像那里面的所有故事，都曾穿过他的呼吸和生命。爷爷最大的喜好就是吹牛，不是听别人吹，而是他自己跟别人吹，就是在他面前摆个稻草人，爷爷也能说得眉飞色舞。只要吹牛进入状态，爷爷就忘乎所以了，就算他的牛被人偷到外省，他也不会察觉。吹牛，得有资源。香港回归，如此重要的事情，爷爷自然不会错过。爷爷家有电视，并且还是像大熊猫一样稀有的彩色电视机。不过，邪门的是，有天晚上，大概是五月份的最后一天吧，他们家的彩色电视无缘无故摔在地上，坏了。跟长了腿似的。妈妈说，爷爷或者婆婆，肯定在哪儿碰上了不干净的东西。我吓得魂飞魄散，每天晚上，我都要点燃一支蜡烛，借着它的死亡睡去。那天晚上，还出了不少邪门的事情，堂哥家碗柜里的碗莫名其妙地落在地上碎了很多，还有几户人家屋顶上的瓦往院子里落了不少。有人说是地震，不过，我更喜欢罗佩佩的猜测，她说断裂带下面困着一条巨龙……

太阳出来了。阳光照耀的断裂带显示出异样、独特的生机和美。

弟弟一口气消灭了三个橘子，他吃得津津有味，脸上布满了橘子汁和残渣，弟弟用他的整个脸在吃橘子，而不是仅仅用嘴。

爷爷的脸依然肿着。前天，在女娲河河边放牛的时候，不小心被马蜂蜇了，一张脸肿得估计他的妈妈也不认识了，亮闪闪的。为了省钱，爷爷并没有去医院，他对医院有着本能的反感，去医院好像跟进了鬼门关似的，吃药都是医生说了算，爷爷担心自己的腰包扛不住，他说，时间是最好的良药。

看着电视里鲜艳的五星红旗以及中国香港特别行政区区旗在香港的上空冉冉升起，爷爷激动得热泪盈眶，他拉着我弟弟的手，轻声细语地告诉弟弟知识就是力量，要弟弟好好念书，将来好为祖国的繁荣富强添砖加瓦。为了弟弟不左耳朵进右耳朵出，爷爷给弟弟掏了十块钱，算是鼓励和投资。我羡慕得眼珠子都快跳出来了。我以为，爷爷也会给我十块钱的，但他重男轻女，看都没看我一眼，别提多扫兴了。

爷爷到家里来，自然要喝两杯，爸爸开始还有点担心爷爷的伤势，不过，顿顿要喝点的爷爷说了，命可以不要，酒不能不喝。爷爷的这种精神鼓舞了爸爸，也化解了爸爸的担心，要喝就得喝个痛快。断裂带有句老话，烟搭桥酒修路，不管办什么事情，只要有这两样，也就八九不离十了。爷爷把那些不喝酒的人称为缩头乌龟。爸爸说，喝点酒，精神抖擞。

等到快要吃饭的工夫，爸爸才发现家里没有酒了，爷爷上门吃饭总不能自带酒水。所以，爸爸命令我上街给他买酒。爸爸有点急不可待，好像屁股后面有十条恶犬在追。爸爸迫切地从荷包掏出皱巴巴的十块钱，连同一个白色的塑料空酒瓶递给我。速去速回，他说，好像他已经渴得不行，好像他再不喝点，就会把命丢了似的。但是，我没有接，我不想去，我告诉爸爸，自己动手，丰衣足食。今天，就是用轿子抬我去，我也不干，要去，你自己去，除非把整条青梅街拖到我面前来。

我的胡言乱语，我的拒绝，大概吓到爸爸了，我看到，他不自然地收回胳膊，一动不动，望着我，像个农民眼巴巴地望着自己的庄稼，满脸困惑。我本该立刻从爸爸面前消失的，即使是出于礼貌，但此刻，我的脚生了根一样，木桩似的站在他面前，倔强得像是女娲河迟迟不愿上钩的鱼儿。我其实也被自己顽固的勇气吓到了，以前就是借我一万个胆子，我也不敢拒绝爸爸吩咐的任何事情。他的话就是圣旨，就是法律，必须遵守，不容拒绝。平时，我见到他，也像倒霉的老鼠遇见了猫，战战兢兢，小身体跟地震了似的，抖个不停。

你，翅膀是不是长硬了？

爸爸问我，语气里夹着讽刺，以及若隐若现的威胁，好像我不知道自己是从他和妈妈的婚姻里冒出来的一桩麻烦似的。他满嘴辣辣水的味道，臭得要死，好像随时都可能喷出火来，把我烧焦。爸爸大概是真的生气了，我瞟了一眼，他那布满荒凉、皱纹与沧桑的脸，黑得像是被人倒了一整瓶儿碳素墨水。

空气里辣辣水的味道在闪烁。辣辣水是我弟弟刘青云对酒的另一种称呼，名字取得很是形象生动，我觉得，弟弟今后要是不当个作家，简直可惜了。辣辣水，酒的另外一副长相，也是一次简单尝试之后，晕眩和恐惧在弟弟心灵深处摁下的手印。自从上次为节约些钱出来吃麻辣烫，弟弟给爸爸买了半瓶酒，回家途中，又在灵官庙旁边被荨麻和蒿草围住的水塘里灌了半瓶水，爸爸就再也不想让他到街上买酒，妈妈就再也不想让他为家里买油买醋了。人永远去不了的地方就是过去，弟弟大概不会为自己没有把掺了半瓶水的酒摇匀而懊恼吧。

爸爸真的生气了。他铁青着脸，一副不达目的誓不罢休的样子，像戴翅膀的人一样恐怖。比戴翅膀的人更恐怖的是，我感觉爸爸的眼珠子如同青蛙跳出池塘那样，快要从他愤怒的眼眶，从他燃烧的生命里蹦出来了。

“绝不让黑恶势力形成气候”，有一瞬间，我的脑海跳出派出所挂在青梅街上的扫黑除恶宣传标语。那幅标语就挂在我同学银小美家门前的电线杆上，白布黑字，看起来阴森森的，感觉就像你已经踏进犯罪分子的家里一样。我铁了心，今天就算被爸爸打得遍体鳞伤，也决不向爸爸低头。我隐隐感到，我之所以如此倔强并不是为了让爸爸对他的暴力和野蛮失去信心，而是想通过这种方式向他表明我长大了，我是自由并且充满活力的个体，不受任何人约束、指使。

“你到底去还是不去？”爸爸冲我下了最后通牒，看样子，他是想给我点儿颜色瞧瞧。我没有吱声，沉默是最好的反抗，说话就是屈服，就是妥协。没什么好商量的。不去就是不去。

“白痴，养你还不如养条狗！”暴躁的爸爸突然将手中的酒瓶和钱狠狠摔在地上，他指着我的鼻子骂我，好像恨不得一下子把我戳到地底下去。他的愤怒被我彻底点燃了。

在断裂带文化站当笔杆子的苏哥好像说过，咒骂本质上就是嫉妒、无能和平庸。我知道他指的是那些在他背后指手画脚的家伙。断裂带那些平时忙得总想多长几只手的人都嫉妒他，嫉妒他工作清闲，眼红他的铁饭碗——整天无所事事，不用操心，不用出汗，每个月还能按时领上一笔足够他花的工资。如此奢侈、消闲的工作，好多人打着火把，手持放大镜，也未必找得到。诗人的真名我不清楚，只知道他的笔名：苏城子。苏城子上学期被邀请到我们学校给我们上了一堂精彩而又生动的文学课，他讲的是海子，写《面朝大海，春暖花开》的海子，在山海关附近卧轨自杀的青年诗人。他讲得很好，我甚至能够意识到海子的肉体虽然烟消云散，但他的精神，他的诗歌，依然在某种程度上保持着完整的有效的生命形式。很多同学都听哭了。我的作文写得不错，我的语文老师，她经常抱怨自己是“上辈子杀人，这辈子教语文”——便把我那几篇较为出色的作文交到他手上，希望他能抽时间帮我看看。我想，语文老师之所以这么热情，很可能是因为她已经意识到我的思想已经远远超过了我的年龄、我的同学，在现实生活中我把自己隐藏得太深了，但是，我的文字又是那样轻而易举地暴露了我的早熟。记得，其中有一篇批判重男轻女的作文，我从个人的经历和体验出发，表达了内心的委屈、不满、愤恨，以及强烈地想要改变这种现状的渴望，我给这篇作文取了一个啰唆而又意味深长的标题：《让我那耀眼的疼痛喂鱼去吧！》。诗人对这些作文赞不绝口，说我坚持下去一定能够成为著名作家，他把“著名”这两个字说得特别重，我激动得浑身发抖，仿佛刚刚摆脱了一条乡下恶狗的狂追。总之，我们就那么认识了。我没有称他“苏老师”。

他让我称他“苏哥”就行了，我也是普通人嘛，他说，满嘴的烟味扑鼻而来。苏哥留着一头另类的长发，个子高高的，有点儿瘦，是正在冉冉升起的青年诗人，他因为在市级刊物《剑南文学》发表过一首名叫《归宿》的小诗受到县上领导的青睐，被安排到断裂带文化站专心从事文学创作。苏哥说他要出诗集了，同时，也在构思一部前无古人后无来者的超级长诗，大概十万行左右，忙得不亦乐乎。此外，我还知道，苏哥来断裂带文化站报道的时候县委书记召见过他，鼓励他争取成为四川的第二个阿来。苏哥文学素养颇高，从他那儿，我知道了普希金、裴多菲、帕斯捷尔纳克、阿赫玛托娃、布罗茨基……这些人他喜欢得像是心都空了。不过，我对这些人没什么兴趣，我更关注我成长的世界。诗人是干什么的？有一次，我有意向苏哥讨教。我想，他可能会说，诗人就是写诗的人，或者，某种神秘的替身。但他没有。诗人是这个世界的救生员，他如此回答我，危言耸听。一头雾水。

苏哥对咒骂的观点和判断让我对眼下的爸爸有了更为清晰的蔑视，不，是同情。爸爸，当然不会嫉妒我。他只是重男轻女罢了，他不喜欢我这个女儿。爸爸心疼弟弟，那是他的命根子，是他从妈妈肚子里挖出来的宝贝疙瘩。在家里，弟弟的要求总能得到满足。弟弟就是要天上的星星，爸爸可能也会想办法帮弟弟摘下来，假如世界上有那么长的梯子的话。而我，就像石头里蹦出来似的，跟他没什么关系。我从来不敢跟家里提过分的要求，尤其是在爸爸面前。一个儿子的分量能比整个世界的分量还重，这个意识，让我身上的这种悲剧和不幸越发强烈，让我生不如死。

你们就是太溺爱她了，跑个腿又不会把腿跑断！爷爷忍不住在一旁嚷嚷起来，他双手背在身后，一副老态龙钟的样子，被洗得泛白的棉衣透出一股阴冷，即使是三伏天，爷爷也穿得这么厚，他看了看怒气冲冲的儿子，又看了看我，那种轻蔑中透着质疑的眼神，让我不寒而栗。这不是雪上加霜吗？老不死的，你不说话会死？我想回爷爷一嘴，但话到喉咙又被我咽了回去。我突然有些害怕了，我被爷爷话里带出来的暴力弄得不知所措了，我恨不得整个人一下子缩到我的衣服中去。

“去还是不去？”爸爸，兴许还想给我最后一次机会。

“打死我我也不去。”我说，“为什么不让弟弟去？你们重男轻女，你们偏心！”

兴许是我的话剥开了那张古老的面具，逮住了爸爸的痛处。火山爆发了。

爸爸那粗糙、有力和无情的巴掌忽然降落在我的脸上，我眼角泛出几颗星星，耳朵回荡着耳光的余威，头晕晕的，天旋地转。我被爸爸打倒在地上了。嫣红的血从鼻孔和唇角流出来。我这才意识到我挨揍了，恨不得立马站起来跟爸爸拼个你死我活。但我没有。我没有力气了，身子像棉花一样软软的，又像灌了铅一样沉。我趴在地上一动不动了很长时间，就像一截被锯子抠掉了生命的木头。

不过，我没哭。我没有一点要哭的意思，任何委屈都不能帮我把自己的不幸缩短几厘米。也许，我要做的就是隐藏，隐藏内心熊熊燃烧的怒火，以及报复他们的欲望。心急吃不了热豆腐，心急只会让事情变得更为混乱、糟糕，甚至得不偿失。我把自己隐藏得太深了，就像女娲河那些躲在青苔、石缝里的鱼儿。没有任何人扶我。我自个儿从地上爬了起来，从容得像是自己不小心跌了一跤。

热辣辣的阳光舔着断裂带的每一寸土地，空气中弥漫着泥土的芬芳。家门前的院子空荡荡的。知了声此起彼伏。紫色的牵牛花从斑驳的院墙上垂下来，悬在半空，随风轻摆。

最终，我还是妥协了，去青梅街给他们买酒。不就是跑个腿吗?

去青梅街途中，我拟了小诗一首记录这个“耻辱”，虽然，这不是我第一次挨揍，当然，也不可能是最后一次。我给这首小诗取了个标题，名为《一窝习惯了疼痛的苦麻菜》。

我是一窝苦麻菜
雨里生，风里长
日子过得泪汪汪
断裂带的风啊
永远吹不掉

我肚子里的忧伤

不能哭，不许哭，任何委屈都不能帮我把自己的不幸缩短几厘米。

我一边走，一边安慰自己。泪水还是不由自主地模糊了我的视线。清晰的耻辱和恨、模糊的善意在我的脑袋里搏斗，尽情厮杀。

关于报复，我并未考虑放把火把家里的房子烧了，或者，往水缸里扔几只活蹦乱跳的癞蛤蟆，我想到的是罗佩佩说过的疯狂念头。的确太疯狂了，我从未想到过杀人，因为就算是踩死一只毛毛虫，我也需要下一万次决心才敢做。我的脑袋要炸了。耻辱，还有耻辱带来的恶念，整个儿地统治了我的灵魂、我的躯壳，仿佛只要它们的发令枪一响，我就会按照它们的指引迈上不归路。太痛苦了，太痛苦了，痛苦让我虚弱得直哆嗦。我的痛苦是清醒的，因为它让我意识到自己不能犯蠢，不能脑袋发热一时性起，它用恐惧包围了它们。

我擦了擦脸上的泪痕，青梅街已近在咫尺。

可是，这样的日子啥时候才会天亮呢？

断裂带的阳光锈蚀着断裂带，沧桑而又繁茂，我的呼吸仍然因为承受的暴力隐隐作痛。我的心里冷飕飕的，感觉那儿有条通往寒冬的裂缝，正顽固地为我输送着命运的无微不至的凉意。

傍晚，我带着专门用钢笔誊写在作文本上的小诗《一窝习惯了疼痛的苦麻菜》去找在文化站当笔杆子的苏哥聊天，笔杆子就是苏城子，苏城子就是苏哥。我希望能够得到苏哥的认可或者表扬，人家毕竟是吃这口饭的，写作就是他的生命。物以稀为贵，身边有这样一个活生生的笔杆子，和身边有一个活菩萨有什么区别呢。我的很多同学都崇拜苏哥，我也是，写一篇东西不难，但要变成铅字就难了，差不多够得上永恒了吧，至少我是这么认为的。语文老师甚至当着苏哥的面恭维他：你这样的人才断裂带一百年也未必能出一个。

去文化站的路上我有些忐忑。头一次写这种分行的东西，可能算不得诗，倒也无所谓，不待在家里就好。在我看来，家和监狱没什么区别，我和外人没什么区别，有时候，我觉得他们对我还不如他们对外人好。在断裂带，我们对卫生院、畜牧所、供电站这样的部门并不陌生，文化站就有些神秘了，超凡脱俗，不食人间烟火，给人高深莫测的印象。

文化站位于女娲河河畔，远远看上去和农家小院差不多，也就两层楼，环境幽雅、清净。大门两边雪白的墙上画着羊头，据说，羊头是羌人的图腾，断裂带上的人大部分是羌人的后裔，虽然他们的穿着打扮、饮食习惯、建筑风格、语言，等等，跟汉族别无二致。文化站前院的花坛里盛开着断裂带常见的美人蕉、仙人掌、一串红，好像还有菊花。本地人视为母亲河的女娲河，就在文化站眼皮子底下日夜奔流。

我到了。

苏哥的办公室布置得十分简单，一张漆过的淡黄色办公桌，两把木椅，一个茶几，零零碎碎的办公用品，以及一盆摆在角落里看上去不怎么实用的吊兰。办公室到处都是书，多得快把人挤到办公室外面去了，仿佛书就是办公室的主人，或者生命。空气里弥漫着某种陈旧和落魄的气味，不过，适应一会儿就好了。

苏哥在整理他即将出版的诗集《太阳，我欠你一个拥抱》。我的到来让他感到有些意外，不过，很快，这种意外就在他的眼神中转变为惊喜。“热烈欢迎”，他说，眼睛周围的黑眼圈让他显得颇为疲倦。熬夜、抽烟、酗酒、恋爱，基本都是他们的专利。然后，他放下手中的钢笔，用自己的玻璃杯为我泡了一杯绿茶。

我有些受宠若惊。我战战兢兢地把自己写的小诗递到苏哥手中。

“我前几天写的。”我说。我感到自己脸很烫，仿佛这首小诗不是我写的，而是我从某人手中偷来的一样。

“你的脸怎么肿了？”苏哥没有对我的小诗发表意见，反倒关心起我的脸。

我的脸怎么肿了？我的脸怎么肿了？我问了自己两遍。泪水就再也止不住了，决堤了。我一边哭，一边迷迷糊糊跟苏哥诉说起了内心的委屈……我和苏哥走出文化站的时候，天已经黑了。他送我回家。

但愿，你成为一窝没有了疼痛的苦麻菜，要快乐。路上，苏哥跟我说道。

我点了点头。只是点头，没有说话。点头是因为认同，不过确实也包含了某种失望，至少我没有从他嘴里抓住任何光芒，那种能够让我脱离苦海的光芒，我隐约觉得，苏哥有点敷衍我，有点不耐烦。没有人救得了我，我把自己隐藏得太深了。

多长了一只手的妈妈应该警告过我和弟弟某些事，不是昨天，香港回归的日子，她在一个亲戚家的石磨上推了一天豆腐，那个亲戚家有条体型庞大的狼狗，名叫“追风”，追风咬过不少人的屁股，亲戚赔过不少钱，所以我私下给这条狼狗取了一个名字，“追尾”；当然也不可能是前天。不过我确信妈妈肯定说过，在过去的某个时辰，就算人死了也会留下一堆骨头和肉，就算树叶被火烧了也还有灰烬。对，妈妈警告过我们，家里任何事都不要轻易告诉外人，把你们的水龙头拧紧点。妈妈怕我们不长心，我想跟“把你们的水龙头拧紧点”这句话对应的是“家丑不可外扬”。妈妈没有这样说，她太含蓄了，尽管含蓄并不属于她的风格，就像星星不属于白天，鱼儿不属于天空，她的嗓门比爸爸还大，饭量惊人，即使负重也能健步如飞，从来不穿色彩艳丽的衣服，打架的时候也未必不是爸爸的对手。种种迹象表明，妈妈如此小心谨慎，就是因为她多长了一只手，害怕别人知道她手脚不干净。家丑不可外扬。妈妈可能真的错了，不是因为她多长了一只手，而是她以为，只要我们守口如瓶，有些不宜为外人知道的事情，就不会长腿。

每件事都长着别人的眼睛。

香港回归祖国的第二天上午，爸爸妈妈在院子里晒小麦，他们用扫帚把水泥院子扫了一遍又一遍，铺开滚筒，然后把一袋袋小麦倒在上面，最后，用手慢慢将它们刨平，让小麦接受阳光的恩赐或者洗礼。几只麻雀在院子旁边高高的梧桐树上唧唧叫着，仿佛在催促他们快点走开，然后饱餐一顿。我很早知道，梧桐树的心是空的，内部的构造形同钢管。梧桐树正处在生命活跃期，枝繁叶茂，喜鹊在上面搭了好几个窝。

这时候，铁青着脸的泥瓦匠刘邵良大摇大摆进了我家院子。他手里握着一听饮料，瓶子是铝的，可以卖钱。太阳打西边出来了。乡下人勤俭，一般不会买这些玩意儿喝，就像一个字都不会写的农民脖子上突然挂了一支钢笔，或者用仰天长啸的姿态念海子的《亚洲铜》，给人怪怪的感觉，听装饮料赋予他的则是金钱才能够表达出来的优越和膨胀感，也许，古人们说的见微知著便是这个道理。

刘邵良喝的是健力宝，我初一的时候也喝过，不多，一小口。罗佩佩从家里偷了十块钱出来，买了一听健力宝，给我尝了一小口，然后自己一口气喝了个精光。碳酸饮料原来一点儿也不好喝。她说，她更喜欢娃哈哈的味道，有点儿像从这儿挤出来的，罗佩佩指了指自己那已经有点风生水起的胸部。

秘密长腿了。

刘邵良的到来让妈妈措手不及，她惊讶地看着他，好像他不是叉着双腿来的，更像是从天而降。不过，妈妈很快意识到来者不善，猫抓老鼠来了，妈妈给爸爸递了个眼神，然后，一阵风似的回屋去了。

“稀客，稀客。”爸爸反应快，主动跟算是半个熟人的刘邵良打招呼，又主动从荷包里掏出一支“翡翠”递过去。

刘邵良似乎不愿领情，不过，他还是接了。他接烟的姿势过于客气了，他伸出的右手刚好握着健力宝，完全不像是要接烟的样子，更像两个初次见面的异国友人在交换礼物。接烟的刹那刘邵良才将手上的健力宝收回来，递给左手，他懒洋洋地接过烟。

稀客个屁啊，我是菜都吃不起了，来你们这讨饭吃的。刘邵良点上烟，将健力宝里残留的饮料一饮而尽，刘邵良才慢慢悠悠地说道。看得出来，他的肚子里有火，只是暂时没有倒出来罢了。一切才刚刚开始。健力宝在刘邵良的两只手上抛来抛去，如同一枚随时可能被引爆的手榴弹。

秘密长腿了。

我幸灾乐祸地关注着两个大男人的交锋。我已大概猜到刘邵良的来意。

弟弟也在，他捉了一条毛毛虫喂蚂蚁，嘴里哼着《我的中国心》：流在心里的血，澎湃着中华的声音。《我的中国心》

是香港歌手张明敏演唱的一首爱国主义歌曲，不过感觉刘德华唱得还要好一些。此外，我还知道，这首歌的创作大背景就是1982年邓小平与撒切尔夫人会谈香港的前途问题。昨天就是香港回归的日子啊！不过，此刻，我已经顾不得找人炫耀我丰富的音乐知识和历史知识了。

不瞒你说，我菜园里的菜被人偷了，损失不小啊。刘邵良挑衅似的看着爸爸。“并且……”刘邵良欲言又止，仿佛在等蛇出洞。

爸爸沉默了，没理会刘邵良。他回屋取来斧头，开始狠劲儿劈柴，一声不吭。刘邵良就像小麦一样被晾在我家院子里，留也不是，去也不是。爸爸手中的斧头把他镇住了。刚刚还耀武扬威的刘邵良，嘴角竟然挤出一丝莫名其妙的笑。

“算了，我走了，谢谢你的烟。”刘邵良丢下这句话，转身就走了。他走的时候，还把手上的健力宝扔在了院子的角落里，弟弟小鸡觅食般急急忙忙跑上前去捡起易拉罐，张嘴就舔。

“扔了！”爸爸对弟弟一声吼。不过，他又给弟弟掏了五块钱：“你自己去买。”

刘邵良走了以后，妈妈就从屋里出来了。不过，她的眼睛里依然闪烁着机警的光芒，像一只正在过街的老鼠。

“他说啥了？”妈妈问爸爸。

“啥也没说。”爸爸回答。

“真的？”妈妈似乎不敢相信自己的耳朵。

要是说了，这把斧子劈的就不是木头了。爸爸别有用心地扬了扬手中的斧头，嘴角保持着乐观的弧度，汗水在黝黑的脸上闪耀。时间对他束手无策。

期待落空了，一场看来几乎是不可避免的灾难，被爸爸用他手上雪亮的斧头逼进了坟墓。蛇缩回了洞里。我有些扫兴。

每件事都坐着别人的眼睛。

秘密长腿了。

又有灾难落在我的头上。

妈妈，多长了一只手的妈妈，忽然走到我面前，狠狠给了我一记耳光。

“是不是你说的？”她问我。

我被血口喷人的妈妈打蒙了，心里又急又气。妈妈怀疑我出卖她。我当然没有。

妈妈不相信我。她罚我跪在地上悔过。

弟弟回来了，他手上的两听健力宝分外刺眼，他炫耀似的将它们在我面前晃来晃去，晃来晃去。每件事都坐着别人的眼睛，爸爸的慷慨，妈妈的血口喷人，让强烈的委屈再次袭来，可悲的是，任何委屈都不能帮我把自己的不幸缩短几厘米。也许，就在那一瞬间，我似乎找到了这一切不幸的根源，不是贫穷，而是自己的性别，自己的女儿身。

我的心因为自己的女儿身隐隐作痛。灿烂、繁茂正缓缓朝夜晚倾斜的夏天，充满了性别暴力的断裂带，也在隐隐作痛。

可是我无能为力，只能任凭那些痛在身体里继续生长，繁衍。我，深深觉得自己有点扛不住了。

夏日的女娲河永远是热闹的，正如这种热闹里永远隐藏着一块看不见的清凉，而那正是女娲河充满诱惑的地方。有时候，爸爸妈妈忙，恨不得多长几只手，就顾不了弟弟了，我是说，他们最爱的儿子。除了下雨天或者晚上，断裂带的孩子们有许多时间都是在女娲河里度过的。如同爷爷说过的那样，他和他儿子的童年都是被女娲河冲跑的。爷爷还说，只要天不是太冷，他们都愿意跑到女娲河游泳、钓鱼，也洗衣服。不过，像洗衣服这样的事，还是给女人们留着吧。

断裂带的孩子们，一个比一个晒得黑，一个比一个水性好。皮肤越黑，水性越好。当然，也有我弟弟那样的菜鸟，顶多只能在靠近河边的浅水区玩一玩，毕竟他还小。我的水性就不错，蛙泳、自由泳、潜水，甚至抱着一块石头也能游上一截。不过，我很少下水，兴许是长大了知道羞耻了吧，我不喜欢将自己正在发育的身体暴露在众目睽睽之下。顶多在河边洗洗衣服，捡几块好看的石头，或者用软绵绵的沙子堆城堡。

弟弟出事了，就在我的心因为自己的女儿身隐隐作痛，就在我意识到了性别暴力，意识到我身上那一切不幸的根源的几天之后。

那天下午，天热得人都要化了。

爸爸妈妈到地里锄草去了。我到女娲河洗衣服，顺便凉快一下，弟弟也跟来了。我没有理他，我们之间的怨气太深了，虽然，他可能还不太明白我们之间的隔阂。

女娲河里早已挤满了人。到了河边，我就开始洗衣服了，弟弟把自己剥了个精光，就去跟那些与他年纪相仿，只能在浅水区玩一玩的小屁孩们玩去了。弟弟玩水的地方离我也就几步之遥，他跟其他几个孩子在那儿比赛找石头：将一块石头扔到水底，然后自己捞上来。他们每个人手上都有一块石头，弟弟手上的石头是白色的，我确信。也许是某个小孩坏了规矩，他们便开始各玩各的了。水花四溅，嬉笑声震天。

不知道过了多久，不知道为什么，反正我抬头去找弟弟的时候，发现弟弟不见了，刚刚还在的。紧接着，我发现旁边较为湍急的水面上有只手伸出来了，绝望而又无助的召唤只有短短的一瞬，容不得我去思索其中的利弊，又沉下去了。女娲河里游泳的人太多了，但是，我相信，除了我，还没有人关注到这事。这纯属巧合，是老天爷有心赐给我的机会？还是一个崭新、陌生而友好的开始？

天哪，怎么回事？我本该立马冲过去的，但是，我没有。我埋下头，继续洗衣服，假装什么也不知道，什么也没看见。就像没人理解我心里的那些委屈，那些水洗不掉的疼痛。可是，这样做是不是有点过分？我不知道我在想些什么。每一秒都像是被拉长了一百倍，就这样，大约过了两分钟，我终于忍不住了，我撕心裂肺地尖叫着，朝弟弟消失的那片水域飞奔而去……

然而，已经没什么意义了。或者说，一切都结束了。弟弟的脑袋，没能在我的尖叫声中浮出水面。

江油关

一

毫无疑问，涪江上游汉族、羌族、回族居民，以及头戴用白羊毛毡制成的通常插着一两根洁白雄鸡翎的沙噶帽，身穿鲜艳的民族服装，仍然保持着自己部落风俗习惯的白马人等杂居的县城除外，历史文化源远流长、风景优美如画的江油关，算得上断裂带最繁华的一个乡镇。有出过远门，稍稍见过世面的本地人，将其誉为断裂带的小“香港”。

同样的事，总能被不同的人，提炼出不一样的说法。我们这个地方有许多成年男同胞，把江油关之外的地方，称之为“花花世界”，就像他们喜欢把喝了让人头昏脑胀的白酒，称为“辣辣水”一样。然而，我更喜欢县城这个说法，因为它和我没关系。在我看来，整个地球妈妈就是由大大小小的县城，和类似于江油关这样的小“香港”，共同构成的。

其实，我对位于涪江上游的县城，以及下游那些县城的了解，几乎是道听途说，江油、绵阳、成都、北京、香港、澳门……长这么大，除了江油关的丫头坪、牛心山、落河盖、凤翅山，我压根没去过别的地方。我哪里都不想去。就算用火车把江油关之外的那些地方拉到河对岸，拖到我面前来，让它们近在咫尺，估计我也不会有什么兴趣。江油关对我来说已经足够辽阔和热闹，而且，什么都不缺。我时常在内心追问自己，如果我再喜欢上别的什么地方，和身在曹营心在汉，和朝三暮四，有什么区别？

我对江油关的专一态度，归功于妈妈的影响和熏陶。她总是喜欢带着批判的口气，以自问自答的形式，让我意识到江油关之外的可怕与凶险。当然，偶尔我会怀疑这是妈妈故意为我设置的圈套，她希望把我和爸爸永远拴在她的眼皮子底下，就像我们的生命总是和空气拴在一起，就像浩瀚的星空总是和夜晚拴在一起。举个例子，妈妈就曾经这样问我：“小兔崽子，来来来，妈妈考考你，你知道在城里乱扔一个烟锅巴，要罚多少钱？”

小兔崽子！

当着外人的面，妈妈也这么叫我。妈妈喜欢这么叫我，好像我真的不是她亲生的，而是兔子生的似的。我又不是妈妈的家长，我也不能用棉花把耳朵堵死，所以，无论她把我叫得多么与众不同，叫得多么难听，我只能认命。家里面给我的零花钱从来没有超过五毛，所以，我摸着我光溜溜的下巴，揉着我胀鼓鼓的太阳穴，认真地想了想，大着胆子推测：“一个烟锅巴五毛钱。”

“小兔崽子，五毛钱哪里够？！一个烟锅巴，至少要罚五，块，钱！”妈妈把五块屁股后面那个“钱”字说得特别响，好像一粒火炮在空气里炸了，威力特猛，震耳欲聋。

真是一个令人毛骨悚然的答案啊，就是爸爸的一包烟，也值不了五块钱的。五块钱在江油关可以算得上是天文数字，我皱着眉头算了算，五块钱差不多可以在学校左手边王婆婆家的小卖部那里吃上二十五串麻辣烫，在学校右手边豆豆超市买上一堆零食。由此可见，城里扔个烟锅巴，真的不划算！还是我们乡下好啊！我杞人忧天，深深叹了口气。如果将来我大学毕业到花花世界收罚款，我想，我不会那么心狠手辣，收个五毛钱，意思意思，就够了。

事实上，妈妈经常故意考我这些似乎只有她才能说出标准答案的问题。她出题的方式往往出人意料，不分时间、地点以及江油关复杂多变的天气状况，难度系数远远超过我期末考试的试卷。上学期刚开学的时候，我心仪的女同学段小芳，也用类似的手段刁难过我：“你猜猜，老娘我今年过年挣了多少压岁钱？”

段小芳无非是想在我面前炫耀一把，但是我更喜欢她紧闭樱桃小嘴、不说话的样子。《论语》有言："君子成人之美，不成人之恶，小人反是。"我自认为我是君子，但不愿成人之美，于是，我一面用削笔刀小心翼翼地清理指甲盖下面的污垢，一面想着我那些一毛不拔的亲戚，冲段小芳泼冷水："你挣了多少压岁钱关我啥事啊！"

听我说完，段小芳梨花带雨地哭了，一溜烟跑到教师办公室告了我的恶状，告我说脏话，说我耍流氓。

我从段小芳身上隐约看到了妈妈的影子。从那以后，我再也没跟她说过半句话。沉默，如同我们之间无形的栅栏。我害怕跟段小芳说话，首先是因为，我不想勾起妈妈给我造成的不愉快的回忆；其次是因为，我不喜欢被这些问题牵着鼻子走，彰显自己的无知；最后，还有一个原因，可能则完全是我自己的缘故，每次遇见她，不知为什么，我会产生一种把她叫"妈"的强烈无比的冲动，我甚至有种错觉，我觉得我那总是穿得土里土气的妈妈就要从段小芳瘦小的身子里探出脑袋、伸出胳膊来了。

我希望我和段小芳之间的沉默，如同流过江油关的滔滔涪江水，或者，就像江油关灿烂的历史文化一样，源远流长。

戴黑框眼镜的语文老师张德益，也就是我们六年级一班的班主任，在课堂上与我们分享和江油关相关的历史文化知识。他告诉我们，星空一般浩瀚的历史其实就是一根硬骨头，江油关的历史文化源远流长并非浪得虚名。据史籍记载，三国时期邓艾偷渡阴平攻破江油关，蜀灭；李渊建立唐朝后，将前朝西凉国皇帝李嵩视为李氏祖先；西凉国灭亡后，逝世后葬于江油关牛心山上的李龙迁之墓被唐朝统治者定为祖宗皇陵；武则天时，又将牛心山唐陵视为唐之“国脉”；民国时期大军阀刘湘在自己母亲死后，把老人家的尸体千里迢迢送到江油关，厚葬于凤翅山，而且派有兵丁守护。也许，更值得一提的是，写“床前明月光，疑是地上霜。举头望明月，低头思故乡”的李白，青年时代曾经到江油关采风，牛心山上的读书台，以及这首意境优美的诗，便是当年李白到此一游的最好证据，其诗如下：

岚光深院里，傍砌水泠泠。
野燕巢官舍，希云入古厅。
月斜孤吏过，帘卷乱峯青。
五色神仙尉，焚香读道经。

“星空一般浩瀚的历史其实就是一根硬骨头”，张老师为什么这么说？我就是把脑袋想开花，也未必想得出来。不过，既然提到了李白——反正，让我坠入重重迷雾的人，又不是我自己。所以，我想我很有必要在此声明一下，其实，我就是李白的儿子。当然，我不是诗人李白的儿子，就算“大千世界无奇不有”，要是出生于20世纪80年代末的我，知道自己的爸爸是个唐朝的诗人，我肯定无法接受，估计，我自己不被吓死，下巴肯定也会惊得掉在地上，裹上满满的灰尘。幸好，我爸爸李白，只是个在江油关遍地都是的普通农民，比我也就大个二三十来岁。

说起来挺复杂的。其实，爸爸身份证上的名字不是李白，而是李皂白。熟人们喜欢把爸爸喊作“李白”罢了。我怀疑，爸爸李皂白中间的那个字，是被他们故意掐落的，或者说，被他们偷偷地咽进肚子里，吃了。

这样一来，你们就知道，我的生命里有两个李白，一个是唐朝的大诗人，一个是江油关的农民——我爸爸。一天，在读完语文课本上关于李白的简介之后，我再也忍不住好奇，问头发看上去像霜打过的语文老师：“张老师，张老师，这个大诗人李白，为啥又叫李太白啊？”

张老师看着我，额上的皱纹如同涟漪，忽然哈哈大笑，象征知识的黑框眼镜瞬间滑落到鼻梁之下，他回答我：“这还不简单，就像你爸爸李白又叫‘李皂白’一样。”

我仍然不解其意。不过，为了不让自己的智力水平如此快地在光天化日之下暴露出来，我屏住呼吸，聚气凝神，伸直了右手的五个指头，“啪”地扇了自己一个耳光，作恍然大悟状：“哦，张老师，我明白了！”

我把“我明白了”重复了两遍。放学回到家里，我兴冲冲地跟正在电视机面前看《大头儿子小头爸爸》的爸爸说：“爸爸，你知道唐朝大诗人李白为啥又叫李太白吗？”

我这样问并不是存心为难爸爸。他和我们江油关那些遍地都是的农民比起来，真有很多不一样的地方。正是这些不一样的地方，在爸爸身上神奇而又完美地串联在一起，以生命的形式，构成了他。爸爸并非童心未泯，他最喜爱的电视节目并不是《大头儿子小头爸爸》，而是中央电视台的《新闻联播》。爸爸看动画片的原因无非是《新闻联播》要等到晚上七点钟才开始而已。亚运会、东欧剧变、苏联解体、香港回归，甚至是台湾问题，爸爸都有自己独到的见解和看法，不得不说，他借着《新闻联播》，为自己平时吹牛聊天攒足了资本。

果不其然，爸爸无知地摇了摇头，脸上写着一丝茫然，他告诉我："儿子，你连爸爸的名字都不记得了吗？我的名字是李皂白，你大娘的名字是李青红，我们的名字都是你祖父李不问取的。"

"我是问你唐朝诗人李白为啥又叫李太白？快——点——回——答——我！"

"我要是知道为啥我就当教书先生去了，让你去念书干吗？"说完，他又一脸无知地问我："你倒是说说，这是为啥？"

于是，我得意地告诉他："李太白是李白身份证上的名字，就像你的名字叫李白，身份证上又叫李皂白一样！"

"古时候的人也有身份证？"我爸爸满脸疑惑。

我心里虚了一下，告诉他："我胡说的。"

对我的回答爸爸似乎并不满意，他脸上的天分分钟暗了下来，乌云密布，他瞪着眼珠子问我："那个李白能比你老爸我有出息？"

话说到这个份上，我只能虚伪地摇着头，给出一个让爸爸满意让爸爸高兴的答案："他肯定不如你。"

"嗯，这还差不多。"爸爸说完，继续津津有味地看起了电视，他黑得发光的脖子跟长颈鹿一样伸得长长的，都要钻到电视里面去了。

爸爸的无知和自以为是让我倍感扫兴。

我转身回到昏暗得像是生怕让贫穷亮出来似的卧室，换上专门练习跑步的运动鞋，就出了门，来到家门口灰尘扑扑的马路上，稍稍做几下热身运动——转了转脖子，伸了伸手臂，撅了撅屁股，扭了扭脚踝——便迫不及待，野马似的奔跑起来。

再过两三个月，葡萄牙共和国即将结束对澳门的殖民统治，中国政府即将恢复对澳门行使主权。而20世纪就要接近尾声，画上句号，迎来崭新的21世纪。但是，这些激动人心的让人摸不着头脑的事情，都不是我这个江油关的毛头小子所关心的。我关心的是我们学校国庆节后就要拉开序幕的江油关小学第三十届田径运动会。作为班上跑得最快的运动员——运动员三个字，总是让我感到受宠若惊，好像皮肤下面流淌着的不是血液，而是一股股舍我其谁的力量与激情的混合物。届时，我将代表我们六年级一班参加50米、100米，以及50米接力比赛项目。几乎每天，我们的班主任张老师都会特意走到我的课桌面前来给我鼓劲儿，要我平时好好练一练，争取在运动会一鸣惊人。说完，他把自己满是粉笔灰的手在我这个瘦得好像只剩下骨头的运动员身上轻轻拍那么几下，像武林高手把自己的武功传给自己的徒弟似的。的确，我热血沸腾，感觉到了一种难以描述的力量。这时候，我总是有那么一点不好意思，忍不住把头埋在课桌上，让剧烈起来的心跳顺着课桌的支撑腿，撼动整个教室。我的内心汹涌着一种被人关注的喜悦与骄傲，整个人都要在这些喜悦和骄傲里面化掉了似的。这种精神上的愉悦会一直持续到晚上睡觉。

二

我在秋风的腋窝下奔跑，在江油关的皮肤上奔跑，在沿着破败街道连成一长串房屋的马路上奔跑，我觉得我快得就像是一道闪电。我是两周前开始这样自发刻苦训练的，没有付出，就没有收获，我憋着一口气，希望自己在田径运动会上取得佳绩。每天傍晚，通常是写完作业之后，我沿着家门前的马路一口气跑到牛心山脚下，然后再一口气跑回来。简单点说，就是从江油关的街尾跑到街头，再从街头跑到街尾。

天快要黑了，江油关遍地苍茫，秋风没有染黄的青色山峰，已经有些模糊不清。暮色越来越浓。在光的栅栏里待了一整天的街道、房屋、草木，开始在我的周围慢慢隐身。我跑过的地方，部分人家的灯泡已经开始工作，散发着橘黄色的柔光。不远处的庄稼地里，虫子的叫声比夜里的星星还亮。

除了满头大汗的我，商铺林立的街上几乎没有人迹，就像妈妈经常说的那样，连个鬼影子都没得。属兔的人最大的特点还不是胆子小，而是胆子小却故意要装胆大。我毕竟还是了解自己的——我最怕鬼。虽然，我们素未谋面。“恐惧有助于速度的提升”这个观念何时在我脑海根深蒂固的，我不知道，我只知道，只要想到鬼，我就算是跑断一双腿，也不会让自己停下来。为了让自己跑得更快一些，我想着周星驰主演的《回魂夜》中的那具无头女尸，此时正迅速在身后飘飘荡荡着朝我追过来，伸出两只比竹竿还长的枯手，掐我的脖子，把我从地面抓小鸡似的提到半空。

跑过一根电线杆后，意外发生了，健步如飞的我，脚上好像是被什么东西猛地拽了一下，然后，我就跟硬邦邦的马路来了个结结实实的拥抱。这一跤，通过正面将我的体重均匀地涂在马路粗糙的皮肤上，让我们都很难对彼此的深情产生怀疑。我已经很多年没有这样狼狈地摔过跤了，虽然平时体育课上跌倒之后再爬起来的同学络绎不绝，但是，亲身体会这样的悲剧，我多少有些意外和尴尬，就像你在大街上满面春风地逛了一圈之后，才发现裤子上的拉链没有拉上。趴在灰扑扑的马路上，我两眼冒金星，五脏六腑都要从喉咙里摔出来了似的，痛得龇牙咧嘴，恨不得分分钟找来雷管、炸药，把这不长眼睛的马路炸了算了。

真是倒霉了喝水都要塞牙缝啊！

差不多三分钟时间，我如同一堆被人随手扔掉的垃圾，趴在地上，不想动弹。等我无比狼狈地从地上爬起来，才发现制造这场灾难的元凶，竟然是一件浅灰色外套！没有主人的外套躺在路边，两个灰扑扑的袖口朝前，勉强撑住地面，好像个倒霉蛋，试图让自己爬起来。看到它，我的意识里并未出现仇恨的火花，而是一丝不经意的恐惧，这样的时刻，这样的地点，人是不太可能跑得太快，然后跑到一件衣服的外面去的，四周根本不见人影，一件看上去还算干净的衣服怎么会跑到马路上来的？这么一想，我不由得毛骨悚然，恐惧就像犀牛角，快从我的额头上长出来了。

与恐惧并驾齐驱的是我的好奇心，尽管我有无数个迅速跑开的理由，但是，冥冥之中似乎又有一种神秘的力量驱使我俯下身去捡起躺在泥路上的外套。并且，一只手自然而然地伸进荷包，摸了一圈。这种自然而然，就像冬天过去，大地自然而然返青，花朵自然而然盛开一样。

我摸到了厚厚一沓纸一样的东西。等我将它漫不经心地掏出来时，我的下巴差点因为惊讶掉地上去了，狂喜就像惊讶的跟屁虫，紧随其后。

我捡到了一笔钱，而且数额巨大。从来没有见过这么多的钱。我简直都要惊呆了，此时此刻，仿佛世界上所有的相遇都黯然失色，只有我们的相遇五彩缤纷，迸发着生命的火花。似乎只有台湾歌手卓依婷《东南西北风》里那些歌词对我的心境了如指掌：“与你相逢其实就像一个梦，梦醒无影又无踪，总是看了不能忘，总是过了不能想，总让我为你痴狂。让我爱上你其实没什么道理……”爸爸是资深歌迷，毛阿敏的《渴望》，童安格的《把根留住》，张真的《我被青春撞了一下腰》，还有就是卓依婷的这首《东南西北风》，是他的最爱。我从小耳濡目染，歌词倒背如流。

“让我爱上你，其实没什么道理……”让我愁眉苦脸，其实也一样。捡来的钱眨眼间在我手上就变成了烫手山芋，感觉就像是突然把一头猪扔到一只蚂蚁跟前似的。如果只是捡了几块钱，那么事情会简单得多，我就不会像现在这样愁眉苦脸。我从来没有拿过这么多钱，我要是拿过这么多钱，我的年龄要是再大一点，我就不会如此愁眉苦脸。我当然不是白痴，如同我爸爸当然不是诗人也不会写诗一样，但是，有那么短短的一瞬间，我真有过把这些钱扔掉一部分，其余的纳为己有的打算，我知道，我没办法消化，要一口气花掉它们，我得在豆豆超市买多少东西呢？我得在王婆婆那里吃多少串麻辣烫呢？我的心在纠结，在为难的水面上翻滚！

不过，最终，我放弃了这种打算，一把草把牛胀不死！再说了，捡钱不会因为捡得多寡而缩水，事实就是事实，摆在面前。只是出门跑步，突然遇到这种事情，事情又发展到了这个地步，我也只能“骑驴看唱本——走着瞧”了。我决定把钱统统带回家，交给爸妈处置，毕竟用他们平时的话来说，他们吃的盐比我吃的饭多，过的桥比我走的路多。要是三个人的脑袋都凑不出一个办法，都处置不了这一件事情，我也只能认了。我相信我的决定是上上策，不管怎么说，钱是我捡到的，他们虽然是我的家长，但我肯定比他们更有资格当这笔钱的家长。让他们奖励我几块零花钱，应该不成问题。想到自己将要有几块零花钱，我就心花怒放。

暮色渐浓。

群山上的松柏在秋风的指挥下呜咽，奔流不息的涪江在夜的皮肤下悲鸣。

三

此地不宜久留。

既然已经打定主意，我迅速抛却脑海中汹涌的杂念，将捡来的钱塞进自己荷包，又把那件迷路的外套两三下裹成一团，扔到马路旁边一丛茂盛而又气势咄咄逼人的荨麻上。江油关人都知道荨麻的厉害，一旦碰上，又疼又痒。以前我跟妈妈去牛心山烧香祈愿，妈妈曾指着它们告诉我：“你外婆以前经常用这个对付我们的。”我到现在也不知道妈妈为什么会告诉我这个，给人的感觉就好像她是经历了九死一生才成为我妈妈似的。

我揣着钱，一阵风似的刮向自己的家。也许是跑得太快，也许是心慌意乱，在快跑到中街的时候，我竟然一头撞到了一个熟人，确切点说，我撞到了我的体育老师。因为他个子实在太高，高得像是要长到天上去了。我们背地里给鹤立鸡群的他取了个听起来顺耳又十分贴切的绰号——高尔基。读一年级的时候，班上有同学甚至问他："老师，老师，你长得好高啊。你长得这么高，是不是有一百岁了啊？"——高尔基哈哈大笑，一言不发。他是我们江油关的巨人。

高尔基估计刚从肖家馆子喝完"辣辣水"，正晕乎乎地过马路呢。

事后，我在想，我的眼睛长哪里去了呢。竟然没有看见我们敬爱的体育老师高尔基。黑漆漆的夜色中，只听见我跑过的地方，惨痛无比地"哎哟"了一声。我不得不慢慢减速直到自己停下来，转过身，我脑子里顿时一片空白，好像里面下了一场大雪。模糊的暮色之中，只见一个巨人正蹲在地上，紧捂着下半身，大声而又痛苦地呻唤着。我很快认出这个巨人不是别人，正是我的体育老师——高尔基。天啊，刚才还以为空气长肉和骨头了呢，没想到，我居然从被我视为偶像的体育老师高尔基的两个腿肚子中间穿了过来！也就是说，无意之中，我竟然钻了高尔基的胯裆。

江油关老一辈人有个古怪的观念，小孩子家要是钻了别人"胯裆"，今后会长不高的，只能当一辈子矮子。我们江油关的人都不喜欢矮子，虽然我也没看我们本地人有谁个子高过。我们的体育老师高尔基肯定不算，他是外地人。钻别人胯裆这种事情没有谁是主动和自愿的，我只是个例外。空气在一瞬间凝固了。我想到自己还这么年轻，却给自己的人生和命运造成了如此巨大的失误，这辈子板上钉钉地成为一个矮子，我的心莫名其妙一阵痛，撕心裂肺的痛。这种痛是因为我跑得太快，高尔基长得太高，我简直恨不得把高尔基和自己都灭啦！但我不敢，只敢这么浮光掠影般地想一下，杀人是犯法的，要坐牢的，杀自己呢，我又放心不下我爸妈，他们现在倒是年轻，今后老了谁管啊？我又不傻。

“高……刘老师，对不起，对不起，您没事儿吧？”

高尔基本姓刘。要不是脑袋里的轱辘转得快，我可能就把他喊成“高老师”了。面对人高马大的刘老师，这个树一样伸展的男人，我战战兢兢地问道，手却紧紧捂着荷包，生怕荷包里的钱也跳出来，陪着我为体育老师道歉似的。虽然更应该道歉的是他。不过，同样作为男人，我想的是，高尔基有他的身高，我也有自己的“风度”。

“我就说怎么会有一阵疾风从下面吹过去嘛！”刘老师喃喃自语，“原来是你。”

原来，我是一阵风。

“就是我。”我小声告诉他，“我也没想到上面还有一个人在过马路。”

“小兔崽子，跑，跑这么快，去，去见马克思啊。”醉醺醺的高尔基缓缓站起身来，一股“辣辣水”的味道扑鼻而来。高尔基肯定刚喝完酒，我望着街道外边的苍蝇馆子，还有几位其他年级的老师正踉踉跄跄走出来，苍蝇馆子的对面就是春风麻将馆，看到这里，我几乎全明白了，高尔基他们是刚喝完酒，又要去搓麻将呢。

小兔崽子，跑，跑这么快，去，去见马克思啊。

实话实说，读了这么多年书，这可是刘老师第一次表扬我，我心里乐开了花，想听他再说一次。可是，很快我意识到高尔基这是在咒我呢。我大失所望，只好解释：“我在练跑步。”

“跑个毛线！眼睛长屁股上去了？哎哟，疼，疼死我了！”

高尔基一边气鼓鼓地说，一边用他那大得抓得稳篮球的手用力揉着他的那个地方，像是在安慰自己受惊的小鸟。

“刘老师，对不起啊，我不是故意的，真的没看见。对不起。”我前言不搭后语地说。我只能这样说了。

“有多远滚多远！”

高尔基挥了挥手，一瘸一拐地走了。

我望着他渐渐隐没的背影，轻声说：“活该！”

说完，我沿着黑漆漆的马路，沿着满大街黯淡又虚幻的灯火，蜗牛一样慢慢地朝家的方向走去。我不想再从别人的下半身穿过去。矮子不好讨媳妇，想到自己今后可能讨不到媳妇，我不由得一阵怅然若失。快到家门口的时候，我突然意识到，其实刚才发生的事情不能只怨自己，也不能怪高尔基。个子矮，也许还有一个主要的原因，爸妈的基因不好。我不由得释然了。

四

我前脚刚迈进自家门槛，就望见我大娘李青红头顶一道棕色波浪，跷着二郎腿，端端正正地坐在堂屋的旧沙发上，和我爸爸一样，脸朝《新闻联播》，眉头紧锁。

妈妈也在，她心事重重地坐在一根矮板凳上，眼睛像兔子的那样，红红的，看样子，快哭出来了。

我立马就嗅出来了，空气中充斥着某种火药味。而这股火药味，明显是大娘带到我们家里来的。虽说亲得不能再亲，平日里，大娘可从来都是无事不登三宝殿。我已经不记得大娘什么时候到我们家来过。有时候，妈妈会突然记起了似的，气吼吼地跟我冒上一句："你长这么大，你那嫌贫爱富的大娘，你那一毛不拔的大娘，一根冰糕都没舍得给你买！"我咽了咽口水，心想，无所谓，你们给我买也一样啊。大娘真的很少到我家来，有时候在街上碰见了，我不知道怎么回事，大娘从来不会看见我，更不要说打招呼。树活一张皮，人活一张脸，我想，大娘不理我，我还不想理她呢！

家里所有的灯泡都是十五瓦的，是爸爸让我到街上去买的。和它们比起来，大娘的脸色瓦数更小，估计只能为负数。说起来大娘跟我爸还是一个妈生的，她却把一张富态的脸拉得老长，就好像谁欠了她钱似的。她这又是何必呢？

本来，我打算回家就把马路上捡来的钱“交公”，可是，眼下大娘在场，而且气氛不对，我决定再等等。

见我进屋，三个人的目光很快就鱼儿一样游到我身上来了。众目睽睽之下，我有些不自在。也是为了缓和这种不自在吧，我假装亲热地跟大娘打了个招呼：“大娘好。”

没想捅了马蜂窝。大娘直勾勾地盯着我，阴阳怪气地说：“你大娘好啥哦！穷得都快喝西北风、吃土了！你说哪里好？”

我想她既然穷到这个份上，就拨浪鼓似的摇摇头，说：“不好。”

“这几年，借钱的时候嘴巴比蜂蜜还甜，还钱的时候呢？”大娘拍了拍胸口，继续说道，“还钱的时候，都变成大爷了啊，都变成缩头乌龟了啊！哎呀，我就是想不通，这个年代的人为啥这么不要脸啊？！”

大娘一边说着令我迷惑不已的风凉话，一边揉眼睛，好像要把那里面的什么挤出来似的。

“李青红，别在娃儿面前说三道四，少在那里指桑骂槐，哪个是缩头乌龟？哪个不要脸？！”爸爸说完，一只手用拍的动作摸在了自己的膝盖上。

“我说三道四？我指桑骂槐？李二娃，你到底还有没有良心，你的良心被狗吃了啊，你的心被土埋了啊？！”大娘毫不示弱，生气的架势就好像雷公电母下凡了。

“我不是早就说了吗？等猪卖了，立马就还你钱！不少你一分一毫。”

爸爸的声音有些委屈，夹杂着一丝祈求。

“等猪卖了？那你马上就卖啊！老娘我要用钱！”大娘态度强硬，“反正，你今天要是不把钱还了，我今天就坐这儿，不走了！”

“你坐，欢迎你坐。”

爸爸倒是客客气气，诚诚恳恳。

“啥子人！有借有还，再借不难！你这种不讲信用的，哪个敢给你们借钱？东说西说，上个月说核桃卖了还，这个月又说猪卖了还，你以为我是三岁小孩？”大娘说得唾沫横飞。

我惶惑地立在一边。

“计划是核桃卖了还，可你侄儿子开学，交学费……再等我缓上一个月吧……”爸爸似乎有点说不下去了。

“不行，你姐夫胆结石下周去医院开刀，这是人命关天的大事啊！这要火烧眉毛了啊！你们以为医院还可以打欠条啊！”大娘说完，眼泪就哗哗地下来了，她一边抹泪，一边继续说：“你们明天就把猪卖了吧，给我还钱！”

“咪咪大个猪，咋好意思卖，大姐……”爸爸的声音小得跟蚊子下的蛋似的，“姐夫在信用社工作，开刀的钱，你看你们能不能先自己想想办法？”

爸爸这么一说，大娘似乎更火了：“信用社是国家的，不是我们自家开的，你让我们怎么想办法？偷还是抢？！”

愤怒都快把大娘点燃了。

这时候，妈妈突然把话插了进来：“大姐，你们别闹了好不好！卖猪就卖猪！明天就卖！”

听我妈妈这么一说，爸爸似乎有了底气，他低声跟大娘说：“大姐，你回去吧，我明天把借你的钱给你送过来。”

“真的？你敢不敢发誓？”大娘问。

“真的，我敢发誓。”爸爸回答，“我李白要是明天不还你钱，出门被车撞死！”

“对嘛，不守信用，活着有啥意思啊？！”大娘似乎终于消了些气，说完慢悠悠地起身，头也不回地走了。大娘一走，妈妈就大步流星地进灶屋做饭去了。爸爸没有像以往那样对我颐指气使，他踩上一双早该退休的凉拖鞋，走到门口，把堂屋已经掉漆的门“嘭”的一声关上，仿佛在同外面的黑夜划清界限，生怕大娘又到家里来似的。堂屋一下子清静了不少，只有墙上的圆形挂钟“咔嚓、咔嚓、咔嚓”地走着。香火熏得黑乎乎的神龛上，“祖德流芳”四个精神饱满的大字，勉强能睁开眼睛，监视堂屋之内的所有动静。电视里的《新闻联播》已经结束，现在是《焦点访谈》了。

去灶屋不到一分钟，妈妈的号啕声就像春天撕破了土壤的种子那样，撕破了我们的耳膜。印象中，妈妈从来没有这样哭过。

妈妈哭得我的心都要碎了。哭就像跑步，就像干体力活，也是需要休息的。妈妈并不是一直哭，她哭了一会儿就停下来，翻来覆去在灶屋里重复一句话：“这日子是没法过了！这日子是没法过了！这日子是没法过了！”然后，妈妈又接着哭了起来。

妈妈在哭，我比她更伤心。我也跟着哭了起来。

“喊你妈别哭了！”

过了很久很久，爸爸终于有些心烦意乱，说完，他狠狠吸了一口烟，然后慢慢吐出来，再吸一口。

于是，我就像肩负重任的信使，快速走进灶屋，对正捂着胸口哭得撕心裂肺的妈妈说道：“妈，爸爸让我喊你别哭了！”

妈妈果然就不哭了，她一边往灶孔塞了几截柴火，一边喃喃自语：“这日子是没法过了！这日子是没法过了……”

我想跟妈妈说“天无绝人之路”，但是，话到了嘴边又被我咽了回去。说这样的话，安慰得了妈妈，也安慰不了我自己。想到为了讨债，大娘连我们家里那头“咪咪大个猪”也不放过，我精神的栅栏里就有了一丝恨意，更多是难以形容的苦涩。

“没法过就不过了！你想爪子嘛，离婚？我随便！”

不知什么时候，爸爸突然出现在我身后。跟鬼似的，吓我一跳。

“离婚！”

妈妈赌气似的说。

“离就离！”

爸爸也来得干脆。他这么一说，妈妈又哭出声来了，妈妈的哭声就像电影背景音乐那般叫人惆怅，叫人欲哭无泪。

“离婚”是爸爸和妈妈吵架时经常会用到的字眼。可我不希望他们分道扬镳，主要是我不知道选择跟谁过日子合适。爸爸不会做饭，妈妈不会挣钱。思来想去，我觉得还是他们两个不离婚最好。作为他们婚姻的副产品，我忍不住叹了口气，顾影自怜，我感觉自己上辈子就像欠了他们什么东西似的，注定要在这辈子来到他们中间，跟他们同甘共苦，在关键时刻，还意外地捡到一笔钱，帮助他们渡过难关。

“你们别吵了嘛，你们不离婚嘛！不就是钱吗？我这儿有钱。”说完，我就低调地把装在荷包里的钱小心掏出来，告诉他们：“是我跑步的时候在路边捡到的。”

爸爸和妈妈瞬间愣住了，幸福似乎来得有些太突然，两口子呆呆地看着我手上的钱，然后看着我，又继续看着钱，好像我在跟他们开玩笑。很快，两人反应过来，妈妈的屁股下面像装了弹簧，说时迟那时快，她一下子从板凳上弹了起来，冲到我面前，把我手上的钱转移到了她的手上，妈妈让自己变成了这些钱的家长，满脸欢喜。爸爸也跟着高兴起来，一把将我抱了起来，张开他臭烘烘的嘴巴，在我脸上狠狠地亲了一口，他说：“真是天无绝人之路啊！”

天无绝人之路。

然后，我将捡钱的经过添油加醋地讲述了一遍，甚至将在回来的路上钻了高尔基胯裆的事也和盘托出。之所以如此不厌其详，是因为，我很期待尽快拿到属于自己的那一份零花钱。

在灶屋里，妈妈把钱点了一下数，十块的，五块的，一块的，还有一些零零散散的角票，加起来，总共六百块钱。

“我们欠大娘多少？”我问爸爸。

“两百。”

“这件事就我们三个人知道，你千万不要跟外人说！”妈妈特地如此提醒我，希望我把自己的嘴巴拧紧点。终于，她顺手递给我一张皱巴巴的十块钱，大大方方地说：“拿去花。”

“谢谢妈妈大人！”我接过钱，高兴得都快合不拢嘴了。其实我只想要两块钱就够了的，妈妈给了十块，我多赚了八块，这真是出乎我的预料。

“应该是‘母亲大人’。”

爸爸在一旁纠正，给妈妈献殷勤。我发现，他的眼睛鼓得跟二筒似的，色眯眯地盯着妈妈一起一伏的胸口，如同一个猎人盯着他的猎物。刚刚的那种厌倦，此时已经灰飞烟灭。

五

大清早，爸爸就匆匆出门找我大娘还债去了。

大娘的家就在中街，中街是江油关最繁华的地方，按城里人的思维习惯，那也算得上是我们江油关的“心脏”了，就像遥远的北京是祖国妈妈的心脏。有借有还，再借不难，我相信，爸爸今后也不会再问大娘借钱了。两百块钱透过人心的光合作用，变成一堵厚厚的墙，已经把所谓的亲情隔开了，让借钱和还钱的人站在了河的两岸。

“欠别人的始终是欠别人的。”

爸爸出门以后，妈妈开始冲小口咽着稀饭的我喷话，感觉她在跟给庄稼打农药似的。如果妈妈的话真能左耳朵进右耳朵出，也就罢了，关键是，事实并非如此，我心知肚明，她的这句话并不是为了教育我，而是为了让我记住耻辱，在我心头种植仇恨的火焰，在大娘这块移动的土壤上面竖起冷漠的旗杆。

见我没有半点反应，妈妈用一种近乎扬眉吐气的语调继续跟我唠叨：“有钱人说话都能戳死人，你那个嫌贫爱富的大娘啊，如果我们再不还钱，尿盆子肯定扣到我们头上来了。”

说完，妈妈用她的右手抹了抹自己的脖子，好像真有什么恶心玩意儿从头上流下来似的。

“人家借钱是帮助我们，理应感谢，要钱也是天经地义，怎么背后净说大娘的不是呢？”我感觉自己倒像是胳膊肘往外拐，说了一句良心话。说这些话的时候，我想起了大娘那张被某种悔恨拉得比马尾巴还长的脸，盛气凌人，飞扬跋扈，不可冒犯。

妈妈不说话了，她拿起一块像被机关枪扫射过的抹布，仔细擦着圆桌上的灰尘和饭粒。

其实，我不是故意跟妈妈作对，我只是不愿让自己的意识那么快就顺着她的话语，顺着饱含她个人情绪的墙根，为理智泼上阴影。也许，我的理智，我的言谈举止从来都是倾斜的，就像倾斜的雨水。以前捡钱我会想方设法物归原主，现在没门了。妈妈曾因为我把在学校捡来的五块钱交给老师，心疼得掉眼泪，骂我白痴，就这样，我慢慢学聪明了。我变聪明了。在现实面前，我始终紧靠在妈妈这一边，而不是课本和老师们提倡的那一套。我已经在自私上面尝到了甜头，虽然它不是什么苹果树、橘子树、李子树。自私是我们精神上的护栏，它允许我们占有所能够占有的一切，并且心安理得。

吃过早饭，我就该上学去了。我背着我那破破烂烂的书包一溜烟似的出了门，今天格外与众不同，无论是天气还是书包，我觉得我的书包，就像我们家那个咪咪大的猪突然长膘了似的，沉甸甸的，不是因为那些挼得腌菜一样的书本，而是因为我把妈妈给我的十块钱放在书包的文具盒里了。破破烂烂的书包也因为那十块钱而蓬荜生辉。我不再因为它的简陋寒酸暗暗烦恼，我只想着那张由我当家作主的十块钱。老师的话是有道理的，内在的美才是真的美，内在的精华才是真的精华。毫无疑问，这十块钱就是美和精华所在。我昂首挺胸，如沐春风，一路将肩上的书包左摇右摆，生怕别人不知道我有个破破烂烂的书包，而里面的文具盒里有十块钱钱似的。

今天星期五，下午就放假了。放完假，运动会也就没几天了。

真是好事连连啊！

刚走进教室，我就发现我的同桌马洋坐在我的座位上，跟白敏唾沫横飞地说着什么。我和马洋关系不太好，不太好的原因是因为之前我们的关系太好了。无论我有什么好吃的、好玩的都要跟他分享，自从上学期我在厕所里偶遇他偷偷吃夹心饼干后，我的心就寒了，我可是从来没有吃过独食啊。俗话说，宰相肚里能撑船，我不是宰相，但肚量还是有的。马洋真正得罪我是因为上学期春游。春游的前一周，妈妈说好给我五块钱买东西，我跟小伙伴们提前分享了这个美好的约定。到了春游那天，妈妈却没有给我钱，没有给我钱的原因，当然是没钱，妈妈跟我说：“你就是把房子倒过来也倒不出一分钱了。”不过，为了亡羊补牢，她把春游的必需品都给我准备好了。去了学校，见我没带钱，以马洋为首的几个同学经过一番商量，决定把我开除团队，不要我入伙了。到现在我都不敢回想那一天我是怎么度过的，人山人海，众目睽睽，热火朝天，我却形单影只，像一个光着屁股在大街上漫游的小孩，真丢脸啊！

看到马洋，往事就像滚滚炊烟，在脑海升起。

今天，洗掉耻辱的大好机会终于来了！

我兴冲冲走到自己的座位旁边，把自己破破烂烂的书包一放，对着马洋就是一个恶狠狠的“滚”字。

“不就是在你这儿坐一下，凶个毛线啊，神经病！”马洋瞪着我说。

“去你大爷的，你才是神经病！”

我回敬他，声音大得估计整个教室都听得见。我就是要所有人都听见我说了什么，我要的就是这样的效果。说完，当着马洋的面，我故意慢腾腾地打开书包，拿出锈迹斑斑的文具盒，将放在里面那张皱巴巴的十块钱拿了出来，钱是旧了点，但毕竟是十块。钱是卷着的，我把钱小心翼翼地绷直，抚平，然后，装模作样地吸了一口气，轻轻吹着钱上面的灰尘，或许还有上面那股汗臭味儿。这张钱，经过多少人的抚摸和保管啊，现在，它属于我了，我成了它的主人。我沉浸在炫耀带来的欢愉里，无法自拔，我就是要让马洋甚至班上所有人知道我有十块钱，让他们羡慕，让他们嫉妒，甚至让狗眼看人低的他们后悔当初春游拒绝我入伙这件事。

直到上课铃响，我重复着这个实际上并不会浪费多少体力的活：我对着钱吹了又吹，好像上面真有那么多灰尘似的。我一边吹，一边有意无意观察着周围同学，我希望这些穷光蛋都来羡慕我，巴结我。

第一节课下课，我就已经深信班上所有的同学都知道我有钱了，而且还是十块钱。应该没有“漏网之鱼”了。第二节课下课后，全校学生都要站在坑坑洼洼的操场上，对着庄严而又肃穆的升旗台，做第七套广播体操。做操的时候，我一直在想，要是我能站在升旗台上，当着全校学生的面，吹一吹我那十块钱上面的灰尘，该有多好！遗憾的是，没有哪个人能够帮助我实现这个小小的心愿。

这十块钱让我在同学们面前挣足了面子，也差点儿羊入虎口。要不是关键时刻我力挽狂澜，它怕是要长腿，跑进别人的腰包了。

午休的时候，马洋居然主动回教室邀请我去操场上踢足球。冤家宜解不宜结，没想到我们之间的不快这么快就被时间冲淡了。于是，我想也没想就答应了。

“你把你的钱放书包里藏着吧。”马洋解释，“操场人那么多，万一丢了就麻烦了。”

好一个调虎离山之计！我当即识破了马洋的阴谋，不过，我并没有明说。还没有走出教室，我突然改变主意，告诉马洋：“我不想踢足球了，我要在教室里看书。”

“你怎么说话不算话呢？”马洋似乎有些遗憾，见我无动于衷，他肉麻地说：“你不去，我也就不去了，我陪你看书吧！”

看书怎么陪呢？我的脑袋都想胀了，也没想明白。我知道，马洋这些反常举动都是因为那十块钱，在钱面前，人就是容易低三下四。最终，我点了点头，大气地说：“好吧！”

我们就坐在教室里看起了书，书是从图书室借来的，英国作家丹尼尔·笛福的《鲁滨孙漂流记》。说是看书，其实是我看书，马洋在一旁帮我翻书，我看一页，点点头，他就往下翻一页。我很有耐心，心想，装吧，马洋，我看你能装多久。

马洋并没有装多久，我刚看到鲁滨孙这个倒霉蛋跟另外几个人乘坐的逃生小艇被一个巨浪打得船底朝天的时候，他忽然用一种让我浑身掉鸡皮疙瘩的语气说："兄弟，看书看累了，要不，咱们去买点吃的？"

我故意问他："你请客？"

他说："我们是好兄弟，谁请客无所谓啊。"然后，他话锋一转，"你不是有十块钱吗？"

我态度坚决："你脸皮厚，想得美，老子不干！除非……"

"除非什么？"见柳暗花明，马洋似乎来了精神，"你说什么我都答应。"

"除非你叫我一声'爷爷'。"我恶作剧似的告诉他。

"这……"马洋略显迟疑，他望了望四周，然后，压低喉咙，冲着我，甜甜地叫了一声："爷爷。"

我摇头表示没听见。

马洋红着脸，又喊了一声，这次声音很是洪亮，相信旁边的几个女生也都听见了。

我红着脸"嗯"了一声，算是答应了，于是，我问马洋："你想吃啥？爷爷今天请客！"

就这样。我请马洋吃了一袋脆脆面。我自己吃了两袋。

比吃脆脆面更重要的是，今天，我和我的死对头——段小芳也和好如初了，下午放学的时候，她主动走到我面前，表情幽怨而羞赧地跟我说："你是不是还在因为那件事而恨我？"

"没有啊。"我故作平静，说完，嘴巴紧紧闭上了，我怕我管不住自己的嘴，我得克服潜意识里把她喊妈的冲动。其实，我怎么不恨?！上学期我不过在段小芳面前说了句什么“关我屁事”之类的话，她就去老师那儿告我说脏话，说我要流氓，至于吗？不过，话说回来，我其实挺欣赏段小芳的，她的成绩在班上数一数二，不像我，成绩老是在倒数的行列。段小芳人也长得水灵，是我们的班花。今后，没准儿我们还有很多地方需要合作呢，比如说帮我做作业什么的。

我犹豫一番，原谅了段小芳。

“我就说嘛，你大人不记小人过！请多担待本姑娘的不是呀。”段小芳嗲声嗲气地说完，笑了，露出两排好看的白牙。

我也傻乎乎地跟着笑了。我们都不知道我们在笑什么，正如同我们都知道我们会慢慢长大。但是，我想象得到，我们都在努力把已经拉开的距离缩小，把有过的不愉快塞入遗忘的港湾，让它驶向时光的大海。然后，一切的一切，重新开始。

段小芳的家在丫头坪上面，她主动邀请我有时间到她家里玩。我想，时间自然是有的，如果以活到 71 岁零 364 天的祖父李不问为参照，那么，我至少还有 60 年时间可以用来约会。我答应了，但是，在她家怎么玩，她没有告诉我，我也没问。

我们放假了。长达 7 天的假期，明天才算真正开始。

短短一天，我荷包里的钱大大缩水，只剩下两块钱了。但是，我并不感到失落，因为，我的生活从未像今天这样奢侈，也从未像今天这么充满阳光。活得开心比什么都重要。太阳落山了，我背着我那破破烂烂的书包，慢慢往家里走去。

六

晚饭如此丰盛，我都以为自己不是在自己家里吃饭。竟然有些无所适从。摆在面前的是萝卜、山药炖蹄花、香肠、红烧豆腐、鱼香肉丝，还有爸爸从街上买回来的卤肉和卤鸡脚。妈妈破天荒地系上了围裙。我注意到，圆桌上放了一袋刚刚拆封的餐巾纸。这样的排场，我似乎还从来没有经历过。

吃饭的时候，爸爸给自己从玻璃罐里倒了满满一杯梅子酒。以前，爸爸总是大口大口喝酒，小口小口吃菜。他今天却把那些习惯完全倒过来了，小口小口喝酒，大口大口吃菜。他除了照顾自己，也不时往我和妈妈的碗里夹菜。我为他的客气暗暗吃惊，好像我和妈妈是外人一样，好像我和妈妈没有手似的。

我不太喜欢别人给我夹菜，哪怕他是我爸爸，一想到筷子上的口水……

“剩余的钱，我们必须尽快花掉。”爸爸突然说。

妈妈说：“是啊是啊，不过，要花，也得花出点名堂来。”

我差点都忘了，爸爸妈妈这么一说，我的心瞬间紧了，我还有两块钱没用呢！我们江油关有个不成文的规矩，凡是路上捡来的钱，必须尽快花掉，不然就会生病，或者倒大霉。我之所以知道这个，是因为以前祖父告诉过我，他如此解释：“你捡了别人的钱，也就把别人的疾病或霉运捡到自己身上来了。”

“嗞”的一声，爸爸抿了一小口梅子酒，跟妈妈说：“我已经想好了，去江油买辆自行车。”

“你买自行车干吗？好钢得用在刀刃上！”

“有了自行车，我可以做点生意，江油关的鸡蛋现在卖到三毛钱一个了，附近几个乡镇才两毛，你说，这个生意咋样？”爸爸说出了他的打算。说完，又是“嗞”的一声。

“做生意倒是可以，现在路这么烂，你就不怕把鸡蛋抖坏？”妈妈考虑周全。

“你的担心纯属多余，又不是把鸡蛋用脚踢角球那样一路踢回来！”

我不得不纠正爸爸：“是‘踢足球’，没有‘踢角球’这个说法。”

最后，妈妈同意了：“嗯，就这么定了！”

一杯梅子酒快要喝光了的时候，爸爸忽然对我说：“儿子，吃了早点睡，明天早起，爸爸带你赶江油，去买自行车，顺便见见世面。”

“顺便见见世面。”

爸爸就是这么说的，他的安排就像一场大雨突然从天而降，让我有点措手不及。这是因为，我觉得自己完全处于被动状态，没有丁点儿自主权，没有仪式感——我不知道自己的遣词是否准确，迄今为止，我的生命乃至我的生命周围，类似于“尊严”

和“独立”这样的字眼，从来都是稀有而少见的，就像《鲁滨孙漂流记》里面那些可怜的黑奴。毕竟不是小事情，长这么大，我压根儿就没有离开过江油关半步，我压根哪里都不想去。更让我措手不及的是，我想也没想，就同意了爸爸的安排，我打了一个饱嗝，说：“好。”

这个“好”，就像是被饱嗝顺带出来的。

七

江油关到江油的班车多得很，随去随走都没问题。第二天，我和爸爸很早就起来了，简单收拾一番，我们出了门。天还没亮，天上的星星亮闪闪的，远远看去，像是一只由眼睛组成的怪物。公鸡在黑暗中远远叫了几声，很快又恢复了寂静。秋风瑟瑟，冷得我不断回忆能把人都要热化了的夏天，现在，就当是在吹风扇。

我和爸爸并没有在路上候车。我们沿着坑坑洼洼的马路，一直朝前走着。我想，这可能是因为爸爸想早点买到自行车，而他给我的解释却是：“多走一截，可以节约路费。”

我恍然大悟，感觉智慧的爸爸都可以去我们学校当老师了。

我们气喘吁吁地走到江油关隔壁的响岩镇的时候，夜晚终于在空气里面完全化掉了，山山水水，树和房子，大块大块光秃秃的庄稼地，在光的栅栏里，露出了庐山真面目。

爸爸告诉我，响岩到江油还有六七十里地，不过，我们已经成功地节约了六块钱路费。我们可以搭车了。不过，我还是有点担心，爸爸会不会为了节约路费，只把车票买到快要抵达江油的某个地方下车。这就意味着，我们还要甩上一截火腿才能到达城里。

事实证明，我的担心是多余的，爸爸把票直接买到了江油。他买的全票，我则是半票。

我大声问他："为什么你是全票，我是半票？人人平等，我也要买全票！"

我的话让班车上的所有人哈哈大笑。

爸爸悄悄跟我解释："我真是养了个瓜娃子，班车都是按身高买票，你买半票，相当于节约了一半的钱！"

我心里这才稍稍平衡一点，看来，个子高，并不一定是好事；个子矮，也不一定是坏事啊。

爸爸在跟旁边座位的叔叔聊天，我把脸贴在车窗上看风景，很快就厌烦了，那些一直都在退后的风景，在我看来，和我们江油关大同小异，也没什么好看的嘛！

那个胡子拉碴的叔叔正跟父亲寒暄得热乎着呢。

"哎呀，这个车真的是太慢了，像只蜗牛，还不如老子走路！我开我的面包车，估计早就拢了！"

"个人有车，当然方便。"爸爸心不在焉地说，他好像不相信别人有车似的。

“兄弟，你们父子俩去江油搞啥名堂？”那个人问。

“我们……”爸爸迟疑了一下，说，“我们想买个车。”

“好事啊！现在有车方便。不过，买车容易养车难啊！一个车，又要买保险，又要加油的，我现在是深有体会！”那个叔叔说完，又问爸爸，“你准备买个什么车？货车还是小汽车？”

这次爸爸迟疑的时间更久了，就在我都以为他睡着了的时候，他又突然开口说话了，他小声地告诉那个叔叔：“自行车。”

那个叔叔就不说话了。

爸爸也不说话了，他闭上了眼睛，瘦精精的脸上，写满了时光。

我睡着了。

不知过了多久，我听见爸爸在叫我：“儿子，下车了。”

下车了？就是说，江油到了。

我迷迷糊糊跟着爸爸下了车。山不见了，河也不见了，遍地都是房子，车水马龙，江油的地竟然是平的！我被活生生地吓了一跳。我问爸爸：“山呢？”

“你说啥？”

“我问你山飞到哪里去了。”

“这儿是平原，不是山区。”爸爸有些不耐烦地补充道，“我们那儿才是山区！”

我又问爸爸：“江油关和江油有什么关系吗？”

爸爸回答：“江油关历史上称之为‘江由关’，那个由不是现在的油，是来由的由。江指的是涪江。江由，就是江由此出的意思。现在的江油，也是我们涪江冲出来的平原。”

原来如此，涪江塑造了平原！我继续问爸爸：“江油真是唐朝诗人李白的出生地吗？”

“少管闲事。”爸爸彻底不耐烦了，他淡淡地说：“跟在我后面。”

显然，我如此孤陋寡闻，在他看来，简直是白痴。

我和爸爸很快就在车站附近的一个市场，花了320块钱，买到一辆飞鸽牌自行车。

时间还早，爸爸说：“我带你在城里逛逛。”

我把两只手高高举起，表示同意。

江油城里有很多“李白故里欢迎您”的横幅，在九零三医院附近，我看到了李白塑像，或者说，成为石头的李白。一千多年过去了，诗人李白还以各种形式活着，在纸上活着，也在这块平原的皮肤上活着。我知道，这就是文化了。我和爸爸又去了公园，公园是有名字的，叫“太白公园。”

“不是应该叫‘李白公园’吗？怎么会叫‘太白公园’？”在大气、宁静的公园门口，爸爸如此问我。

看来，爸爸也是贵人多忘事，我说：“前天告诉过你，李白又叫李白，又叫李太白，就像你又叫李皂白，又叫李白。”

“你说过？我都忘记了。”爸爸漫不经心地说。

我们在太白公园一直转到了天黑。到天黑我才发现其实太白公园也没什么好玩的。但是我又想，如果不是这样转了一天，太白公园就会在我的心目中永远神秘下去，所以，收获还是有的。

黑漆漆的公园里，人影渐疏，心头默诵李白的《静夜思》，我就有些想家，想妈妈了。于是，我文绉绉地跟爸爸说道："举头望明月，低头思故乡。爸，我们什么时候回家？"

爸爸说："不急嘛，明天回去。"

"晚上歇哪儿？"

"旅店。"

"旅店是什么？"

"就是专门给外地人住的地方，也叫歇号。"

我和爸爸出了公园，他骑着自行车，搭着我，穿过灯红酒绿，穿过一条条宽阔的水泥马路，拐入一条幽暗绵长的巷子。巷子里，挂着许多红灯笼，如梦境。我想，这地方好有古时候的味道啊。

在一家挂着红灯笼，名叫"温柔乡"的小店门口，自行车就慢慢慢了下来。爸爸转过头跟我说："你在这儿等我，把自行车看好，爸爸去撒个尿就出来。"

我说："我也想撒尿。"

"你小孩子家，就地解决就行。"

我说："我害怕警察叔叔罚款。"

他说："警察早就下班了。"

"哦。"有点遗憾，我还从来没有见过城里的警察。

爸爸说完，留下我，就一阵风似的匆匆进了小店，看样子，是憋得不行了。大人就是这么的不方便，我想。

爸爸的尿，撒了很长时间，我半分钟能够搞定的事情，爸爸用了很长的时间，长得就像马尾巴一样，这难道就是大人和我们小孩的区别？我没有看过爸爸撒尿，没想到他撒个尿时间这么长，感觉再撒一会儿就不用去歇号了，因为天都快亮了。我扶着自行车凉冰冰的车把，等得都快睡着了。

终于，爸爸撒尿回来了，好像很累的样子，好像刚才撒尿把身上的力气都用掉了似的，他疲惫不堪地说："儿子，辛苦了。走，我们去吃饭，爸爸带你去吃江油肥肠。吃完饭，我们找个旅店休息，明天赶早回江油关。"

"爸爸，你为什么撒尿撒了那么久？"坐在自行车后座上，我问沉默得如同一块石头的爸爸，他的身上弥漫着一股我从来没有闻到过的味道，比宝宝霜还香。

"本来只是想撒尿的，肚子突然不舒服了，也不知道怎么搞的！"

爸爸的回答有些牵强，还说不知道怎么搞的，这也太久了嘛！

"有红灯笼的地方都是厕所？"我又问他。

"是啊，有红灯笼的地方是厕所。不过，这些厕所小孩子是不能去的。"爸爸说到这里便故意卖起了关子，不往下说了。他要我"不许我跟任何人提说这件事，尤其是你妈"，他的理由是，

“她心疼钱，会不高兴。”

我想我懂爸爸的意思了，城里扔个烟锅巴都要罚五块钱，撒尿估计也是要收费的。我答应了爸爸，拍着胸口保证：“你放心，我跟谁都不说，我打死也不会说的。”

“乖儿子。”

八

花了两天工夫，我就能骑着我们家新买回来的自行车，在江油关坑坑洼洼的，就像有人用锄头故意挖过、用炸药炸过似的马路上，燕子般穿行自如。并且，即使双手离开车把，我也绝不会失去平衡，不像刚开始上手那会儿，摔得人仰马翻，而爸爸在一边心疼得眉毛都快掉在地上，生怕他的自行车，而不是我，因此落下残疾。爸爸似乎已经忘记，买自行车的钱，是我从路边捡回来的。

我速度如此之快地掌握了骑自行车的全部要领，爸爸和妈妈几乎不敢相信自己的眼睛，不敢相信他们的儿子竟然如此聪明绝顶，一学就会。我也洋洋自得。善于揭人伤疤的爸爸却不失时机地朝我泼来一盆冷水，他说：“儿子，你的这份执着，你的不达目标誓不罢休，要是用在学习上面，岂不是如鱼得水？”

随爸爸怎么说，我已经不在乎了，要真像你李皂白说得那么容易，我们家就不会像现在这样一贫如洗。用老话来说，这真是：乌鸦说猪黑，自己不觉得。我那在班上倒数的成绩，对我而言，已经无所谓了。分数再高又不能当饭吃，不能改变贫穷。生活的路早已摆在面前，没法替换，以后，我子承父业，除了像我们的祖祖辈辈那样继续在江油关种地，我也可以有别的事情做，比如，跟爸爸一样——骑着自行车买鸡蛋卖鸡蛋赚差价。

我已经无所谓了。没人喜欢转过身去深挖自己的灾难。有人说，这就是人类的眼睛没有长在后脑勺上的原因。所以我在乎的是我的前面，在乎的是我的眼下。生命中让人惶惑的事情真是太多了。但是，我相信，即便是鲁滨孙那样被疯狂的巨浪卷向孤岛，人也是能够生存，能够与残酷的生存环境斗争和周旋的，并且，很重要的一点，那就是，希望之船早晚会在生命里出现。

我相信这一点。正如同我刚开始学自行车的时候，就已经相信自己会骑着自行车去找段小芳，实现我们的约定。

老天爷板着脸，阴沉沉的，看样子，要下雨了。成群的乌鸦在半空死声死气地叫着，从江油关的凤翅山，飞到牛心山，又从牛心山，飞向丫头坪的上空。

段小芳家在丫头坪，丫头坪在对岸的半山腰上。

我推着自行车独自走在去段小芳家的路上。

骑自行车对我来说已经构不成任何难度，摆在我面前最大的难度，是去段小芳家这道弯来绕去的斜坡，即便学会骑自行车了，也和没学差不多。事实上，根本骑不上去，我只能推着自行车去找段小芳。我吃力地推着自行车，想着上山虽然辛苦，不过回来就轻松了，只管捏紧刹车就行。下山容易上山难，而兔子正好相反。

不知道走了多久，面前出现一块平坦、狭长的地带。我知道，这就是丫头坪了。段小芳的家就在那座威严气派的寺庙旁边，寺庙前有几棵檬子树，据说上千岁了，树上叶子很少，现在是秋天，檬子树叶子却没有像其他树那样枯黄，青青涩涩的，好像树的年纪一大，叶子也反应迟钝，枯黄得慢了。

段小芳对我的到来似乎并没有想象中的热情，但也不是冷漠。我不是空手而来的，我带着自行车，带着我没有用完的两块钱。当然，我不是要在段小芳面前，就像那天在学校，煞有介事地吹上面的灰尘了。当然，如果我愿意，灰尘肯定是有的。我把其中的一块钱给了段小芳，算是见面礼，想让她看起来高兴一点，我不知道我是怎么无师自通这一点的，就像我不知道为什么那些刚破壳而出的小鸡就会走路觅食。

段小芳的家和我家一样简陋、寒酸，这让我有了宾至如归的感觉。

她看上去心情不好，好像我的突然造访没有经过她的许可，而是不请自来。

在我们差不多就要变成两块石头的时候，段小芳突然告诉我：“你听到乌鸦在叫了吧？我们家一个亲戚死了。”

我恍然大悟，耳朵在空气的皮肤上搜索乌鸦的哀鸣，这哀鸣的架势，仿佛一群正在哭丧的孝子。我想，段小芳独自在家，可能是因为，她的爸爸妈妈甚至爷爷奶奶都去帮忙去了。江油关的风俗就是这样，但凡哪家有婚丧嫁娶，一家人都得去帮忙什么的。

我问段小芳："你怎么不去呢？"

"他们不准，说不吉利！"

段小芳有些委屈地说，眼睛红红的，然后，她抱怨起来："我一个人在家，好孤单啊！"

"小芳，不是还有我吗？"

说完，我的脸就红了，火辣辣得烫，就像鱼儿咬住了鱼钩。这样下去，沉默就会死而复活，尴尬也会随之而来。于是，我只好转移话题："你那个死了的亲戚多大年纪？"

"不知道，反正，比我妈年纪还小。"段小芳的语调悲伤。

我稍微换算了一下，我和段小芳的年纪差不多，我妈和她妈年纪肯定也差不多，如果段小芳就是我，她妈就是我妈，那么，她那个死掉的亲戚应该也比我妈年纪还小。

"怎么死的呢？太可惜了。"我喃喃地说，眼睛眨也不眨地望着段小芳那张泛着桃红的脸蛋，一时间有些恍惚。

"喝百草枯死的。"

"为啥要喝百草枯？"

"我叔叔骑摩托车去信用社存钱，可能穿得太厚了，他就把外套用绳子牢牢绑在后座上，也不知道怎么搞的，等到了信用社才发现外套丢了，里面的六百块钱也丢了，那是他们辛辛苦苦给人修房子做活路挣来的。丢了钱，我那个娘娘想了好几天，实在想不通，万念俱灰，一气之下，就寻死了……”

男的把钱丢了，女的把命丢了！

世界像是被调成了静音，一下子安静下来。

听段小芳这么一说，我头“嗡”的一下大了，我很想问段小芳是不是一件浅灰色外套，因为正是我亲手把它扔进了荨麻丛里。但我又不能问，毕竟我确实捡到过一笔巨款，我要是问了，真相浮出水面，段小芳肯定会恨我。差不多可以肯定，我那天捡的钱正是段小芳亲戚丢的。

只是，没想到，居然死人啦！

段小芳再说了什么，我已经听不清了。

我心乱如麻，浑身颤抖，望着停在院子里那辆崭新的自行车，又望了望丫头坪阴郁的天空，舌头像是被人打了死结，一个字也说不出来。

我不知道自己是怎么跟段小芳告的别，又是如何离开丫头坪的。身上没有一点力气，好像全身的力气都变成了空气。我很害怕，逝者仿佛就在我的生命周围，凝视着我的一举一动。自行车的车把就像死人骨头一样，冰凉。

骑上自行车，眨眼工夫我就能回到山下，不过，眼下我似乎更喜欢这种脚踏实地的感觉。我推着自行车朝山下慢慢地走着，我没有骑自行车，不想骑，也不敢骑，面前好像不是一段斜坡，而是一道壁立千仞的悬崖，万丈深渊。

走到半坡的时候，起雾了，整个江油关很快就被大雾封锁起来，寂静在路旁的掉光了树叶的林子里生长，就好像某些东西在我灵魂深处生长。我的脑袋昏昏沉沉，也像是起雾了。虽然起雾了，但我并不糊涂，我犯了一个何其严重的错误！说起来还是要怪自己长了一双手，我恨我的一双手，也恨我妈妈。她生我的时候就不该把我的两只手也生出来的，如果没有它们，我就没有机会捡到别人丢在路上的血汗钱，我觉得，这才是所有悲剧的根源。只是，现在说什么都晚了，因为，我把骑自行车都学会了。

人形的空气

一

断裂带人习惯把镇上唯一存在的街道，唤作老街。最后一个字通常情况会拖得很长，足有一列火车那么长。老街，名字听着别扭，老气横秋，仿佛背后尘封着的是一团压抑、迷惘又破败的灵魂。灵魂的火车上，满载着缓缓流逝，又不断生长的岁月所赐予的苦难和沧桑。花十分钟足以从头走到尾，不比兔子尾巴长多少，然而，作为断裂带的场镇所在地，老街始终是断裂带人气最旺的。镇上三六九逢集。逢集的日子，老街到处人山人海，密密麻麻的、生机勃勃的，沙子样挤在空气的皮肤上，地上几乎很难看到一块完整的影子。

镇上的幼儿园、小学和初中，都在老街上。幼儿园在下街，小学在中街，初中在上街，紧挨着一个叫作船头河的村庄，据说，几百年前，人们在这里过河的时候需要乘船。显然，船头河的名字就是这么来的。小镇边缘，喇叭河日复一日流淌，将那些遥远的记忆冲走了，冲远了，如今，只剩下一个孤零零的名字，陪伴着一座充满人间烟火气息的村庄。船头河，断裂带最神奇的所在，妇孺皆知的风水宝地，整个村里能找出十几对双胞胎，因此，很多人都说，这个地方可以上新闻。

初中是断裂带的“最高学府”，学校自身就是一片高地，由水泥火砖砌成四层高的教学楼仿佛一座瞭望台，可将船头河的风光一览无余。初三（2）班，有个名叫刘鹤鸣的少年，经常立在教室后面的窗户边，忧郁的目光穿过透明的玻璃，望着船头河那片绿油油的庄稼地发呆，他曾在学校图书室借阅过一部小说，名叫《麦田里的守望者》。书不如电视好看，但他喜欢“守望者”这个形象，发呆的时候，他感到自己就是一位守望者，这种感觉能把他从某个角落或者背景扯出来，让个人成为现实的一处远景。

中考在即，功课繁重，发呆是最纯粹也最简单的解压手段，偶尔，会有意想不到的事情撞到头上。比如，有一次，刘鹤鸣独自临窗远眺，就碰巧发现一位中年大妈在那个子长得高高的玉米地里游荡，可能是在扯猪草，她的旁边放着一个背篓，这并没有什么值得惊讶的。但是很快，大妈就用无意的方式给这位少年送来一份特殊的礼物：她先是左顾右盼一番，然后就像全世界只剩她一个人似的，大大咧咧解开裤腰带，然后就地蹲下撒起尿来。刘鹤鸣彻底看傻眼啦，心跳和呼吸就像被突然踩了几脚油门，脸也红到了脖子根儿！本地有诸如小孩指了月亮睡觉的时候会被月亮偷偷割破耳朵，看了女人屁股眼睛会长痣、瘤子之类的说法，刘鹤鸣当然知道，因此，提心吊胆了好多天，生怕自己的眼睛出问题。要真是那样，自己就完蛋啦，事情无疑会像语文课上的词语听写那样，被自己听写出来，暴露在众目睽睽之下，不打自招。幸运的是，最终，什么事都没有发生。刘鹤鸣自然不好意思跟关系要好的同学说起这事，只能秘密地把它藏在心头，慢慢消化。无数个深夜，那幅发呆时意外看到的画面，反复在这个情窦初开的少年脑海中浮现，犹如一把无形的剪刀，在枯燥的学习生活中意外剪出了一条缝，然后，那些自然而然的爱的光与影，一点一点地，涌入生命。于是，一些情愫开始滋生，生命开始有了期待，有了寄托。很自然地，刘鹤鸣有了自己喜欢的女生，初三上学期，他喜欢上了班上最漂亮也最爱笑的女生周诗蔓。周诗蔓是班上的学习委员，热爱文学，手头有本席慕蓉的《一棵开花的树》，好多次晚自习，刘鹤鸣都看到周诗蔓捧着这本书并陶醉其中，他因此很羡慕那本书，他做梦都是自己变成了那本书。

班上的男生和女生，初一初二界限是泾渭分明的。男生和男生玩，女生和女生耍，到了初三，班上的男生和女生不再背道而驰，而是揉面一样揉到一块了，有的男女同学成了“闺蜜”，有的甚至谈上了恋爱。刘鹤鸣被单相思折磨得夜夜失眠之际，他的同桌，一个绰号鬼子的同学，已经开始自封“恋爱大师”。每天晚自习，这位恋爱大师都用来趴在桌上给低年级的学妹写情书。他跟刘鹤鸣大言不惭地说，情书我每天写一封，女朋友我每天换一个！听鬼子这样说，刘鹤鸣心里一阵阵枯朽，好像有人拿着抹布，把自己爱情方面的“落后”擦亮了似的。

转眼，初三只剩最后一学期，中考过后，班上的同学将各奔东西，或者继续学业，或者选择谋生。继续学业的，可以读职高，或者读县里的高中，而成绩最好的一拨同学，都憋着一口气。想考市里的重点中学，这当然是要靠成绩说话的，只有上了分数线，才能被录取，只有读了好的高中，今后才可能考上好大学，才会有好的出路。这些好的人生路线，或者说美丽蓝图，是每天上课时老师们为鼓舞士气，必不可少的一盘硬菜。

刘鹤鸣所在的二班是整个初三年级的尖子班，他知道，周诗蔓的愿望是考上市里面的重点高中，刘鹤鸣的愿望也是，将来继续一起读书，一起考大学。客观地说，刘鹤鸣同样希望自己考个好学校其实不仅是为了周诗蔓，也是为了逃离，逃离断裂带，逃离贫穷，将来出人头地，给家里争气。“你可要为家里争口气啊！”刘鹤鸣的母亲就是这么一遍遍嘱托的，因此，刘鹤鸣从来都心知肚明，读书不光是为了自己，也是为了母亲，为了家庭。

刘鹤鸣从未跟周诗蔓表白，一是没那个胆子，二是怕影响彼此的学习，因此才决定把那种酸酸的、疼疼的、深深的爱慕与思念，死死地、死死地，埋在心底。有时候，刘鹤鸣感到自己就是一座坟，周诗蔓的坟。刘鹤鸣感觉得到，周诗蔓对自己也有点儿意思的，只是有些朦胧，有些含蓄，就像嗡嗡飞舞的苍蝇，飘忽不定。

刘鹤鸣的潜意识里，周诗蔓早已名花有主，是自己的菜。至于别人，休想！除非，除非太阳从西边出来了。

二

如果不是空气皮肤上的现实落在了眼睛里，刘鹤鸣绝不会相信，偏偏有人撞到自己枪口，就像夜里的蚊虫噼里啪啦撞在电灯泡上。今天，太阳真的从西边出来了。

罪魁祸首，或者说那个冒失的家伙，胆大包天的家伙，就是班上的马正勇！平时在班上，马正勇就仗着自己有个派出所的老爹作威作福，好多人看不惯他。惹不起躲得起，同学走路都离他远远的，生怕扯上关系。马正勇喜欢耍酷，老爱穿一件黑色T恤，蓝色的牛仔裤，加一双白色耐克休闲鞋。在大家眼里，他像是永远只有这样一身打扮，后来才渐渐知道他其实是对衣着很专一的人，同款的衣服、裤子和鞋，据说，他都是在江油的专卖店一口气一样买三件，换着穿。

下午第二节课后，也就是课间休息时间，上完厕所回教室的刘鹤鸣，忽然看到闹哄哄的教室外边，马正勇跟周诗蔓正亲亲热热地坐在教室外面走廊的水泥台子上有说有笑。有说有笑也罢，更气人的是，他们如同学校里只隔了一道墙的男厕所和女厕所那样，挨得特别特别近，靠得特别特别拢。刘鹤鸣的第一感受，就是想到《流星花园》中的恋爱男女，而自己如同空气，被第三者挖了墙脚！这还得了?!

当时，学校的操场上铺着一层毛茸茸的阳光，像是一床软软的薄薄的被子。刘鹤鸣用手罩着眼睛，仰头看了看天上的太阳，他想看看太阳是挂在哪里的，已是午后，断裂带的太阳当然是挂在西边的。

太阳真的从西边出来啦！

这么一想，刘鹤鸣的心就冰冰的了，仿佛被人一拳打到了冰雪覆盖的南极。刘鹤鸣眼睛读着别人的风景，心在为自己流血。二话不说，刘鹤鸣就朝两人走过去，走过去，就二话不说把马正勇一把推倒在地。马正勇本来是跟周诗蔓在好好地说话，没想到会有人搞突然袭击，身体瞬间就像被人抽掉了骨头似的，一下子就软了下来，身体一软，他就掉到地上去了。他掉在地上的时候，还女兮兮地“哎呀”了一声。

刘鹤鸣像深山里跑来的野人似的，把马正勇和周诗蔓两个人吓了一跳。

倒在地上的马正勇并没有从硬邦邦的水泥地上爬起来，只是把狼狈的姿势稍稍调整，换成个比较优美的姿势。他侧身躺着，右手支在下巴上，偏起脑袋，仿佛一头睡在冰原上的海豹，然后，有些茫然和愤怒地望着刘鹤鸣，然后嗲声嗲气地说了句：

“刘鹤鸣，你神经病啊！”

“你才神经病！”

“推老子干啥？”

“老子看你不顺眼呢！”

刘鹤鸣直言不讳地吼叫着，然后，深情地瞟了一眼周诗蔓，遗憾的是，周诗蔓看都没看自己，转身径直回了教室。

“去你妈的！”

马正勇骂了一句。

听到这么一句，刘鹤鸣一下子高兴起来，因为马正勇骂人了。士可杀不可辱，要知道，这是打架的最好借口，宜早不宜晚，他不失时机地威风凛凛地撂下一句话：“马正勇，记住了，有种，放学后河边单挑！”

马正勇尽管还是云里雾里的，嘴上却硬硬地回了一句：“单挑就单挑，我怕你?！”

为了周诗蔓，压根没有跟人打过架的刘鹤鸣这次彻底豁出去了。

于此，除了一股男子汉的勇武，他竟也有一种无言的悲壮，一种打肿脸充胖子的沮丧。直到下午最后一节课，他都在回忆“单挑”这样陌生的字眼，是怎样从自己口中说出来的。马上就要中考了，打什么架啊，但是“君子一言，驷马难追”。芝麻大的事也会在班上掀起一朵巨浪，很多同学看样子都知道这件事了，上课的时候，都把头转过来看他。

学校后面有条弯弯曲曲的小路，顺着它一直走一直走，就能走到喇叭河。喇叭河流过镇上并不是不流了，而是要顺着河床一直流一直流，流到下游，大诗人李白故里——江油。

去喇叭河的路很窄，很陡，也很凶险，因为路两边生长着很多荨麻，它们成群结队地扎根于此，难免会让人滋生一种幻觉，让你以为，全镇上的荨麻都把家搬到这里来了，那样的拥挤不堪，叫人心惊胆战。河边有座外墙抹了白石灰的小小平房，一根粗大的铁管弯弯绕绕地从平房探入河里。水边的这个房子不是用来住人的，而是镇上的抽水站。抽水站再下边几十米开外，长长的河堤下，有块柳叶状的绿色草坪，看似普普通通的一块地，却被一些学生赋予了特别的含义，他们也把这地儿叫作“根据地”，这地儿是情窦初开的少男少女们约会的好地方，也是打架的好地方。

放学后，刘鹤鸣头也不回地朝学校外面走，他穿过飘荡着一股腌菜味道的学生宿舍，走到后门，向喇叭河走去。有些悲壮，有些豪情，混杂在他的念头里。他五味杂陈地想着可能的后果，想到了几天前因为欠债被人狠揍的父亲，想到了忧愁的母亲。这学期，读书的学费都是母亲开学前一天卖粮食好不容易凑够的，然而，自己竟然不好好念书，暗恋女同学就不说啦，现在，还要跟人打架。他有些自责。

现在什么都晚啦！架是肯定要打啦！

刘鹤鸣下坡往河边走的时候，心脏好像出了点问题，他感到它在他的身体里像长了脚似的，一直在狠狠地踢他，就像平时自己踢足球那样狠狠地踢。刘鹤鸣想走得快一点的，但是，自己的“飞毛腿”，此刻就像灌铅了一般沉重。脑袋乱成一锅粥，他有些紧张，有些害怕，这种紧张和害怕，不是害怕打不赢马正勇，而是打不赢马正勇的家人。马正勇的家庭背景，就像一块巨大的乌云，压在刘鹤鸣头顶。

“快点快点，太阳要落山啦！”

跟在刘鹤鸣屁股后面的是一群同班同学，他们叽叽喳喳，跟过节似的。

刘鹤鸣回头看了一眼，看见马正勇一边走，一边龇牙咧嘴做着广播操，显然是在为单挑热身。看到马正勇热身，刘鹤鸣也不由自主地把拳头一下下捏紧，又一下下松开，骨头便咔咔咔、咔咔咔地发出一连串古怪的呻吟。

走到草坪，除了单挑的两个人，其余都是中立派，他们迅速围成一个圈，把刘鹤鸣和马正勇圈在里边。黄昏的草坪上，散落着许多垃圾，塑料袋啊、空水瓶啊、烟蒂啊，刘鹤鸣觉得它们如同自己乱糟糟的心情。

主动担任裁判工作的是班上一个叫“大脸猫”的家伙，他是热心肠，刚到现场，他便忙着维护秩序，把都在拼命往里边挤的人往后推，忙得满头大汗。

“先说规矩，都不许先动手，我说开始，你们再开始！”

大脸猫挺胸抬头地站在两人中间，说完，他像猫儿一样抹了抹自己的脸，然后，又像猫儿一样闪了一下，退后一步。

夕阳西下，初三（2）班的刘鹤鸣和马正勇面对面站着，准备单挑。其实所有人都看得出来，这是一次并无太多悬念的交锋，刘鹤鸣个子高高大大，平时又是班上的体育健将，力气很大。马正勇呢，脸上写着一股子狠劲，但自身“硬件设施”太弱，个子比人家矮上一截，胳膊也藕一样，细细的、嫩嫩的，好像风都吹得断。

空气凝固了一样。

两个人就这样面对面站着，你看着我，我看着你。虽然都紧绷着一张脸，但两人心头都有点想笑，不知为什么。

这时候，大脸猫忽然高喊一声：“下面，我宣布，单挑开始！”

大脸猫喊完，右手就在二人中间做了个劈砖的动作。或许是因为用力过猛，他来不及收手，一下子劈在自己身体最特别的位置。诚如物理老师白圣山说过，一切物体皆有惯性。大脸猫痛苦至极，夸张地“喵、喵、喵”了好几声，这才安静下来，把剩余的时间留给此时真正的主角：刘鹤鸣和马正勇。

马正勇左跳跳右跳跳前跳跳后跳跳上跳跳下跳跳，跳着说：“来呀，动手呀！”

刘鹤鸣没有动手，他想等眼前这只“大青蛙”先动手。

马正勇决定主动出击，他挥舞着拳头朝刘鹤鸣猛扑过来。他一拳打在刘鹤鸣脸上的时候，刘鹤鸣也瞅准时机，一拳砸在了马正勇的脑袋上，自己挨了一拳没什么事，但他打出的这一拳又快又狠，效果立竿见影。马正勇小丑似的原地转了两个圈，便面条一样软软地倒在地上，一动不动。刘鹤鸣没有乘胜追击，只是愣愣地看着马正勇。躺在地上的马正勇呢，紧紧闭着眼睛，像死了一样，殷红的血很快从马正勇的鼻子里缓缓流了出来！

马正勇忽然睁开眼睛，一只手在脸上摸了一把，又摸了一把，他看见自己的手被自己的鲜血染成了红色，心情立刻就糟透了。此时退路就是哭，马正勇撕心裂肺地哭了起来，哭了一会儿，马正勇又突然不哭了。他从地上爬起来，咬牙切齿地告诉刘鹤鸣："你等着，我这就去派出所报案，喊我爸把你抓起来！"

说完，飞快地转身跑远了。一群人都望见马正勇跑的时候，他的屁股上还有一小捆风，在跟着他跑。

刘鹤鸣万万没想到单挑会是这样的结果。自己竟然把人家鼻血都打出来啦！架倒是打赢了，但他发现自己怎么也高兴不起来。高兴不起来的原因，当然是因为刚才马正勇说过的那番话，刘鹤鸣意识到，这回惨了，这回真的惨了！有些事情一旦发生，再也难以恢复原形，就像离弦之箭，被某种惯性或者力量操纵，只能顺其自然，或者随波逐流。刘鹤鸣在心里祈祷，要是我现在能给这件事画上个完整的句号，我愿意少活一两岁。

围观的同学不知道谁喊了一句："快跑啊，一会儿警察抓人来啦！"眨眼，草坪上的人就像有人拿扫把扫过似的，散得干干净净，变得空空的了，只剩下刘鹤鸣木呆呆地、瓜扯扯地站在原地，活像一条搁浅了的鱼。他不知道自己是该站在这儿等马正勇的父亲来抓自己，还是立马跑回家寻求父母的庇护。他几乎只是用大脚拇指思考了几秒钟，就有了答案，现在不能回家，不能给父母添麻烦，不能叫他们伤心。家的那根神经是脆弱的，就像洪水中的房屋，并且，他相信自己能够预见父母的无能为力，因为家里实在太穷，穷得连一双五块钱的双星鞋，都舍不得给自己买。

一人做事一人当，刘鹤鸣决定。他下定决心的时候，喉咙里有苦麻菜一样苦的东西，在毛茸茸地生长。

草坪上有只空空的易拉罐，醒目地跳入他眼帘。刘鹤鸣从来没有喝过这种饮料——太贵了，他飞起一脚，把它踢到了河里，然后一屁股坐在草坪上，等马正勇和他父亲来算账。此时，太阳已经落下山去，鼓着腮帮子一直吹啊吹的河风，也变得凉飕飕的。成群结队的风吹过少年的身体，把他的心吹得空空的，仿佛那被人喝得空空的易拉罐。

三

马正勇一口气跑到派出所门口立定的时候，屁股上的那一小股风也跟着停下来。

这个满脸鼻血的少年在老街上跑过，把那些碰巧看见的人的眼珠儿也顺带上了，他布满血海深仇的身影仿佛是一张捕蝇纸，把那些眼珠儿牢牢地粘了过来。他立定，身后那好几双眼睛也跟着立定，继续好奇地打望，并且，终于认出少年是派出所所长马国梁的儿子马正勇，街坊邻居们心里是有秤的，知道这孩子从小霸道，老街上的狗啊猫啊，见了都要浑身发抖的，走路都要躲得远远的，就好像遇见了阎王。

派出所在老街邮局对门，门前设计了两排长方形水泥花坛，原来栽了不少花花草草，鸡冠花、吊兰、绣线菊、美人蕉，或许是爱美之心人皆有之，镇上一些不自觉的大妈们把这些花花草草看顺眼了，忍不住偷偷摸摸扯回家据为己有，马国梁所长肺都气炸了，但为时已晚，他只好找人从城里花卉市场买了些仙人掌回来栽上，虽然不怎么好看，但至少不会被人顺手牵羊。还有一点值得说的，就是这些仙人掌不是一般的仙人掌，断裂带的仙人掌大多数只开花，但这些仙人掌会结果，并且能当水果吃，营养价值奇高。要进派出所，必须穿过一道刷着棕色漆的不锈钢铁门。前提是，必须经过门卫同意。

铁门前面的两个支形路灯之间，拉着一条白底黑字的十六字标语：增进了解、交流沟通、访民问计、解决问题。

目光落在“解决问题”上面，马正勇心里踏实了些。他不知道，派出所已经下班，而父亲马国梁，这时候已经回到家里了。

马正勇缓过气来，这才大大咧咧地走向派出所，他心里有一百个信心，相信父亲会给自己“主持公道，解决问题”，帮自己扬眉吐气。他心里想的是，刘鹤鸣把我马正勇的鼻血打出来，也就等于是把你马国梁的鼻血打出来了，把你媳妇蔡紫花的鼻血打出来了。这样的事，谁都要管，必须管。

马正勇径直走过门卫室，走到派出所门前的水泥院子里，才发现一个令他沮丧的事实，肃穆庄严的正门上，挂着一把黄铜大锁，连一个缝儿都没有。黄铜大锁不但把派出所的一切死死地锁在了它的后面，也把一个前来报案的少年死死地锁在了它的前面。

马正勇这才意识到，现在是下班时间。“我真是傻子生的呀！”马正勇即使生气，骂人也从来不骂自己。骂完了，掉头往回走，今天是有两节晚自习的，但马正勇已经没心思去学校了，他决定回家看看父亲在不在。自从去年破了镇上一场凶杀案立了大功，晋升为单位一把手后，父亲就突然变得很忙很忙，应酬也多，晚上都难得看到父亲在家。

家离派出所不是很远，最多两分钟的路。

马正勇穿过暮色，啪嗒啪嗒地走向自家门口。脸上的血迹已经悄悄干了，他用手指抠了一小块污黑的血痂，趁着暮色看了看，然后，吃药似的含在嘴里，一股淡淡的腥味在唾液的侵蚀下冰一样融化开来。味道特别的恶心，他于是“呸”的一声吐在地上，随后心想，这个真的是比鼻屎还难吃。

马国梁和蔡紫花刚刚在家里吵完架。这不是第一次，当然也不会是最后一次。自从马国梁当上一把手以来，脾气就大了，以前跟老婆还是客客气气的，现在不一样，他是所长，而蔡紫花只不过是老街红旗超市一个普普通通的营业员。

推开家门，马正勇立刻就发现家里面的空气紧绷绷的，弥漫着一股浓浓的火药味。

母亲侧身坐在黄皮沙发上抹眼泪，父亲有半个屁股挂在饭桌上，抽着烟，脸色阴沉。此情此景，仿佛一盆冷水，浇在了马正勇熊熊燃烧的怒火和委屈上面。他一下子束手无策起来，不知道该不该把自己被人欺负的事情，说给大人们听。

平日对马正勇嘘寒问暖的蔡紫花和马国梁，看都没看他，仿佛此时回到家里的，只是一道人形的空气。

“这日子没法过啦！”蔡紫花哀鸣道。

“这还不简单，离婚！”马国梁叫嚣着。

“你现在当个芝麻官，不得了了，尾巴翘上天啦！”蔡紫花控诉道。

“我还不是为了这个家。”马国梁反驳道。

说完，他顺手操起饭桌上喝水的玻璃杯，想扔过去，忍了一下，便狠狠摔在地上，玻璃杯一下子四分五裂，一声尖叫，然后彻底碎掉。

“砸吧，只要不心疼，你把这个家砸了也无所谓，大不了不过啦……”

蔡紫花说完，又伤伤心心地哭起来。地板上卫生纸扔得到处都是，那是她的哭穿着纸做的衣服。

马正勇看不过去，冲着母亲蔡紫花和父亲马国梁喊道：“你们别吵啦！”他恍然觉得，自己被他们生下来，来到世上，就是看他们吵架，然后给他们当和事佬的。

这时候，马国梁的眼睛才小鸟似的，在儿子脸上啄了那么一下，他看到了儿子脸上的血迹，问：“咋回事？跟人打架啦？”

马正勇委屈巴巴地说：“证据我都留着，还用说吗？是班上刘鹤鸣打的。”

马正勇满以为父亲会立马暴跳如雷，拉着他去找刘鹤鸣算账，但是马国梁没有，他仿佛看穿了儿子的心思，轻轻叹了口气，说：“我看，准是你先欺负人家，自己栽了跟头的！”

听马国梁这么一说，马正勇傻眼了，这哪儿像是父亲说的话，给他的感觉是，眼前这个人不是自个儿的父亲，而是刘鹤鸣的父亲，胳膊肘往外拐呢！如同一只被放掉了空气的篮球，马正勇身上瞬间就没劲了，他哭出声来。

“窝囊废，生活不相信眼泪！”

马国梁气鼓鼓地说完，头也不回地走出家门。

马正勇没想到，父亲居然压根没把自己的耻辱当回事。真是哑巴吃黄连，有苦说不出！他只好止住哭泣，安慰自己，君子报仇，十年不晚！这一次，就放他刘鹤鸣一马。马正勇心里这么想着，眼前忽然出现了一匹马，甩着尾巴，从他身边嘚嘚嘚地绕了过去，然后像穿过空气那样穿过家里的防盗门，不一会儿，老街上就远远传来清脆的马蹄声……

马正勇瞟了一眼沙发上抽抽搭搭的母亲，没有安慰一个字，转身进卫生间洗脸去了。

四

跑得了和尚跑不了庙。

刘鹤鸣吃了秤砣铁了心，要给马正勇和他的家人一个交代，让这个事儿妥妥地画上句号。就像每次期末语文考试，作文都是要提前准备的，这会儿，他的脑袋已经打好了草稿，是一些如何解释如何道歉的废话，诚恳又不失恰当从容。虽然，话是说给别人的，刘鹤鸣却已经蛮有把握，相信自己会被人原谅。他希望就在今天，这件事能成为过去，甚至明天都不会再被人提起，仿佛不曾发生。另一方面，他又隐隐感到，某些奇怪的力量早已把他从那种平平淡淡的世界里面拽了出来，这件事不可能那么容易了断，甚至会付出代价，因此，他又多做了一种打算，那就是挨揍，这当然是另一种道歉。他现在需要的只是原谅，然后像只小船被重新放入河流，回到紧张的学习和备考生活。

坐在“根据地”，坐在无边的寂静里，刘鹤鸣等马正勇和他的父亲来找自己算账。他一直等一直等，等到天黑透，等到四周伸手不见五指，等到漫天的星光在天际闪闪发亮，人还是没来。鬼知道出了什么岔子——那个马正勇，难道只是说说而已？

漫长的夜晚仿佛一道无边的栅栏，镇上黄澄澄的灯火，像一群寂寞的羊，稀稀拉拉地躺在茫茫夜色的肚子里。黑夜的栅栏里，刘鹤鸣感到自己和夜色连成了一片，而不是某个独立的部分。同时，远远地，他听到镇上歌舞厅传来一阵阵“鬼哭狼嚎”，他知道，有人在唱歌，但与其说是在唱歌，不如说是在鬼哭狼嚎。那家歌舞厅在老街背后的鱼塘中央，是鱼塘老板王麻子的生意。歌舞厅是断裂带最近几年涌现的新鲜事物的代表之一，几年前，王麻子在空荡荡的鱼塘里面立起许多水泥柱子，又用整根整根的松木和锯板，在上面盖起几间木楼，开了家歌舞厅，取名“蓝月亮”，很多人背后把蓝月亮歌舞厅叫“水上漂”。比较而言，水上漂更有诗意。刘鹤鸣知道，水上漂是成年人去的地方，他还知道唱歌不光要用喉咙，还要借助一种工具——话筒，人的声音钻进去，就会长胖，拖着长长的臃肿的躯壳，在夜晚的山谷里游荡。那些游荡的噪音吵得人整晚睡不着觉，但没人敢找王麻子理论，王麻子在镇上吃得开，跟镇上的一些领导交往密切，屁股后面又经常跟着几个彪悍的小弟。有钱能使鬼推磨，王麻子没人敢惹。据说，水上漂不但可以唱歌，还可以干其他事。对照小学《思想品德》里的标准，王麻子是坏人，理当不受人待见，然而，现实并非如此，刘鹤鸣耳闻目睹的也不是那样，人们谈论水上漂的时候和谈论王麻子个人的时候，态度就很不一样。谈论水上漂的时候还有些暧昧，谈论王麻子个人的时候，则完全是一种仰视，透着羡慕和敬畏，人人恨不得变成王麻子，就像刘鹤鸣此时也恨不得变成马正勇。人，到底是怎么回事？这个少年想不明白。

终于，刘鹤鸣等得不耐烦了，不想等了。他站起来，用冰凉的手掌，轻轻拍了拍屁股上的草屑。眼下，他既不想回学校上晚自习，也不想回家睡觉，接下来干什么，他不知道，他只知道，自己最好不要待在这儿，这无边的寂静里，人仿佛一小撮倒入水中的盐巴，很容易化掉。更让人不安的是，脑海里那些关于水鬼的故事不断浮现，眼皮底下的喇叭河里，仿佛也有什么东西在悄悄地、偷偷地，朝自己爬过来。不想倒还好，越想越害怕。

“我还是闪人吧！”刘鹤鸣心想。

在这四月的少女的眼神一样清凉的夜里，有一道人形的空气，飞快地朝镇上移去，朝老街的方向移去。

这个夜晚，乃至于很久之后想起，刘鹤鸣仍会感到震惊，它仿佛一株树，把一些发黄的充满迷惑的叶子，秘密地掉进了他的生命之中，令人疲惫、感伤。然后，他穿过这些树叶，继续在岁月的皮肤下生长，路过，见证。

刘鹤鸣是顺着另外一条羊肠小道，走回学校门口的。晚自习时间，校园里一片静谧，仿佛一座光的摇篮，隔着口字形的铝合金校门，教室犹如飘散着食物味道的饭盒，溢出一道道柔软的白光。下午发生的事历历在目，如影随形，刘鹤鸣试着摆脱它，但总是挥之不去。作为一个从未旷课的好学生，刘鹤鸣很想到班主任那里请个假，但是这样一来，事情似乎变得更加复杂。因为必须解释为何请假，跟马正勇打架的事当然不能如实相告，所以，就必须撒谎，自己又等于多犯了一个错误。“谎言的船开不远”，班主任经常把这句话作为口头禅，奉劝班上考试作弊以及那些制造谎言的同学。所以说，请假等于不打自招，解释又等于掩饰，多一事不如少一事，既然如此，不如不去请假，为了弥补愧疚，刘鹤鸣在校门口默默站了一会儿，冲着校门说了声“对不起”，便转身向下街走去。

入夜的老街像一位沉默的老人，零零碎碎的灯光，在地上把少年的影子拽出来，拖得长长的，对影成三人。

刘鹤鸣走得很慢，老街上冷冷清清，散落着一些草纸，歪歪扭扭，又连续不断，像一些奇怪的脚印。这是给下葬死者丢下的买路钱。死者是老街上理发师的媳妇，几天前，生孩子难产，死了，肚里的孩子也没了，一尸两命。丧事就是在理发店门口办的，理发店的名字现在想起来也有些不妥，叫“从头开始”。刘鹤鸣记得那天放学自“从头开始”路过，瞟了一眼，人裹在厚厚的白布里，肚子高高隆起。而今天，一切都平平常常的，仿佛什么都没有发生。看到这些纸钱，刘鹤鸣有些莫名的难过，为那个可怜的女人，为那个可怜女人肚子里可怜的孩子。继续往下街走，冷清的街道稍稍热闹起来，镇上好几家麻将馆都集中在这个位置，“水上漂”没去过，麻将馆，刘鹤鸣还是去过的，许多年前跟一个表弟去的，两人就在麻将馆里玩。每张麻将桌边缘，都会有一个用来放钱的小抽屉，因为无聊，刘鹤鸣跟表弟就挨个搜索抽屉，希望发现被人落下的钱。那次，他和表弟还真找到一张五元钞票，两人悄咪咪溜出麻将馆，买了一堆零食和糖，把它们化在了心里。

刘鹤鸣路过麻将馆的时候，马正勇的父亲马国梁其实就在“清一色”，跟几个朋友打麻将。

这几年断裂带修柏油路，修牛角垭隧道，外来人口多，消费水平升级不少，眼看王麻子开歌舞厅赚了不少钱，三个人琢磨着也合伙开一家，但又怕王麻子找麻烦，所以想请马国梁打打麻将，探探底。事情已经说了，马国梁也表了态：“你们还是要赛出风格赛出水平嘛，别焉得跟茄子一样！”

这句话说得妙。一语双关。

三人心里一下子有了底气。

“马所长，你这手气真是天下无敌啦！”

三个人一边玩，一边笑着称赞。

就在这时候，马国梁的眼皮突然跳了起来，耳畔又清晰地听到一串清脆的马蹄声。马国梁于是自言自语：“天都黑了，怎么还有人在外面骑马？”

另外三个人其实什么也没听见，看了看马国梁，一头雾水。

除了马国梁，三个人都笑了。

“你们三个耳朵没吃油啊，真的没听到外边有马蹄声？”

三个人又都不笑了，因为谁都看得出来，马所长说得一本正经，不像是在开玩笑。三个人就支着耳朵听，还是没听出名堂。老街上住了这么多年，很少碰见马这么晚了还在街上溜达！

有个人说："我出去看看！"

就起身一阵风似的跑到外面仔仔细细看了又看。鬼影子都没有，哪有什么马？转身回麻将馆报告情况。但马国梁还是说："听嘛，你们听嘛，这不是马蹄声是啥子声？"

一伙人没听到马蹄声，倒是想起老街几天前那个命落在了土里的女人，脊背一阵发冷。

五

刘鹤鸣继续在老街上溜达。

麻将馆下面不到一百米远，有家烧烤店，店名"夜来香"，是刘鹤鸣父亲战友的前妻孟水仙开的。刘鹤鸣父亲战友叫朱广德，两人 20 世纪 80 年代初是战友，用刘鹤鸣母亲的话来说，那时候，刘鹤鸣还没得菜子米米大。当时，刘鹤鸣的母亲还是黄花大闺女，在老家，父亲则在沈阳某部队服役，频频的信件往来让两颗年轻的心越靠越近，情到深处自然浓，有年夏天，刘鹤鸣母亲竟然偷了刘鹤鸣外婆仅有的几百块积蓄，独自坐火车到东北见自己的未婚夫——刘鹤鸣父亲。这个轰轰烈烈的故事，刘鹤鸣从小到大耳朵都听出茧子来了，有些厌烦。但自从开始暗恋周诗蔓，刘鹤鸣又开始佩服母亲的勇气可嘉，只是，现在家里比母亲那时更穷，没什么可偷的，毕竟，跟周诗蔓浪迹天涯，也是个不错的想法。刘鹤鸣知道朱广德，是因为母亲以前提起过，说是有次她跟刘鹤鸣父亲大吵一架，竟然头也不回地跑了，去了火车站，但那时从家里偷来的钱母亲已经花得渣都不剩。“有钱走遍天下，没钱寸步难行”，这是刘鹤鸣母亲后来最爱说的话。当时的情况也是如此，身无分文的母亲几乎走投无路，转身回去吧又觉得面子上过不去，买张火车票回四川老家吧，没钱。幸好，这时父亲战友朱广德找到火车站来了，劝说一番，刘鹤鸣母亲这才终于找到台阶下，回到未婚夫身边。

此刻，望着“夜来香”，又想到朱广德，刘鹤鸣感觉恍如隔世，父辈们的经历，只剩下一些干巴巴的回忆。

关于朱广德，刘鹤鸣知道的一点也不比别人少，比如，朱广德早年做木材生意，把山里的原始森林变成大把大把的钞票，富得流油。人有了钱，思想跟着变了，有年夏天，朱广德开车去城里办事，小学数学老师张家泰的媳妇严金梅老师恰好要去城里医院看病检查身体。熟人熟事，搭个顺风车也是天经地义，严金梅老师就坐朱广德的顺风车进城。结果，车没有抛锚，两人的婚姻倒是抛锚了；两人没有进城，倒是出了婚姻的围城；严金梅老师没在医院看病检查身体，这个出了名的美人的身体倒是被朱广德“检查”了。回来后，两人早已如胶似漆，很快各自离婚，生活在了一起。两人各自奉献出家庭和肉体的同时，也为断裂带奉献了一段长久的谈资，很长一段时间，搭顺风车成为禁忌。刘鹤鸣知道这些八卦，很重要的原因就是跟张老师和严老师的儿子张二本是小学同班同学，也是好朋友。因为家里的事，小学毕业后，张二本被送到城里读书，如今偶尔逢年过节见一面。张老师离婚后，很快就找了一个对象——学校旁边开理发店的老板娘，而刘鹤鸣父亲的战友朱广德离婚后，前妻孟水仙一直带着一儿一女独自生活。岁月生长，人在变化，人心也在变化，刘鹤鸣母亲以前很感激父亲的这位战友朱广德，但因为那段风流韵事，每次说到这个人，母亲都忍不住骂得唾沫横飞，仿佛离婚的不是朱广德和孟水仙，而是父亲跟她似的。

这些陈年旧事，一页页在刘鹤鸣脑海飞快地翻过。

六

刘鹤鸣万万没想到，自己会在夜来香烧烤店碰见白老师，教他们班物理的白老师。白老师姓白，全名白圣山，河南人，某名牌科技大学毕业，也是断裂带女婿，娶的是小学音乐教师杨天才的女儿杨美玲。杨美玲继承了父亲的音乐细胞，大学刚毕业就到小学当了音乐老师，是断裂带最漂亮的女人，也是刘鹤鸣见过的最漂亮的女人。一年前，初二上学期，白老师跟着杨老师回到断裂带。正如白老师自己在班上说过的那样，他到初中在校长面前把那张名牌大学毕业证一亮，校长就立即决定让他留校任教。这当然是真的，肯定是真的。只是很久以后，刘鹤鸣才发现，一个人眼睛看到的，耳朵听见的，并不一定全是真的。对人，一定要用心去看，去听，否则知人知面不知心，可能铸成大错，甚至酿成大祸。毫无疑问的是，白老师真正是块金子，很快就在学校发出与众不同的耀眼光芒，成了学校最受欢迎的明星教师，班上的同学几乎人人喜欢他。刘鹤鸣也不例外，只是，他觉得自己不喜欢白老师那张透着狡黠和某种寒光的胖脸。

白老师一个人端端坐在夜来香烧烤店的小四方桌上，慢吞吞吃着面前盘子里的里脊肉，旁边搁着一瓶醋。夜来香的老板娘孟水仙，在烤箱前忙得不亦乐乎。论身材，丰乳肥臀的孟水仙和人高马大的白老师旗鼓相当，小学杨老师和白老师则有种不协调，一个小鸟依人，一个庞然大物。这是刘鹤鸣的瞬间印象。他看到白老师的时候，白老师的目光也正好落在他身上。白圣山嘴里正吃着东西，不方便说话，就朝刘鹤鸣勾了勾指头。刘鹤鸣见白老师跟自己打招呼，只好硬着头皮进了烧烤店。

“刘鹤鸣，你咋没上晚自习？”

白老师咽下食物，伸手扶了扶脸上的黑色眼镜，问他。

“我肚子饿了，出来买点吃的。”刘鹤鸣结结巴巴地撒了个谎，说完，他咽了咽口水，朝正往一串里脊上抹胡椒油的孟水仙喊道：“阿姨，给我烤两串魔芋。”

烤魔芋五毛钱一串，刘鹤鸣兜里刚好有一块钱。这一块钱是省了好久才省出来的，在裤兜里已经待了很长时间，平时一直没舍得用。话一说完，刘鹤鸣的心疼得好像被人割了一刀似的。打肿脸充胖子，母亲就是这么骂父亲的，刘鹤鸣想到母亲这句话，就觉得他们制造出自己是一个命中注定的错误，仿佛眼下这种无法避免的事实，也是在自己出生的时候，跟着一起来到了世上。说出去的话就像泼出去的水。刘鹤鸣心想，只好放纵这一次了，他把那金光闪闪而又绝望的一块钱掏出，捏在手上，他感到它在疼。但是，这种感觉很快就被白老师的话转移了，因为，白老师突然跟他说了句莫名其妙的话："别阿姨啊什么的，从今往后，她就是你们的师娘！"

白老师简简单单一句话，带出的却是一条爆炸性新闻。

刘鹤鸣本以为白老师是到"夜来香"消费的。这突如其来的一句话，让刘鹤鸣一下子反应过来，白老师看样子已经跟夜来香烧烤店老板娘走到一起，成了一家人，这是好上啦！但是，好像有点不对，白老师不是小学杨老师的丈夫吗，现在怎么又成孟水仙的丈夫了？这世界怎么啦？这个世界怎么啦！上个星期，刘鹤鸣还碰到白老师和小学的杨老师手牵手肩并肩亲亲热热地逛街，转眼，白老师就换了频道——就是火车，也没跑这么快啊！刘鹤鸣费了很大劲，才把眼前的两个人画上等号，既然白老师都这么说了，师娘就师娘嘛，本来八竿子打不着的陌路人，却因为白老师在中间那么一拴，世界上又多了一个熟人。

白圣山嗓门大，跟刘鹤鸣说的话，孟水仙自然听到了，她侧着脑袋，很不好意思地看了一眼白圣山。眼神里既有甜蜜和喜悦，也有一种说不出的羞涩。

其实，两人的故事并不复杂，跟朱广德离婚以来，孟水仙独自拉扯着儿女，日子不好过。夏虫不可语冰，人人有本难念的经，白圣山自打来到断裂带，成为杨老师家的上门女婿，任何事都要看别人脸色，又是外省人，举目无亲，心里憋屈，无人倾诉。就是这样一种情况下，白圣山经常到孟水仙店里照顾生意，一来二去，两人互相有了好感，最终，两人做了彼此都喜欢的事。纸包不住火，这段风流韵事很快被杨美玲一家发现。从恋爱到结婚，白圣山和杨美玲一起经历了五年的美好时光，两人离婚只花了不到十分钟时间。自始至终，杨美玲一直都在默默流泪，她留给白圣山的分别礼物是一张纸条，纸条上抄了一段哲学大师尼采的经典语录："我感到难过，不是因为你欺骗了我，而是我再也不能相信你了。"白圣山是尼采的忠实粉丝，《查拉图斯特拉如是说》是这位物理教师这些年来最爱的书籍之一。事已至此，覆水难收。山重水复疑无路，柳暗花明又一村，几乎被扫地出门的白圣山只好从小学搬出来，跟孟水仙住在一起。这是没几天的事。其实，白圣山离婚，还有个最重要的原因，杨美玲一直没有怀上孩子。

空气凝固了似的，涉世未深的刘鹤鸣感觉自己在夜来香烧烤店，不过是一道人形的空气，纯属多余。沉默。如坐针毡。好在，孟水仙已经开始往魔芋烧烤上涂调味品了。

"白老师，你说，依我现在的成绩，能考上重点高中吗？"

终于，刘鹤鸣的嘴角挤出一个话题，撕开了沉默。这个话题真是老得掉牙，刘鹤鸣自己都觉得恶心，班上很多学生，经常追着老师们问类似的话。

“应该没问题吧，你很优秀，白老师看好你，真的！”

白圣山笑吟吟地望着刘鹤鸣，说。

“我心里没底。”

“还有点时间，好好准备，相信自己，你能考上的。白老师送你一句话，哲学家尼采说的，你记好了，‘每一个不曾起舞的日子，都是对生命的辜负！’”

“谢谢白老师！”刘鹤鸣把这句话牢牢刻在了脑子里，嘴上跟着重复了一遍：“每一个不曾起舞的日子，都是对生命的辜负！”

然而，这时候，白圣山抿掉大半杯啤酒，话锋一转，跟刘鹤鸣说：“其实，考不上也没关系，白老师或许可以帮你想点儿办法，嘿嘿，小事一桩！”

“白老师，什么办法？真是太好了！”

刘鹤鸣兴奋了一下，他百分之百相信白圣山的话，在学校很多人心目中，白圣山不仅是一位优秀的物理教师，也是一个有能力的人，一个神通广大的人。记得白圣山第一天进教室上课，就是这么说的，他告诉班上所有人，人只要有能力，到哪都能找到饭碗。他还告诉所有人，他是名牌大学毕业生，到学校来找工作只花了不到十分钟时间，学校的校长便决定留他在学校任教。这些酣畅淋漓的自我介绍并非哗众取宠，而是基于事实的呈现，因此，白圣山在学校任教的第一天，就为自己戴上了某种光环，赢得了学生的喜爱与尊重。

“到时候再说吧。”

白圣山神秘兮兮地说。

七

就在这时，孟水仙忽然撕心裂肺地尖叫起来。

闯入夜来香烧烤店的人正是孟水仙的前夫朱广德。酒气熏熏的他冷不丁走到孟水仙面前，吼了一声“贱货”，一脚踢翻孟水仙面前的烤箱。孟水仙尖叫起来。然后，朱广德气势汹汹地朝坐在椅子上的白圣山扑来。因为背对门口，刘鹤鸣当时并没有意识到有人闯进来了。夜来香烧烤店里用的是那种顶亮的一百瓦灯泡，孟水仙的尖叫声，使店里的灯泡瞬间暗了下来，变成了几瓦。

“王八蛋，欺负到老子头上来啦！”

刘鹤鸣听有人吼了一声，身体如同一片轻飘飘的树叶，被一股巨大的力量扫向墙角，脑袋与贴着瓷砖的墙狠狠撞了一下，竟然撞出几颗星星。昏头昏脑中，刘鹤鸣看见那些星星一颗颗在空气的皮肤上缓缓抬升，飞过头顶，慢慢消失了。星星消失后，刘鹤鸣才看见，白老师已经跟人打起来了。

那个人刘鹤鸣也看清楚了，正是父亲的战友，孟水仙的前夫朱广德！朱广德跟孟水仙离婚后，两人一直是你走你的阳关道，我过我的独木桥，朱广德走的是阳关道，孟水仙过的是独木桥，井水不犯河水。只许州官放火，不许百姓点灯，朱广德就是这样的人，刚在山里人家跟几个兄弟伙吃饭喝酒，听说初中的白老师和前妻已经好上了，有人踩上了孟水仙的“独木桥”，朱广德心底的那只醋坛子“哐当”一声就碎了，仿佛被人占了大便宜，不由得怒火万丈，一口吞下二两老白干，便起身离席，到“夜来香”找人算账来了。

白圣山和朱广德实力相当，打得难分难解，打得头破血流。看到两个成人之间的交锋，刘鹤鸣竟然走神了几秒钟，想起马正勇。不过，很快，他清醒过来，仿佛是眼前的纷争不容他离开。今天真是倒了血霉啦！刘鹤鸣暗自呻吟，作为一个不合时宜的旁观者，他恨不得自己立刻变成空气，消失在这里。同时，他隐隐觉得，这一切的导火索，都是自己跟马正勇单挑造成的。然而，现在说什么都晚了。

白圣山毕竟年轻生猛，朱广德这块“老腊肉”又喝了酒，浑身绵软无力，很快落了下风，在地上扑克牌似的翻来覆去一阵，便被白圣山骑在了胯下。

“兔崽子，叫你们欺负我，来呀，你们全都来呀！”

白圣山用普通话吼道，吼完了，拳头便雨点似的落在朱广德脸上。

朱广德满脸是血。龇牙咧嘴地笑着，眼露凶光。仿佛淌出的并非从祖先流到自己身上的那种生生不息的东西，而是哀愁，是宿命，是彻底的轻蔑。

刘鹤鸣看得心惊肉跳，白老师温文尔雅的形象也在这些雨点似的拳头后面悄然瓦解。这个外地人，这个刚刚离婚又找到树荫的男人，这个浑身散发着魅力的初中代课教师，此刻，完全沦落成了一个野蛮人，一个穷凶极恶的人。有一刹那，刘鹤鸣想到一个自己不曾想过的问题，白老师那么优秀，那样鹤立鸡群，不该也不适合留在断裂带教书，以他的能力，完全可以有更好的出路和谋生手段。

“救命呀，快来人呀，出人命啦！”

孟水仙跑出烧烤店，双手叉腰，站在老街中央，撕心裂肺地吆喝。

“白老师，你们别打啦！”

不知哪来的勇气，刘鹤鸣说完，决定伸手拽开白圣山。这是个错误的决定。但刘鹤鸣这一刻没有意识到，举目无人劝架，远水又救不了近火，他意识到，眼下只有自己能为冲突画上句号。

刘鹤鸣伸手试图拽开白圣山，躺在地上动弹不得的朱广德终于迎来脱身的最好时机，他趁白圣山分神，泥鳅似的滑出了白圣山的胯下，从地上爬起来。从地上爬起来的朱广德立即轻车熟路地冲向夜来香烧烤店后门边上的厨房，抓起菜墩上闪闪发光的菜刀，喊着“老子今天不砍死你就不叫朱广德……”向白圣山和刘鹤鸣奔来。

“朱叔叔，我爸跟你是战友，你不能砍人！”

血案一触即发，刘鹤鸣扯着嗓子喊道，声音透出满满的正义腔，细细咀嚼，又有些莫名其妙。他一边喊，一边把还想把孟水仙前夫再次骑在胯下的白圣山挡在身后。

恼羞成怒的朱广德并没有理会一个少年的劝说，手上的菜刀在空气中抡出一道优美的弧线，眨眼，一道寒光杀气腾腾地朝白圣山身体的某个部位做加速运动。千钧一发之际，刘鹤鸣用胳膊肘本能地去挡了一下。朱广德似乎意识到自己不能这样一刀砍下去，因为跟孟水仙搅在一起的那个男人已经退得八竿子远，挡在自己面前的是一个高高瘦瘦的少年，只不过，为时已晚，菜刀结结实实地砍在了刘鹤鸣的胳膊肘上，于是空气中亮出一声沉闷，这一声沉闷跟平时听孟水仙剁排骨的声响，是一样的。刘鹤鸣穿着一件皱巴巴的灰色T恤，T恤原来是白色的，穿了好几年，就成了灰色，如同很多活蹦乱跳的心，最后都慢慢变成了灰心。

菜刀在刘鹤鸣的胳膊肘上留下了一个深深的吻，好在没有伤到骨头。钻心的疼瞬间弥漫全身，把刘鹤鸣单薄的身体碎成了一条条裂缝。

刘鹤鸣知道自己被朱广德用菜刀砍到了胳膊，“哎呀”了一声。

朱广德知道自己砍错了人，惹了祸，也不由得跟着“哎呀”

了一声。

马正勇的父亲马国梁闻讯而来，老街上的街坊邻居也闻讯而来。

断裂带许多人事暗中都有一根绳，错综复杂，在空气的后面构成一张庞大而又秘密的关系网。马国梁和朱广德就处于这样的网中，关系密切，是熟得不能再熟的人。虽说是熟人，摸清状况的马国梁却没跟朱广德客气，他夺下朱广德手中还滴着血珠的菜刀，声色俱厉地将其吼了一通，朱广德清楚，马所长这是故意的，息事宁人嘛，就两人的关系而言，暗中保护，也是人之常情。接着，马国梁安慰了几句号啕不止的孟水仙，又叫刚才几个麻友带着受伤的刘鹤鸣去了卫生所。只是，对另一名当事人——初中老师白圣山，马国梁感到无话可说，这位教书先生，的确说不上讨厌，但也说不上喜欢。

马国梁快刀斩乱麻，一场风波，看似散去了。

“都回家去吧！”马国梁跟看热闹的人说，说完，又把头扭向酒醒了大半的朱广德，“朱广德，你跟我走，去卫生所看看那个小伙子！”

说完，马国梁带着朱广德钻进了老街的茫茫夜色中。

“瞎子领着瞎子走过光明。”白圣山忽然记起某本书上看到的话，嘴角不由得涌出一丝苦笑，他隐约觉得，马国梁和朱广德是一伙的，他们在欺负他。因此，白圣山忍不住用四川话冲着夜色吼了一句：“咱们走着瞧！”

这句话是他这个外地人，说给本地人的。

卫生所在小学旁边，说远不远，毕竟，老街不比兔子的尾巴长多少。夜色中，朱广德跟马国梁并肩走着，像两道人形的空气。

“马哥，你怎么来得这么快？我今天真想宰了那个王八蛋！”

朱广德说。

“蠢货，你今天要真砍了人家，就是长了一对老鹰翅膀，老子也要把你关到派出所，谁也帮不了你！”马国梁说着，想起打麻将那会儿听到窗外明明灭灭的马蹄声，他觉得，这是预感。现在没有那种声音了，因为，刚才他看到一匹马，一匹看不清黑白的马，钻进了那个白老师的肚子，整个儿的化在了白圣山的身体之中，躲起来了，如同《聊斋志异》中的妖怪，马的骨头替换了他的骨头，马的血替换了他的血。人生就是这样虚虚实实、真真假假、稀里糊涂的，有些说不清，道不明。就像那会儿听到的马蹄声，马国梁知道除了自己，没人相信他看到或者听到的事情，不说也罢。

“我是咽不下这口气！”朱广德说。

“你都把人家孟水仙离了，有啥气咽不下？做人啊，要知足常乐！”

“马所长说得对！”

马国梁和朱广德刚走到卫生所门口，刚好遇到已经消完毒包扎好伤口的刘鹤鸣跟几个麻友出来，看样子是没啥事了。

“小伙子没事吧？！”

朱广德问刘鹤鸣，问完，又想起他那会儿在“夜来香”说的话，紧接着又问了一句：“你说你爸是我战友，你是不是刘志杰的儿子？”

刘鹤鸣点点头，神情有些黯然，有些焦虑，因为面前的马国梁，不光是派出所所长，也是情敌马正勇他爸。真是狭路相逢啊！今天这一系列的遭遇，真是让人欲哭无泪！

“真是太不凑巧了，嗨，你知道，当时那种情况，叔叔也不是故意的。这样，改天吧，改天我找你爸爸吃饭喝酒，给你们赔礼道歉！”

朱广德拍着胸口说道，像在保证。

“小伙子，你叫什么名字，现在做什么的？”

马国梁忽然问眼前这个没精打采的小伙子。

怕什么来什么，刘鹤鸣无路可退，只好硬着头皮如实交代：“我叫刘鹤鸣，在初中读书，今年初三，是白老师的学生。”

“哦，刘鹤鸣，刘鹤鸣……”

马国梁念着念着，一下子就想起来了，眼前这个少年，就是跟儿子马正勇打架的那个人。

“你跟我家小勇为什么打架？”

刘鹤鸣本想说我看不惯他，但说话的时候，却说的是：“他看不惯我，说要跟我单挑。”

“那个兔崽子，一天不好好读书，不知天高地厚，就知道飞扬跋扈。刘鹤鸣，马叔叔要感谢你，替我教训教训也好！”

刘鹤鸣压根没想到，会是这样一个结果，想到自己再也不用担惊受怕，瞬间松了口气。

八

刘鹤鸣跟马正勇单挑的事，第二天在班上并没有像以前那样掀起波澜，甚至没有丁点儿涟漪，感觉就好像有人用橡皮擦故意擦掉了似的。最奇怪的是，两个当事人也一脸平静，仿佛不曾发生。中考的脚步声越来越近，每个人都紧绷着脸，在题海和知识的汪洋中乘风破浪，为考上理想的高中奋斗，为美好的未来努力。与此同时，班上也弥漫着一股离愁别绪，所有人都心知肚明，中考过后，三年的同学情谊将画上句号，各奔东西。

白圣山与朱广德的过节，与“夜来香”烧烤店老板娘孟水仙的爱情，似乎也在一夜之间，永远地变成了历史，化成了灰烬。第二天下午，刘鹤鸣和整个学校里的师生都看见，白圣山老师把所有行囊都搬进了学校的教师宿舍，包括那本破破烂烂的《查拉图斯特拉如是说》。白老师个人的遭遇似乎不值一提，无人过问，因为教的是初三，他搬进教师宿舍这一具体行为，倒是实实在在鼓舞了学生们的士气，给人的感觉就是，这个物理老师是为了学生才搬进学校来的，是为了学生们在中考有更为出色的成绩搬进学校来的。

事实的确如此，或者感觉的确如此。白圣山忙碌且兢兢业业的身影，逐渐成为初三学生这最后一些时光里挥之不去的风景线。白老师除了白天上课，晚上还要找不同的同学谈心，多是班上一些成绩较差的女生。或许是说话太多，白老师也经常在课堂上停下来，往嘴里塞一颗金嗓子喉宝。刘鹤鸣物理成绩中等，但白圣山一次也没有找他传授过经验，刘鹤鸣不是住校生，有时周末也到学校备考，但一次也没有见过白圣山，据说，白老师到同学家家访去了。

中考的脚步越来越近，刘鹤鸣开始失眠，整夜整夜睡不着觉。刘鹤鸣不忍心把这种情况告诉父母。睡不着的夜里，刘鹤鸣除了想考试的事情，也想周诗蔓，他一遍遍想这个班上最漂亮也最爱笑的姑娘，直到身体滚烫。

时间，已经变成了考验。

好在，时间就这样一天天前进着，前进着，四月过去了，接着，五月也整个儿地过去了。对于初三的学生而言，这种生活简简单单，却毫无乐趣，除了学习还是学习。六月的第一天，刘鹤鸣班上集体到“根据地”拍了毕业照，说是一人一张，需交五块钱。六月的第三天，断裂带诞生了一个特大新闻，老街上的猪贩子王家宝失踪了。失踪这样的事，很多本地人都是头一次听说。学校门口、老街上，几乎每个足以引人注目的场合，都贴着派出所及王家宝家人联合发出的一则《寻人启事》：

王家宝，男，身高1米68，体重65公斤，短发，个体户，本地人。6月1日下乡收猪时失踪，身上有一万块钱，出门时身着白色长袖汗衫，蓝色休闲裤，白色旅游鞋。有知其下落者，当面重谢！

彼时，还有几天时间就要中考。

每天，刘鹤鸣路过学校门口，都会忍不住停下来去看看那则《寻人启事》，眼睛常常落在“当面重谢”四个大字上面，这个阅世尚浅的少年，仿佛看到了王家宝以泪洗面的家人，也看到了发财的可能。遗憾的是，他抽不出时间。

九

中考结束了。刘鹤鸣感觉自己考得还算满意。

考完试，刘鹤鸣的失眠症也不治而愈，失眠也是一种饥饿，这种饥饿的后果，就是让刘鹤鸣除了吃饭上厕所，在家里连续睡了七天，从未出门，甚至也没有想过周诗蔓。爸妈知道刘鹤鸣学习辛苦，索性任他睡个够。

第八天早上，太阳又从西边出来了。和上次不一样的是，这回是在上午，11点。原因是刘鹤鸣的情敌马正勇，居然跑到刘鹤鸣家里来了。当时刘鹤鸣蒙着被子在床上呼呼大睡，刘鹤鸣的父亲把马正勇带进了刘鹤鸣的卧室，又花了老大的劲儿去扯这个瞌睡虫的耳朵，总算把刘鹤鸣叫醒。

“刘鹤鸣，快起来，我想跟你说点儿事情！”马正勇望着睡眼蒙胧的刘鹤鸣说。

这声音即使化成灰，刘鹤鸣也知道它们的主人——马正勇。所以刘鹤鸣一下子就从床上坐了起来，面对“入侵者”，眼中透着敌意：“你来我家干什么？”

马正勇尴尬地笑了一笑，说：“刚才不是已经说了吗？我想跟你说点儿事情，咱们去河边说吧。哦，对了，你是不是忘了，今天拿通知书，我已经帮你带回来了，还有我们的毕业照！”

说着，马正勇从荷包里掏出一个白色的信封。

马正勇如此热情，刘鹤鸣有些不适应。凭感觉，马正勇不是来跟自己找茬的。刘鹤鸣赶紧起床，两个少年，一前一后朝河边走。

六月的断裂带阳光灿烂，仿佛一个超级灯泡，挂在蔚蓝的天空，绿色的山，绿色的河流，绿色的土地，恍如画卷在日光的栅栏里徐徐展开。七天没有出门，刘鹤鸣感觉自己像是从另外一个世界回来的人。

到了河边，马正勇先是一言不发，深深地、莫名其妙地叹了口气，这才自言自语似的说：“刘鹤鸣，祝贺你，考得那么好，市里的高中肯定没问题！”

“马正勇，你找我就是说这个？你到底想说啥？”

“你知道吗？白老师跑了！”

刘鹤鸣一听就知道，马正勇说的是白圣山，但还是有些惊讶：“他为什么跑？不想在学校教书啦？！”

“说出来你肯定不相信，但是事实，这是我爸爸跟我说的，知人知面不知心，他骗了我们班上好多同学，骗了好多人的血汗钱啊！”

马正勇咬牙切齿地说。

对于学校里人人尊敬人人喜欢的白老师，马正勇这样说他，刘鹤鸣都疑心自已的耳朵，是不是没有吃油（方言，即听不见对方说话）。

不等刘鹤鸣打破砂锅问到底，马正勇就自己说了起来：“那个人说了多少谎话，你看他每天吃了多少金嗓子喉宝就知道！你知道他干了些什么吗？你不知道，我告诉你，他暗地里跟一些同学和家长说，参不参加中考都无所谓，他在他就读的那所重点大学有关系，交五千块钱，高中可以不读，直接读一本，毕业后随便找工作。班上差不多二十多个同学都交了钱，交了钱还不许告诉别人。所以说，他是个大骗子！只是晚了，他前几天已经跑了。”

马正勇噼里啪啦说着，刘鹤鸣听得浑身发冷汗。

“这么说，你也上当了？”刘鹤鸣问。

“嗯……我只交了两千块定金，从家里偷的，没跟爸妈说。考完试第二天我妈才发现她的私房钱不见了，我无路可退，只好从实招来，这才……”

马正勇不好意思地交代，然后补充：“我爸正在抓紧时间搜捕白圣山。”

刘鹤鸣沉默了。闭着眼睛往河里扔一块石头然后去找，能找到吗？白圣山只是代课教师，并没有编制，先前为什么就没人提防这个漏洞？谁的责任？

马正勇有一肚子话，就继续在刘鹤鸣面前滔滔不绝起来：“白圣山害人不浅，寻人启事上那个王家宝你知道吗？他的失踪跟白圣山也有关系，准确点说，是跟周诗蔓的父亲有关！前天，王家宝人已经找到了，说出来你可能不信，周诗蔓父亲为了凑够那些读一本的钱，就骗王家宝去家里买猪，结果就把人家弄死了，埋在自家屋后的梅子树下。昨天，周诗蔓的父亲作为杀人凶手，被县里来的人带走啦！”

周诗蔓！

天哪！

晴天霹雳！

跑了的白圣山！

感觉得出来，这些才是马正勇要跟自己说的，他说得有板有眼，不像是在编故事。刘鹤鸣流泪了，他望着眼前的河流，和以往的感受完全不同，以往河流一直在这里，但现在他忽然发现，真正的河流是不存在的，眼前的河流看起来并不真实，眼前的河流，只是一种幻象，一个背影，如同那些穿过生命的不同个体，仅仅是一道道人形的空气而已。

萤火虫

一

在银灰色手电筒一丝不苟的注视里，头发乱糟糟的、仿佛头发没剪好便走出理发店回到家里的父亲，此刻，一截树桩似的蹲在地上，鼻青脸肿的他满是憋屈与愤怒，略微有些坍陷的眼睛，如同我在镇上朱云亮家的鱼塘看到过的老蛤蟆的肚皮那样，胀鼓鼓的，似粘在空气皮肤上的两粒烧焦了的杏仁，始终没有离开被他拿右手握拳控制住木柄，左手三根手指轻轻摁住的是一把锈迹斑斑的，再隔一会儿，就要抹上别人淋漓的鲜血，就要替他宰掉心头之恨的菜刀。

秋风在空气的皮肤上歌唱，矮矮的屋檐上泛着星光。

黑漆漆、静悄悄的院子里，空气清新得让人恨不得把它一片一片切下来，当肉吃。我屏住呼吸，站在父亲身边，一动不动，替他打着手电筒，看他把自己身上的耐性和气力，倾注在这把旧得差不多可以捐给博物馆的菜刀上。

此时此刻，我能清晰地感受到，时间就在我的生命周围慢慢流逝，像家门前清澈见底的河水。

在浇过水的灰色磨刀石上，把油污和锈迹当衣服一样穿在身上的菜刀，享受着难得的礼遇。通过父亲的帮助，它如鱼得水，哼哼唧唧，考试得了一百分似的，快乐而又满足地呻吟着，生怕别人不知道它是一把正在脱胎换骨的菜刀似的。

菜刀自然是家里的。准确点说，是母亲的菜刀。平时，家里几乎是母亲在使它，好像她生来就是它的妈妈。

工夫不负有心人。转眼，锈迹斑斑的菜刀便在父亲的手上焕然一新——我们要是知道个人卫生有多么重要，就不会奇怪，原先一把菜刀身处的地方现在就像是出现了一把崭新的菜刀。

菜刀已经磨好了。父亲似乎没有停下来的意思。他依然蹲在地上，把菜刀在磨刀石上用力地蹭来蹭去。父亲已经足足磨了半个小时菜刀了，他似乎没有停下来的意思。我不知道，父亲还要磨多长时间菜刀，才把内心的犹豫一层一层磨掉，去青梅街收拾他的仇人们。我想，把菜刀这样磨下去可真他娘的要命啊，漫长的夜晚也快被他磨瘦啦！

有些困，我恨不得找几根棍子撑在眼皮子底下。如果不是担心随便乱动会影响父亲磨菜刀，我早就撒手而去，他娘的不管了。此时此刻，我最神往的地方是我的床；我最想抵达的地方是我的床。眼皮子底下，因为父亲要磨菜刀，要去杀他的仇人们，我不得不勒紧自己的困意，虽然是我亲爸，但好歹也算助人为乐吧。

断裂带的黑夜越绷越紧，茂密的星群，在村子的上空闪闪发亮。树林子里的猫头鹰传来几声怪叫。女娲河穿过黑暗时的声音，轻盈而又神秘。手电筒喷出的亮儿，已经没有开始那么精神抖擞了，它在松弛，有如父亲的愤怒与憋屈，虽然，父亲仍在一丝不苟地为自己打磨凶器。我暗暗揣测，对家里的畜生、东西也客客气气的父亲，该不是怕了吧？断裂带的夜晚伸手不见五指，像是一座庞大的废墟，置身其中，你会感到冷寂、孤独，在你的生命周围旋转、摇曳、歌唱。而此时的父亲，似乎也成了一小块看得见的黑夜，在手电筒的照射之中，那么冷寂、孤独。父亲在深夜里磨菜刀的行为，让这个普普通通的夜晚，显得格外不同，意味深长，有种莫名其妙的仪式感在广袤的空气中蔓延。

我感到前所未有的恐惧，在我的皮肤下面翻滚、呼啸。

我告诉自己，再好好瞅瞅你的父亲，记住他的样子，记住他的黑眼圈，记住他乱得像鸡窝的头发，甚至记住他佝偻的背脊、又短又粗的罗圈腿。我觉得自己明天可能就真的看不到父亲了，因为父亲斩钉截铁地告诉我们，他要把青梅街那几个欺负他的龟儿子们都杀了。杀人偿命，杀人可是犯法的啊！父亲应该懂得这个道理。

道理就像空气，往往是看不见的，可它的的确确存在着，在城市，在乡村，在断裂带，在每个生命的呼吸之中。磨菜刀表面是在为杀人做准备，实际上，他也是在自寻短路！人生苦短，嗜赌如命的父亲，八成是不想活了。父亲虽然不争气，毕竟是独一无二的，父亲又不是土豆，往地里埋上一个，到时还能收获一堆。

弟弟和母亲接受不了这样残酷的现实，早就进屋以泪洗面去了。

秋风瑟瑟的院子里，只剩下我，陪着父亲，在如此漫长的夜晚荒废着。

二

父亲今天回来的时候，已经比较晚了。

不过，这种情形并不值得大惊小怪。父亲哪天回来得早了，我们才会大惊小怪，为他担心，担心他手气不好，担心他是不是打麻将把钱输光了。自从大娘李青红教会父亲打麻将以后，他就中了邪似的，疯狂地迷恋上了这项被他称之为有益身心健康的高级智力活动。

父亲经常去青梅街的麻将馆里打麻将，深更半夜才回家。家里总是三缺一。

“今天，你们谁也不许拦我！谁要拦我，我就揍谁。”这是父亲走进家门时说的第一句话，说完，他径直去了灶屋，将家里的菜刀夹在腋窝下面，走出堂屋，再次钻进了茫茫黑夜。

刚吃完饭，我和弟弟坐在堂屋的破沙发上看课外书，弟弟看的是《一千零一夜》，我看的是美国作家杰克·伦敦写的《为赶路的人干杯》。或许是因为我和弟弟反射弧太长，我们没来得及搞懂父亲的话，他就匆匆离开，仿佛这儿不是他的家，外面的黑夜，才是他的家似的。母亲撕心裂肺的声音通过空气的皮肤，钻进了我们的耳朵。母亲是个大嗓门，如果声音也是有瓦数的，我估计，这声音绝对不会低于一百瓦，她吆喝的是："杀人可是犯法的啊！杀人可是犯法的啊！杀人可是犯法的啊！"

杀人可是犯法的啊，像是扎在耳膜上的一根鱼刺，刺得我的耳膜生疼。

父亲已经一阵风似的出了门。母亲吆喝完，家里又安静下来，刚刚发生的这一切似乎不过是这种安静本身偶然凸显出来的一小段碎浪。我和弟弟匆匆对视了几秒钟，再次埋头，准备让打了嗝的思路回到正轨，我们继续看书，毕竟，书中的世界，比起断裂带，比起一团乱线似的生活，更为精彩、生动，富有光泽。

安静了差不多一分钟时间，安静就圆寂了，母亲的声音再次在我们的耳朵里亮出了它巨大的翅膀："你们是傻子吗？你们不知道你们的爸爸拿着菜刀要去杀人啊！你们快去把他给追回来呀！"

母亲说的是你们。毫无疑问，这个你们，就是我和弟弟。母亲的话就像有指头似的。但是，接到命令的第一时间，弟弟却扭过头对我说："哥，你是傻子吗？你不知道你的爸爸拿着菜刀要去杀人啊！你快去把他给追回来呀！"

我听得清清楚楚，弟弟说的是你的爸爸，而不是我们的爸爸。我没理由不恶狠狠地瞪他两眼，虽然我知道，弟弟怕过《倩女幽魂》里的那些骷髅，怕过毛毛虫，怕过外婆家的狼狗，但是，他却从来没有怕过我。我连一条狗都不如。

这都什么时候了，弟弟跟我说这样的话。这不是没良心，这纯粹是没心没肺啊！"你是石头缝里蹦出来的孙猴子吗？！"我冷冷地拷问两粒眼珠子都快落到《一千零一夜》里面去了的弟弟，然后，我告诉他，要去一起去，他要去，我才去，他不去，我也不去。说得我都觉得自己就好像弟弟的跟屁虫似的。

老子说不去，就是不去！弟弟明明白白地表示。说实话，我很佩服弟弟，他的勇气或者说脾气，是我身上没有的，我没有弟弟那么任性，是因为弟弟今天的勇气或者说脾气完完全全是父亲和母亲一手娇惯出来的，他们是他的保护伞，却不是我的保护伞。皇帝爱长子，百姓爱幺儿。自然，弟弟就成了家里的掌上明珠，成了家里的小太阳，而我不得不在这句话的阴影下草一样卑微地生活。所以，有时候我真他妈的后悔，后悔自己不该在母亲肚子里把队排到第一。

听弟弟这么一说，我确实没辙了，他不去，我还是得去，母亲的话在我面前就是圣旨啊。去就去，我怕啥，人又不是需要四条腿才能走路，我想。于是，我故意重重地把杰克·伦敦的《为赶路的人干杯》扔在沙发上，准备出发。我已经无路可退。看来，在没有兄弟的道路上，我只能自己为自己干杯。

然而，就在这个毫不起眼的关头，刚刚出门的父亲，又突然地、鬼似的回来了。他一手提着家里那把刀刃看上去坑坑洼洼，像是掉了几颗牙的菜刀，站在堂屋灰暗的白炽灯下，满脸杀气。实话实说，他带给我的这种意外丝毫不亚于一个陌生人腋窝下夹着菜刀突然闯进我家里来了。

“去，给我端盆水到磨刀石那来，老子要磨刀。”父亲阴沉着脸，冷冰冰地跟我说道。“把手电筒也给我拿来。”紧接着，他补充了一句。

原来，父亲半途而返，是因为杀人的菜刀不够快。父亲的话也是圣旨。我正要遵照父亲的要求办事。母亲却一把将我拦住了。

杀人可是犯法的啊，母亲一边说，一边伤伤心心地号啕起来，她摊开双臂，拦住了我，好像要杀人的人不是父亲，而是我，好像此时此刻，我是我的父亲似的。想起来确实有点绕弯子，不过，半路杀出个程咬金，我确实没有什么多余的选择，我只好停下脚步，察言观色，见机行事。

“没办法，我咽不下这口气，士可杀不可辱，老子今天不杀了这些龟儿子，我就不是人！”父亲说完这些，眼圈就慢慢地红了，他看了看我们每一个人，然后有些感伤地安排起“将来”的事。他说，以后我不在了，你们要相濡以沫，好好地活着。

他告诉我和弟弟，父债子还是天经地义的事，他在青梅街上的几个熟人那里欠了一屁股债，我和弟弟以后要是飞黄腾达了，务必帮他连本带利还上。

最后，父亲客客气气地跟我们说了一句："谢谢。"说完，他转过身，庄重无比地朝着神龛深深鞠了一躬，神龛上面，"祖德流芳"四个被香火熏得黑乎乎的大字依稀可见。我想，金无足赤，人无完人，父亲虽然迷恋赌博，欠了一屁股债，骨子里还是个好人。比起脚下踩着的这颗古老的星球，我在这个世界待的时间不算长，甚至可以说，比小兔子的尾巴还要短，但我似乎已经捕捉到了一个很难捕捉到的经验，那就是，好人会让我感到难受，感到痛苦。而其中最主要的根源，就是因为好人让我看不到希望，看不到即便一只手电筒也能发出来的那种亮。

不客气。这三个字，在我嘴里，就像刚刚被扔到岸上来的鱼儿，要不是被我用舌头死死压着，恐怕早就脱口而出。我无法把它们嚼碎，也无法把它们咽进我的肚子里，我只能默默忍受着礼貌在我精神上造成的压抑。

父亲的一席话，让母亲和弟弟哭得死去活来。

杀人可是犯法的啊！

堂屋里，母亲一根筋似的，一遍遍说着同样的话，她眼睛眨也不眨地望着父亲，希望他顾全大局，不要因为一时的冲动，造成无法弥补的恶果。有那么一瞬间，我似乎看见，几个强壮的警察为父亲戴上一副凉冰冰的手铐，把他推上警车，一溜烟消失在飘洒着小雨的公路尽头。

杀人可是犯法的啊！

三

我站得都快要睡着之际，父亲终于慢慢吞吞地从地上站起来，他用手小心翼翼地在菜刀的刀刃上抹了一下，然后，把它夹在了腋窝下面。

“你回屋睡觉去吧，我走了。”父亲不冷不热地说。

“爸，你就别去了，天这么晚了。”我几乎都不知道自己在说些什么，脑子里一团乱麻。

“去是肯定要去的，我就是有点放心不下这个家。小武，你是长子，长兄为父，以后要多担待你弟弟小文，不要打架，你们要团结，外面要是有人欺负他，你不能袖手旁观。知道了吗？”

“知道了。”我轻轻地点了点头。

“知道了就好。我走了。”父亲说完，便头也不回地走了。我本想用手电筒去照正渐行渐远的父亲，可是，我最终没有这样做。

长兄为父。望着断裂带的茫茫黑夜，我思量着这句话的含义，有些飘飘然，恨不得立刻进屋告诉我弟弟小文，以后，我就是你爸爸啦！可我又觉得这似乎并不是件光荣的事情。所以，我灭了手电筒，转身，对着昏暗的堂屋大声喊道：

“兔崽子小文，你爸爸真的杀人去啦！”

我确信父亲这次肯定是吃了秤砣铁了心，一去不返了。

我的喊声让堂屋早已暗下去的哭声陡然间亮了起来。或者说，更亮了。那会儿是母亲和弟弟一起哭，这会儿，只有母亲一个人在哭。母亲哭得撕心裂肺，也哭得我心烦意乱。树桩似的立在院子里，我不知道自己接下来该做什么，是脚底抹油，去追父亲？还是袖手旁观，回屋关灯睡觉？我没有主意。两条退路对我来说，都挺为难的。这种为难让我对折腾来折腾去的父亲，产生了一丝恨意。我甚至觉得这个家里要是没有他，我们家的日子可能安稳、愉快得多。

“小武，你愣在这儿干什么？赶紧去把你爸爸拉回来！”

母亲一阵风似的从堂屋里冲了出来。她拽上我，好像拽着她的胆子似的。

我们沿着坑坑洼洼的公路，离弦之箭一般，朝灯火如豆的青梅街飞奔而去。

四

腋窝下夹着菜刀，到镇上复仇的父亲，比我和母亲想象中走得慢。

没跑上多远，我和母亲便听到身后传来几声咳嗽，那感觉，那情形，就像是身后的茫茫黑夜，突然裂开了几道缝。听到咳嗽声，我和母亲就不约而同地慢了下来，深更半夜的，我们可不愿意别人产生错误的判断，把我们当贼。这咳嗽声分明带着故意，像是提醒。我又侧着耳朵听了听，这咳嗽声是父亲发出来的，我们刚才跑得太快，竟然跑到父亲前面来了。不过，也许是出于矜持，父亲并没有跟我们打招呼，而是以咳嗽这种含蓄的方式，告诉我们正在追赶的人就在我们身后。

妈，好像是小文的爸爸。我说着我弟弟的名字。

我也觉得像。母亲回答，然后，她又用平日里很难有的商量语气跟我说道："要不，我们等等？电筒呢？"

我拧亮了电筒，对着身后一照，父亲熟悉的身影便出现在我们的视线之中。足有百八十米开外，小文的爸爸慢吞吞地朝我们走来，他移动的速度很慢，感觉就像一只蚂蚁穿着人类的鞋子在走路似的。

我和母亲一动不动，直到父亲走到我们面前。

你们跑那么快干吗呢，去见马克思？父亲似乎有些生气。

"孩子他爸，我们回去吧！"母亲哽咽着，一下子抱住父亲，好像稍不注意，他又会走远了似的。

"快滚回去，别来打搅我！"父亲使劲儿挣脱了母亲。母亲一个趔趄，差点栽倒在灰扑扑的公路上。母亲的哭声再次亮了起来，不过，她哭得没有在家里那么放肆了，毕竟，这儿不是家里，是公共场合。

“李皂白，你就别打肿脸充胖子，在这儿跟我们装了！你要是敢去杀人，怎么会跑到我们后面去？”母亲的话像是抹了毒药的冷箭，在空气的皮肤上散开。

其实，我也很奇怪，父亲不是走在我们前面吗？他怎么会走到我们后面了呢？他漫不经心又不难显出某种得意地解释了一句：“刚才，我去菜园子施了点肥！”

听他这么一说，母亲居然咯咯笑出声来，她说：过场多！

父亲施肥的菜园子肯定是我们自家的菜园子，就在公路下面。平时，他担着厕所里的粪水去灌溉我从未感到恶心过，现在他这么一说，我的胃里不由得一阵翻江倒海，晚上吃的那些蔬菜可都是我们自家菜园子里的啊。

“这不是过场多，这叫肥水不流外人田！好了，就这样，老子今天要好好教训教训这群王八蛋。”

父亲说完，朝我们挥了挥手，把我和母亲晾在路边，继续朝镇上走去。

“小武，快让你爸回来，他今天要是真的杀了人，以后，你们就没有爸爸了！”刚刚还咯咯笑的母亲，心情迅速朝着悲剧的方向掉了个头，她绝望的哭腔，在空气的皮肤上飞翔。

“我不。”我坚决地说。母亲又不是没有手，为什么非得要我出手呢？

“为什么不？”母亲似乎不解，好像我不应该拒绝她似的。

“我怕。”

“他是你爸，又不是鬼，怕什么？”

对于母亲的质疑，我只想解释，有时候，恐惧是无法解释的。想到父亲马上就要拿菜刀砍人，我的心狂跳起来，此时此刻，我多么希望黑漆漆的断裂带分分钟返回白天，返回光的栅栏。至少，还会有人帮我们劝劝父亲：

“杀人可是犯法的啊！”

看样子，父亲是不肯给自己，也不肯为我们，留下一点退路了！他的理智，他的责任心，已经被他的仇恨侵蚀了。拿起菜刀去杀人当然是一种勇气，可是，放下菜刀，顾全大局，甚至忍辱负重，更是一种智慧。到现在我仍然怀疑父亲是否有勇气杀人，可是，眼下，我和母亲也只好随他去了。

一种更大的空虚，让我暂时放弃了恐惧，也放弃了对李皂白命运的顾虑。随他李皂白怎么折腾去吧，我只是希望事情能够早点画上句号，早点结束。

我和母亲影子一样，跟在父亲后面。也许他知道我们跟在后面，但他始终没有回头再跟我们说话。

也许是我出门穿得太少，一件前年买的运动外套，里面套着一件鹅黄色T恤；也许是天真的冷了。一路上，我不断打着喷嚏。

已是深夜，公路两边的草丛和庄稼地里却热闹着呢，虫儿声沸腾一片，此起彼伏。它们跟陪着父亲的我们一样，在这个冷飕飕的深夜，根本停不下来。

一些萤火虫在半空中飞舞，亮闪闪的，如此惊艳，如此迷人，像黑夜里的精灵，又像大地吐出的梦呓。

在脚步的开垦之下，青梅街越来越近，对着脸颊和胸口吹来的秋风，也越来越大。外公曾经告诉过我，风的诞生，是因为地球妈妈一直在转，风越大，就说明地球妈妈转得越快。

地球妈妈转得真快呀！我想。

五

我和母亲尾随着父亲来到了青梅街上。

青梅街可真热闹！我和母亲不由得东张西望，腿像是被抽去了灯芯，再也走不动了。我们被这种热闹惊呆了。也许是平日很少晚上到街上来，我以为青梅街只有逢集的时候才会有所谓的热闹景象，此时就在眼皮子底下，更没想到的是，这深夜里的青梅街竟然比逢集的时候还要热闹！放眼望去，满街的灯火灿烂辉煌，犹如一条由光组成的巨龙，横卧在深夜的皮肤下面，麻将声此起彼伏，像一条清脆的河流，沿着两排低矮、破旧的青瓦房，一直流进我的耳朵。青梅街不再是往日的青梅街了，它变成了另一条街。20 世纪 80 年代的青梅街上，开着的几乎都是传统的店铺，卖豆腐的、卖衣服的、卖猪肉的、卖零食的、卖核桃花生的、卖鸡蛋的。现在，20 世纪尚未结束，青梅街却有了翻天覆地的变化，从街头到街尾，几乎全是麻将馆。就像赌博让父亲变成了另一个人那样，如今的青梅街，已经变成了麻将街。

看来，像父亲那样误入歧途的人还真是不少嘛！

到现在为止，父亲始终没有告诉我们他为什么要来青梅街杀人，但我如果没猜错的话，肯定和打麻将脱不了干系。

事实证明，确实如此。

我和母亲一直跟着父亲的屁股走到了中街。在一家名叫“清一色”的麻将馆门口，父亲终于停下了脚步，他不慌不忙地挽了挽袖子，然后，将夹在腋窝下的菜刀提在手上，一只脚踩在麻将馆的木质门槛上，土匪似的吆喝起来：“一群兔崽子，你们都给我出来吧！”

很快，一个女人的声音传了出来：“白哥，你这是在骂我吗？你这是干什么啊？有话好好说嘛，拿菜刀来给我们这些打麻将的切菜煮夜宵哇？”

麻将馆里顿时传来一阵哄笑。

我和母亲远远地观察着清一色里里外外的动静。通过声音，我判断出这个说话的女人就是电管站的孙玉芳，她女儿是我同学。孙玉芳经常为了她女儿的事跑到学校里来，不是去办公室，而是经常到我们教室里来。她一来，我们班的大多数男生都会不由自主地把头埋进课本，脸红得就像关公，就像喝醉了酒的酒鬼。因为，孙玉芳胸前那对波浪，对我们这些小学尚未毕业的小男生来说，完全是个巨大的考验。

“孙玉芳，滚一边去，这儿没你事，别在这儿瞎搅和！”父亲厉声说道。

“凶什么呢？你以为拿着菜刀就有人怕你？蝙蝠上插两根翅膀装什么鸟呢？你打牌没钱人家豹子哥二话没说借给你，问你要钱却跟要命似的，你说说，人家能不急？这事儿本来和我没有关系，但我孙玉芳毕竟是这条街上的人，说几句公道话总该可以吧？不是我多管闲事，还债是天经地义的事，人家信用社打的广告也在反复强调：有借有还，再借不难！乡亲父老，大哥大姐，你们大家都来说说，是不是这个道理，啊，你们都来说说！”

孙玉芳冲着父亲噼里啪啦如此这般地说了一通，父亲像霜打的茄子，顿时蔫了。

就在这个当口，一个高大威猛的男人突然从麻将馆里冲了出来，二话不说，对着父亲便是一脚飞毛腿，措手不及的父亲顿时从清一色门口飞到了青梅街的马路中央，躺在地上，哎哟哎哟地呻吟着。父亲手中的菜刀也重重地落在了地上，扯出一声尖叫。

这个男人就是孙玉芳口中的豹子哥了。紧接着，他的屁股后面又出来了三个男人，体格都比瘦小的父亲大很多。他们骂骂咧咧，抓小鸡似的将父亲从地上提起来，一人拽住父亲的一只肩膀，一阵拳打脚踢。

借着麻将馆的灯光，我看见满脸是血的父亲，似乎已经昏过去了。

“杀人可是犯法的啊！”母亲见父亲挨揍，终于反应过来，哭号着朝人群跑去。

突如其来的一切让我彻底地蒙了，整个人呆呆地立在原地，就像被功夫片里的那些武林高手点了穴似的，根本走不动了。我感觉自己的两条腿比天上的星星还闪！爸爸，我在心里一遍遍喊着，满是无助和心酸。

跑上前去的母亲并没有动手去劝阻那些正在揍父亲的家伙，而是“扑通”一声跪在了硬邦邦的水泥地上。

“求你们别打我男人了！求你们别打我男人了！求你们别打我男人了！我给你们还钱！我给你们磕头！我给你们道歉！求你们别打我男人了！”母亲惊恐万状、撕心裂肺地喊叫着，围观的人围着她，就像围着一只野生大熊猫，无动于衷。

母亲的软弱并没有换来那些人的怜悯，他们反而变本加厉了。而父亲，已经完全没有还手之力，不时发出一两声痛苦的惨叫，还能隐隐约约地听到他的咒骂：“你们这帮王八蛋！”

这句话在那些拳打脚踢声中，就像一粒小小的沙子。

我一点都不怀疑，他们这样打下去，我父亲肯定会没命的。

“杀人可是犯法的啊！”

我想，此时此刻，要是我的手上有把枪，我一定一枪一枪认真地毙了这些欺负我父亲的王八蛋。

想完这些，我的脑袋终于开窍，我就像突然活过来一样，此时，最重要的就是让那些人住手，不能再打了，再打，小文的爸爸就没啦！于是，我提心吊胆地向人群冲了过去，就像母亲那样，我“扑通”一声跪在了硬邦邦的水泥地上，轻轻喊了一句：

“叔叔们，你们别打啦！再打，小文就没有爸爸啦！”

估计在场的人只有孙玉芳听到了这句话，她阴阳怪气地说：“小文，你快起来吧，这是大人之间的矛盾，你别多管闲事！”

我只好一把鼻涕一把泪地解释：“孙阿姨，我不是小文，我是小文他亲哥！”

六

“你们住手，不要再打了！”

就在我万念俱灰，深感孤立无援之际，一个略显稚嫩的女孩儿的声音忽然飘进了众人的耳朵，在青梅街久久回荡。我以为这声音是从天上来的，就看了看天上，什么也没看见，只看见清一色麻将馆屋檐下的那些椽木，一排排，一摞摞，整整齐齐，像人的肋骨。

女孩儿的声音一下子镇住了在场的所有人。以豹子哥为首的人停止了殴打父亲，闹哄哄的青梅街，鸡飞狗跳的青梅街，在小女孩这句话的脚后跟上，瞬间安静下来。

不看不知道，一看吓一跳，看到小女孩的那一刻，我差点吓得魂都没了！她个子不高，目测只及我的肩膀，五六岁的样子，不过，诡异的是，就像传说中的雪人，她浑身上下竟然都是白色的，包括头发也是，如同一个小小的有生命的发光体，在众目睽睽之下！这不是同学们口中的那个只闻其名不见其人的“冰雪姑娘”吗？小孩子的世界总是不乏想象力。我还是第一次亲眼看见冰雪姑娘，不过，看到她的模样，我就一点也不好奇她为什么不到学校读书了。毫无疑问，自以为是的孩子们总会想方设法将她与其他人区分开来，甚至拿她当成怪物对待。

我没想到的是，冰雪姑娘竟然是豹子哥的女儿。

“芸芸，你怎么跑出来了？”豹子哥摩挲着似乎已经有些疲倦的粗糙手掌。

“打人，不好。”冰雪姑娘眼角钻出几颗白色的眼泪，扑向她父亲的怀中。

“是他们要欺负爸爸呢！”豹子哥耐心地解释。

“可是，我亲眼所见，是你们在打这位叔叔的。”冰雪姑娘哭着说。

他借了我们许多钱，想要赖。豹子哥一边将冰雪姑娘从地上缓缓抱起，一边恶狠狠地看了看我那躺在地上一动不动的父亲。

“爸爸，你不许再欺负人家了。”

“嗯，爸爸不欺负了。”豹子哥温柔地回答。

母亲试图将躺在地上一动不动的父亲扶起来，但没有成功，她伤伤心心地哭泣着，好像久别重逢。这时候，父亲的声音突然响了起来："豹子，在孩子们面前说话要讲良心，我李皂白是那种人吗？你的钱，我明天就是贷款也会还上！但是，今天，你必须为你的恶意道歉，否则的话，我发誓，你迟早都会付出代价！"

"皮是不是还没给你松够？"豹子哥似乎想放下冰雪姑娘，再给我父亲点颜色瞧瞧。

"爸爸，好爸爸！我头痛，我们回屋吧！女儿想睡觉了！"冰雪姑娘哭着说，这声音雪亮，足以让所有的愤懑黯然失色。

我暗暗感激着冰雪姑娘，不由得再次偷偷瞟了她一眼，不碰巧的是，她好像也正看着膝盖上火辣辣烧着的我。她的嘴角浮动着一丝鲜为人知的微笑，我发现了。

"好好好，乖女儿，我们这就回啊。"豹子哥一边安抚着怀里的女儿，一边腾出一只手，在空气的皮肤上轻轻一挥，说，散了散了，都散了吧！说完，豹子便抱着冰雪姑娘朝清一色的门口走去。

父亲被人揍得寸步难行，母亲只好让他爬到她的背上，背他回去。母亲变成了父亲的脚。在回家的路上，父亲终于向我们交代了实情，他说他打牌确实跟豹子哥借了一千块钱，不过千不该万不该，豹子哥不该在讨债的时候骂了李皂白的妈，正是因为这短短的一句话，父亲跟豹子哥他们起了争执，后来就莫名其妙地被一伙人揍了。

父亲满腹冤屈，咽不下这口气，才有了提刀杀人的念头。

如果不是父亲主动坦白，我和母亲都不会想到这一层的，不会想到今晚所发生的一切都是因为一句话，而这一句恰好又是整个事件的导火索。

骂谁都可以，就是不能骂妈，我同意，我妈还不同意呢！一路上，父亲都在这样自言自语，就好像事情真的发生过一样。

我和母亲都没心思安慰他。

后来，他就趴在母亲身上睡着了，睡着了的父亲，就像一个小男孩儿一样。

夜已经深了，公路附近的草丛里，树梢之间，飞舞的萤火虫依然有着美丽的光芒。冰雪姑娘嘴角那一丝神秘的微笑在我的脑海反复涌现，好几次我都差点因此摔倒，我觉得她和这些夜空中的萤火虫一样美丽。至少，今晚我应该感谢她，感谢她在关键时刻为这些成年人化解了冲突，熄灭了他们心中熊熊燃烧的怒火，哪怕，仅仅是暂时的。

七

秋去冬来。临近岁末，断裂带的年味越来越浓。可是，我父亲今年不能留在家里过年了，他有了新的去处，或者说归宿。

父亲和豹子哥之间的冲突并没有结束，而是升级了。

除夕的前一天下午，我父亲在我们家的院子里被几个穿制服的警察叔叔抓走了。那天，当看到一辆警车呼啸而来，我父亲就主动站在门口，老老实实地等着这些人来接他去他该去的地方。

已经将钱还给豹子哥的父亲最终没有咽下那口气，被仇恨控制的他在除夕的前一天上午闯进清一色麻将馆，顺利无比地将豹子哥送进了阎王殿。

“李皂白，你知道你干了什么吗？”一个年轻的警察叔叔问父亲。

“知道，我杀人了。”父亲老老实实回答。

那就跟我们走吧。年轻的警察叔叔亮出了一副银灰色手铐。

“我一直在家里等你们。”父亲嘴角挤出一个憨厚的笑。

乌鸦在天上飞来飞去。母亲和我弟弟小文已经在院子里哭得死去活来。

“哭个屁，别哭了！”在我们面前，父亲才恢复了他国王般的气质。

快要跨进警车那一刻，父亲回过头来，看样子心里也不是特别好受，看样子他也要哭起来了似的，他深深吸了一口气，掷地有声地告诉我和弟弟，小武，小文，以后要听你妈的话。记住了，以后不要跟人学打麻将，也不要轻易跟人借钱，知道了吗？

“知道了！”弟弟哭着回答。

我父亲李皂白舔了舔有些裂开的嘴唇，接着跟我们说道，更重要的是，骂人不能骂妈，知道了吗？

“知道了！”弟弟依然哭着回答。

“那就好。”父亲满意地点了点头，上了警车，走了。

八

骂人不能骂妈。父亲就是这么教育我们的，这句话看起来像是整个事件的出发点，涉及两个家庭，而不幸中蕴含的教诲，却值得所有人细细咀嚼。

父亲被抓以后，我们整个家就像是遭遇了一场地震，完全陷落了。亲人们对我们避而远之。母亲整日忙着哭泣，我和弟弟也整日提心吊胆，总感觉警察早晚都会来把我们抓走似的。

每天晚上，我都会看见一只萤火虫，在玻璃窗外盘旋。并且，跟我睡一个卧室的弟弟小文说他也看见了。

我弟弟就是个傻瓜，就像他说我是神经病一样。他或许压根就没有见过冰雪姑娘。所以，我也没办法跟他解释清楚，我们遇到的那只萤火虫，其实就是那个冰雪姑娘。我是目睹了的，那个冰雪姑娘真的变成了一只萤火虫，隔着冷冰冰的玻璃，每次都会冲我挤出一丝鲜为人知的微笑。然后，她在低空中一个漂亮的转身，消失在断裂带的茫茫黑夜。

父权的色彩

一

太阳已落下山头，绚烂多姿的晚霞挥舞着衣袖，悄然作别天空的舞台，消失得无影无踪。远处静候多时的暮色终于迎来了属于自己的节日，踩着落日和漫天霞光的脚后跟，不紧不慢地、不急不躁地、一寸一寸地爬下幽邃的苍穹，意气风发地漆染着秋意凛冽的大地、散落山间的低矮屋舍与蛰伏在草木间的寂静。

天空黯淡，慵懒的云朵横七竖八地盘桓在众山之巅，仿佛大型动物死后剩下的带肉的肋巴骨。如此偏远的山水间，乡亲父老们世世代代所饲养的那些忠诚卫士，对这些横空出世的肋巴骨表现出极大的兴致，它们一边因为眼馋吞咽涎水，一边又因为耐心的缺失而仰天狂啸，好像那一阵秋风就能吹灭的“汪汪”声，真能把这些悬浮在空中的肋巴骨震下来几匹似的。

时值傍晚，这会儿天尚未黑透，季节流转在大地这个老保姆的皮肤上，万物照旧在光明的栅栏里活着，安然无恙。如果睁大眼睛，想看清的事物大致不会缺胳膊少腿。暮色茫茫，坐落在群山河谷间的川西北小镇——因此地山上遍种梅树盛产果梅，故名“梅镇”——已有角落亮出橘黄色灯火。灯火是大地的眼睛，又像张开翅膀的小鸟，远远地滑过一段距离，扑入视线。那种通常只有低瓦数灯泡所孕育的贫瘠光芒，仿佛童年妈妈缝纫在一条裤子上的补丁，零零散散地分布在大山之中，放眼望去，这些刚刚醒来、满眼慈悲的灯火，扯破了黑衣裳的灯火，虽说没什么营养，倒也为这正朝夜晚滑动的山野增添了些许生气。

山里日子清苦，大多数人怀着节约朴素、艰苦奋斗的美德。开灯的只是少数。前不久，镇上的药材贩子王宝珠到乡下买猪，一个满脸皱纹的老人弱弱地问他，镇上的灯咋经常通宵通宵地亮，不要钱？王宝珠一脸茫然，不知如何作答。最后，老人无比心痛地说了四个字：“好费电啊！”老人说的自然是心里话。夜里的正经事是睡觉，亮着灯毫无用处，就像大白天打着手电探路，或许可以更为直白点——纯属瞎子点灯白费蜡，对于这次小小的邂逅，以及含混在话语间的沧桑心路，王宝珠感慨不已，逢人就要说起这个事。

当局者迷，旁观者清。深藏不露于生活的种种过失，犹如黑夜里生长的树木，盛开的花朵，一旦被人用语言的漏勺过滤、呈现出来，就会显得异常惊心动魄、发人深省。

其实，犯不着大惊小怪。

一方水土养一方人。在这川西北的群山之地，许多旧观念像生命一样，早已深入骨髓，凝结在人们的骨血之中，根深蒂固，几十年几百年，乃至更长的岁月里，要把牢底坐穿似的，久久不曾化掉。

离临梅镇大街约莫走一支烟工夫的山脚，喇叭河奔流不息，寂寞而绵延的流水声冲瘦了时光，又带来了更多时光。河水清澈见底，鱼类繁多，光是比较值钱的野生鱼就达十多种，黄辣丁、磁巴子、母猪鱼、刺客包……其中，最名贵的当属娃娃鱼，娃娃鱼的声音听上去就像婴儿在哭泣，故名娃娃鱼。夏天的夜晚，万籁俱寂的时候，喇叭河畔上的人家经常会听见这种声音。

入秋以来，喇叭河的河水瘦了不少，水势澎湃的洪水季节，喇叭河的景致更为雄壮，仿佛大地上的山啊草木啊房子啊，都是以河流为底座，在它的水面浮动，或者被它飘起。

鹅卵石密布、宽大的河床上方，一条狭窄的泥土公路随山势蜿蜒着，蛇一样穿行在大山的褶皱深处。崎岖的山路两旁，茂密的草木已在季节的召唤下脱下季节的盛装，赤条条地站在河流带出的猎猎风中。在喇叭河就要离开小镇视线的拐弯处，有着一丛丛荨麻和精竹的公路堡坎之上，有一排整齐的砖木混结构的青瓦房，总共好几户人家，五六十米长的样子，就像粗糙的水泥院子边缘那些艳丽的串串红，这一茬青瓦房彼此没有间隔，不分你我，心连心似的连成一串，膏药般地贴在水声嘶鸣的喇叭河畔。

房前是一座长方形的水泥院子，因有些年头，院子里满地的裂缝，成为蚁群出没的伊甸园。这些暗自生长的神秘裂缝，隐喻般与一院子人家的生活粘连在一起。

二

踩着不断加深的暮色，以及远处此起彼伏的蛐蛐声、狗吠声、牛哞声，一个女人的身影在水泥院子后面的坡地上朝下缓缓移动，朝着喇叭河畔这排青瓦房子前进。她背着满满一背篓从庄稼地里扯回来的猪草，她走得有些慢，有些吃力，仿佛走路是件特别困难的事。

她走得有些慢，有些吃力，不是因为肩上的背篓，而是因为她肚子里有了生命。她是个快要当妈妈的人。

此刻，这个背着满满一背篓猪草的女人身形显得格外臃肿，肚子上的，背上的，然后再加上自己，使得她一眼望去就像皮球突然之间被吹胀了似的，膨大了许多。

“妈呀！”

猪圈里给猪喂食的刘老汉透过石头码起的方形圈墙，远远望见一团黑影，在暮色的掩映下慢吞吞地移动着，像是冲着自己来的，他因此吓了一跳，忍不住这般吆喝了一声。人老了眼睛就不中用了，刘老汉没有看清那团鬼魅飘来的黑影，是儿媳妇蓝英子，他要是看清了，决不会说“妈呀”。

刘老汉吓了一跳，以至于手上用来喂猪的铲铲落在一团臭烘烘的猪粪上，他也丝毫没有意识到，两颗昏黄的眼珠子，快要凸出来似的，直勾勾地盯着那团黑影徐徐飘来。刘老汉活了大辈子，不是没见过世面，话说回来，就算见过世面，他也没有见过鬼。所以，在看到这团鬼鬼祟祟的黑影的时候，某种本能使他下意识地以为自己看见鬼了，一股冷汗唰唰唰地从背上冒了出来。

人吓人，吓死人。以为活见鬼的刘老汉之所以吓出一身冷汗，还有一个极其重要的原因，青瓦房子背后的山叫老棺山，山上不光有人户，有庄稼地，还有许多死人的墓穴。古时候，镇上的人死了，都会抬到山上去埋掉，山上有不少坟，据镇上的人说，深夜里经常看见山上有鬼火在飘来荡去的。

黑影正是从老棺山方向下来的。

刘老汉人老了，胆子越来越小。

黑影越飘越近，准备随时就地蹲在猪圈里躲起来的刘老汉，总算看了个清清楚楚、明明白白。原来黑影不是别的什么东西，而是去年才从老棺山上嫁到山脚刘氏门下的儿媳妇蓝英子，刘老汉这才如释重负，松了口气。

回过神来，三头小猪正卖乖似的用热乎乎的舌头舔刘老汉青筋暴露的手背，“瘟丧！”他骂骂咧咧地冲着其中一头小猪踢了一脚，小猪疼得龇牙咧嘴，忍不住尖叫起来，那尖叫声差不多可以掀翻猪圈上的屋顶。他又想用手中的猪食铲铲去揍这些畜生，但那只手只在空中画出一个苍凉的手势，就像秋天里凭空落下的叶子。

蓝英子扯猪草回屋来了。路过婆婆家臭烘烘猪圈的时候，气喘吁吁的她看见正在猪圈里骂骂咧咧的刘老汉，本想打个招呼，又觉得是浪费口水，就迅速低着头，假装没看见，她哼着歌，径直走了过去。

三

结婚以来就跟男人父母分了家，烦琐的家务活宛似秋天纷飞的落叶，一片片落在这个模样俊俏、有些疲倦的年轻女人肩上。生在农村，自然明白人长了一双手生来是要干活的。“靠一双手，要啥都有。”小时候，脑袋上面住着一场大雪似的白发苍苍的外婆，经常这样教育蓝英子。地里的活不消说，家里的活也不轻松，但这并不妨碍蓝英子哼歌的兴致。她住在大山里，喜欢的歌星却大都在祖国的宝岛台湾，邓丽君、潘美辰、孟庭苇、叶倩文、卓依婷，当然也有大陆的。

蓝英子哼的是几年前中央电视台热播电视剧《渴望》的主题曲，歌名也叫《渴望》，毛阿敏唱的。蓝英子喜欢这首歌，专门找出蓝色笔记本记了歌词，以便空闲的时候唱几句。男人讥讽她莫可名状——她告诉他，这叫爱好，懂不懂？

男人大清早出门去镇上办事，现在还没落屋，眼睛又没长在人家屁股后面，不晓得男人究竟在外面做啥。眼下，鸡进了鸡舍，牛回了牛圈，自己也扯完猪草回了屋，可男人到现在还没个人影儿，她心里就有些堵得慌。没结婚的时候，男人黏黏糊糊，天天围着自己转；婚后呢，就换了个人似的，整天不着家。

回到家中，她瞟了一眼挂在堂屋里滴滴答答的黑色挂钟，方才意识到今天这一页，差不多已经翻过去了。

蓝英子小鸟似的，脚底生风，忙活了差不多一天时间。人不是铁打的，万里长城不是一天就筑好的，刚下地扯了满满一背篓猪草回屋的蓝英子决定，无论如何，必须坐下来歇口气，缓冲一下身体的疲惫，毕竟，活永远干不完。生长在茫茫大山里，她现在比起过去，更加理解了什么是命，一个女人的命。因为心生此意，她隐隐感到身旁有一阵巴掌大的风，忽然踩了一脚刹车似的，在她面前稳稳停了下来。

再有几天，蓝英子肚里的孩子就足足六个月了，微微隆起的肚皮如同一座小山，每天，她都会偷偷摸上好几回，不由得抿着嘴笑，用她的话来形容，这种感觉就好像喝了蜂蜜水一样。临产的日子越来越近。在经历了最初的惶惑不安与激动之后，蓝英子的心绪渐渐平和下来。成为母亲的那种喜悦与骄傲，将她从人生某个稚嫩的阶段剥离开来，让她成熟了不少——娘家人是这么看的，也是这么说的——好像过去的自己完全就一小孩似的。如今，只要想到肚子里的孩子，蓝英子感觉浑身长满了力气，再苦再累，也无所谓。

蓝英子的家只是所属这个院子的一部分，院子里还生活着公公婆婆以及男人的哥哥、大姐、幺弟几家人。

蓝英子有点累，却又不想急着做晚饭。此刻，她唯一的奢望就是安安静静坐在家门口的板凳上休息会儿。

“好长的鼻涕呀！”

写完家庭作业的侄儿们在院子里嬉闹，刚端着茶杯走到屋外的蓝英子听到有人如此喊道。

“哪来的鼻涕？”

蓝英子忍不住问了一声。

“二妈，你的眼睛没吃油吗（方言，看不见）？难道看不见那些从烟囱里爬出来的白烟子，难道它们不像鼻涕？”

男人大哥家的孩子大毛指了指远处三五成群、冉冉升起的炊烟噼里啪啦说了一通。平素，侄儿们都叫蓝英子“二妈”，因为她的男人刘乙在家里排行老二。

“哦，原来如此！”

蓝英子笑了。内心深处却泛起一丝苦涩，涌起一片荒凉，她心想的是，我这眼睛还真是没有吃油呢！稀里糊涂就嫁了人，稀里糊涂地过起了忙忙碌碌给人当保姆的日子。生活清汤寡水，简直毫无色彩可言。

想想过去的日子，想想现在，蓝英子感觉就像做了一场梦，岁月可真不饶人！岁月是什么呢？经由日子串联起来的一座幽深漫长的隧道，而日子则像所有曾与一小块各自的天空彼此拥有过的树叶，总会在必然的时刻挥手作别，落下枝头。当然，它亦会在另一种必然中继续生长。举个例子，这就像钟表里那些被赋予特殊使命的、兢兢业业为唤醒人类的精确意识服务而不舍昼夜的长长短短的指针，无论秒针、分针还是时针，它们始终在以某种速度前进。生命跟日子其实长得差不多，说白了，二者共同指向未来，并且，作为一种过程——浸泡在一切的生命之中——不停消逝，也随时到来。

忙了一整天，洗衣做饭、喂猪放牛、下地割草、给菜园里的那一茬茬蔬菜浇水施肥，泥沙俱下地堆在自己身上，蓝英子真是累坏了。她坐在院子里，石化了一般，动也不动，浑身上下，好像只有一双眼睛活着，东看看，西看看。

天渐渐黑下来，绵延的山峦只剩下深深浅浅的轮廓。瑟瑟秋风在幽深的河谷里疾走，发出巨大的呼呼声。然而，没过多长时间，星星不约而同地探出脑袋，爆米花似的布满了整个夜空。月亮也新娘子一般羞答答地出来了，银色而饱满的光芒洒在院子粗糙的水泥地上，明晃晃的，跟白天一个样。

借着月光照耀，蓝英子看见婆婆家的院子里居然还晒着满满一地花生。花生的轮廓跟蚕茧差不多，只是蚕茧没有花生中间那道凹痕，月光这么一照，细微的差别也一笔勾销了。满满一地的花生，白生生的，就像一堆蚕茧。

“太阳打西边出来啦！”

蓝英子感慨的不是婆婆家的院子夜里晒着花生，她感慨的是，天黑了，婆婆家竟还把花生晒在院子里！平时晒个东西生怕风吹跑了，太阳打西边出来啦！

刚嫁到这个院子来的时候，蓝英子没少听公公婆婆在院子里气急败坏地骂风，昨天的风把晒在院子里的玉米吹走了多少多少，今天的风把晒在院子里的菜子吹走了多少多少，隔天的风又把晒在院子里的胡豆吹走了多少多少。蓝英子听得一头雾水，后来，渐渐才明白，人家那是在指桑骂槐哪！不光是婆婆家的人在骂，男人的大姐也骂过不少回。再后来，蓝英子发现自个儿晒在院子里的粮食也经常莫名其妙地被风吹走。直到有一天，蓝英子上街回来的时候，撞见鬼鬼祟祟的大哥和大嫂在大门紧锁的婆婆家门前，默契又麻利地往一只蛇皮口袋里装着那晒在院子里刚挖回不久的土豆。蓝英子的脑袋这才像是被人用钻子钻了一个洞似的，迷雾一哄而散，她终于看清了风的真实形状，瞬间明白了，大哥大嫂手脚不干净。偷东西的明明是大哥大嫂两口子，但蓝英子那天就像自己在做贼似的，心跳得咚咚咚的，她一个转身，去了河边，家也不好意思回。

人心隔肚皮，刘家院子的几家人，隔着的不仅仅是肚皮。

家是一棵树，刘家院子几户人家虽说都是从刘老汉身上开枝散叶出来的，但毕竟不是一家人了，各顾各，好生活。除了幺弟留在老屋跟婆婆一家人过日子，其余的在成家后都被刘老汉分家分了出去。

月光下满满一地蚕茧似的花生，使得蓝英子脑海浮现出那次大哥和大嫂牵着蛇皮口袋偷土豆的画面。真有趣啊。

四

喂猪的刘老汉被傍黑扯猪草回屋的儿媳妇蓝英子吓了一跳，手上用来喂猪的铲铲也不小心掉在猪圈里，跟几坨臭烘烘的猪屎来了个深情无比的“拥抱”。现在，他不得不睁大自己的老花眼，弯下腰下来，去摸索那像是已经溶解在夜色中的猪食铲铲。本来举手之劳的事情，因为刘老汉眼睛的问题，又基于暮色不断加深的缘故，在本来就光线不好的暗沉沉猪圈里面，情况一下子变得复杂起来。

刘老汉半蹲着环地浑水摸鱼似的摸了一圈又一圈，就是没能够到他想要的东西，空气的密度不够似的，模糊一片，什么都看不清。但不是没有收获，他有着厚厚死茧的巴掌上沾满了小猪们刚刚排出的新鲜粪便，滑腻腻的，臭烘烘的，恶心透了。

“我不相信，你还长翅膀飞了不成！”

刘老汉一遍遍在圈里摸索着，搜索的范围不断扩大，却依然一无所获，刘老汉急得满头大汗。太失败了。一种庄稼人的执拗又让他难以选择接受退让，从容离开。他产生了极其强烈的负面情绪。今天，就是往猪圈里扔颗手榴弹或者炸药包什么的，也要把掉在猪圈里的猪食铲铲炸出来！

找了好长一会儿，刘老汉没辙了，想到院子里的花生还没收回屋呢，本来打算喂了猪就接着干的活，现在都没有干成，耽搁了这么长时间，他不由得心急如焚。天说黑就黑了，水灵灵的月亮也出来了。月亮像个粉刷匠，把猪圈外边儿的广阔世界刷得白白亮亮的。猪圈里面呢，反而更黑了，就像掺了墨汁似的，黑咕隆咚，啥都看不见了，连猪都看不见了。

一筹莫展、迟迟不肯离开猪圈的刘老汉，隐隐听到了孩儿们在院子里亮出的欢声笑语，终于想起了什么似的，大声吆喝起来：“大毛，天牛，你们赶紧过来，爷爷给你们拿好吃的！”

刘老汉撒了个谎，他的荷包里没有水果糖，他清楚孙子们的兴趣，自己如果不这么喊，两个兔崽子肯定不会凑到自己面前来。刘老汉这么一喊，大儿子的大儿子大毛听见了，大女儿的大儿子天牛听见了，二儿子的媳妇蓝英子也听见了。

大毛听到爷爷在猪圈里召唤自己，一阵风似的奔了过去。

大毛跑得飞快，天牛自然不甘人后，大毛前脚刚走，后脚就追了上去。

“爷爷，你在叫我们？”大毛问。

“是。”

“叫我们干吗？”

“请你们帮忙，当爷爷的眼睛。”

“当你的眼睛？你又不是瞎子，我们凭啥给你当眼睛？”

大毛是刘家院子的孩子王，自始至终掌握着话语权，领导着群众思想。

“帮我找下猪食铲铲，刚掉在圈里啦！找到了有糖吃。”

“猪圈那么脏，我不进来，就是给我糖，我也不吃！”大毛斩钉截铁地表示。

“我也不吃。”天牛也跟着斩钉截铁地表示。

“爷爷，我们不吃糖！”两个更小的孩子也异口同声地吆喝。

“一群白眼狼！”刘老汉肺都气炸了，对于孩子们赤裸裸的拒绝，他似乎并不甘心，又说：“那你们谁去喊婆婆，把手电筒给我拿来！”

“你刚才想让我们当你的眼睛，现在，又想让我们当你的腿，没门！”

大毛说完，扮了个鬼脸，转身对其余几个孩子说：“走，我们不理他！”

眨眼间，孩子们就像刘老汉手头那掉落在猪圈里的猪食铲铲，无影无踪。他们呼啦啦地跑过蓝英子面前，呼啦啦地回了各自的家。

“××××××，真是反了天了！”

刘老汉忍不住恶狠狠地骂了一句。

刘老汉到猪圈喂猪，喂了半天都没回屋，难道老头子把自己也给猪当成晚餐被嚼了吃了吗？皮大娘出于担心，决定到现场看看情况。屋在院子中间，刘老汉家的猪圈则在蓝英子家猪圈的隔壁，那棵挺拔的空心梧桐树下面——梧桐树是当年刘老汉跟媳妇皮大娘刚成家时栽下的。当然，那时候皮大娘还不是皮大娘，如今，树大了，年轻小两口变成了老两口。少年夫妻老来伴，出于关心，她决定到猪圈看看。其实也就几十步路，但她出远门似的，把门锁上了，又不放心地望了一眼院子里的花生——万一起风了呢，那会儿刘老汉出门喂猪的时候也是如此交代的，要她看着晒在院里的花生。

皮大娘一步三回头，屁颠屁颠地走向自家猪圈。

路过儿媳妇蓝英子家门口的时候，皮大娘忍不住侧脸看了几眼黑灯瞎火的老二家，大门敞开着，像一张惊愕的嘴，快要把人吸进去似的。皮大娘没看见坐在院子里的蓝英子，蓝英子倒是看见她了，没说话，她知道婆婆没看见她。并且，她听见婆婆锁门的声音，她暗自发笑，觉得婆婆锁门，纯属脱了裤子放屁。

可真有意思！生活波澜不惊，实则暗流涌动，细细观察那些细枝末节，即使是芝麻蒜皮的小事，也会发现不少秘密——惊人的秘密。不过说起来好像也没自己什么事。气歇够了，肚子敲锣打鼓似的，蓝英子就起身回屋做饭去了。

皮大娘刚好听见了这句骂人的话，一下子老泪纵横，哭了起来，呻唤道："我的妈哎，刘仕宝，你是不是老糊涂了？我的妈哎，这么不要脸的话你都说得出来！我的妈哦，半截身子都埋土里的人了，你骂出这样的话，人家兔子还不吃窝边草呢！"

人家兔子还不吃窝边草呢！

皮大娘的哭声和话语就像长了一双手似的，把气头上的刘老汉从愤怒的泥潭里拔了出来，刘老汉这才意识到自己说错话了，头皮不由得一阵发麻！他解释说：“我不是那个意思！你别在那儿煽风点火，血口喷人！”

“我的妈哎，狗嘴里吐不出象牙，明明是自己说的话，不敢认账了！”

“哭个屁，信不信，回屋老子打死你！”

皮大娘从年轻到现在没少听这样的话，以前害怕，现在不怕了，就说：“你打死我吧！我活够了，也不想活了，我的妈哎，我如何在儿女面前抬头？这张老脸又该往哪里搁？！”

皮大娘说完，又接着哭了起来，哭得上气不接下气，哭得都要坐到地上去了。梅镇有个比较有趣的说法，老人不是老人，只是变老了的孩子。此刻皮大娘就不像一个老人，而是一个被岁月的放大镜——放大了的孩子。

隔着圈墙，刘老汉忍不住跟皮大娘拌起嘴来：“臭婆娘，你好意思跟我说这些？当年你和教书匠方士净在老子睡房干好事，被老子抓了个正着，我跟那狗日的从睡房打到院子，从院子打到河坝，从河这边打到河对岸。本来势均力敌，但你胳膊肘往外拐，害得我额头被那臭老九用小板凳砸了一个拳头大的包，老婆子，你记不记得？你现在还好意思跟我说脸？乌鸦说猪黑，自己不觉得！撒泡尿照照镜子！”

本来只想撒撒气的皮大娘彻底蒙了。她做梦都不曾想到，刘老汉居然家丑外扬，哪壶不开提哪壶，当着自己的面，把这笔旧账翻了出来……

“砍脑壳的，你存心不要我活啦！我去死！”

皮大娘又羞又恼，满头黑发都要急白了，恨不能一头撞在猪圈上！

“随便，要死死远点！”

“砍脑壳的，你存心不要我活啦！我去死！”

皮大娘把刚才的话重复了一遍。

“大河没盖盖子！”

刘老汉气鼓鼓地说。

“大河没盖盖子！”

皮大娘一下子愣在那里。这句话如此熟悉，也如此陌生，仿佛天上遥远的星光。皮大娘年轻那会儿，这话听了没有一千遍，也足有好几百遍了。而她泥沙俱下的嘴上，则满怀绝望地死过无数次了。更绝望的是，刘老汉不仅不怕她寻短见，甚至用这句话刺激她，好像她就是个累赘，巴不得她拍拍屁股一走了之似的。一次次的赴汤蹈火，却有心栽花花不开，但皮大娘确实从未让刘老汉失望，她在地摊上买过农药、老鼠药，跳过喇叭河，在树林子里上过吊。皮大娘到现在还没死掉，身体发肤，受之父母，死，对她而言，不过是作为一个弱女子，在围城里最后的负隅顽抗——刘老汉在家里素来唯我独尊，说一不二。听刘老汉说“大河没盖盖子”，皮大娘止住了哭闹声，好像这句久违的话带来的不是恶毒的挑衅，而是一股子清风，吹醒了她的记忆，她想起了从前那一串串鸡飞狗跳的日子。熬了这么多年了，怎么能说死就死？至于刘老汉耿耿于怀的那件事，大概是皮大娘这辈子唯一不愿触碰的禁忌，比起年轻时到处拈花惹草的刘老汉，似乎又不值一提。她只是不理解，这么多年过去了，为何刘老汉仍然耿耿于怀，好像自己一辈子都欠他，而他的那些风流韵事，每次都能被自己轻易地原谅，到最后反而一尘不染。这就是差别，不光是皮大娘和刘老汉的差别，也是女人和男人的差别，仿佛是某种古老的色彩，深深涂画在他们的意识和生活之中。

想了一番往事，皮大娘终于回过神来，她已经无心恋战，又自觉理当对刘老汉的恶言恶语作出必要的回应，于是，她决定为自己说句公道话："砍脑壳的，你死了我都不得死！大哥莫说二哥，你也不是省油的灯！"

吵得不可开交的老两口没想到的是，十几米开外，在自家灶屋做饭的蓝英子听着他们拌嘴，感觉晚上炒菜的油盐都不用放了。院子里的花边新闻可真不少呐！

"有多远滚多远！"

刘老汉粗暴地吼了一声，又说了句"使狗不如自走"的话，便挪着脚步想打开圈门，回家取手电筒。

刘老汉还没走出黑漆漆的圈门，只觉得霎时间天旋地转，两眼一黑，双腿一软，一头磕在硬邦邦的猪圈石墙上，然后在一声长长的痛苦的“哎呀”声中栽倒在地上，失去了知觉。

吵了一架，兜着一肚子气的皮大娘没走几步，就听见身后传来两声闷响，好像空气里突然下了两个蛋似的，还有一声长长的痛苦的“哎呀”声，夹在这两个蛋似的闷响中间。用皮大娘后来的话说，正是这两声好像空气里突然下了两个蛋似的闷响，引起了她的警惕，她于是转身，却不见刘老汉的人了，三步并作两步走上前，划了根火柴，凑近看，这才隐约看见刘老汉像煮熟的面条一样，歪倒在臭烘烘的猪圈里，不省人事了。

“砍脑壳的哟，你别吓我！”

皮大娘撕心裂肺地吆喝起来。

五

或许是被皮大娘撕心裂肺的吆喝声吓破了胆子，或许是嫦娥姑娘已经熄灯就寝，好好挂在天上的一盏明灯，忽然之间，整个儿地熄掉了，不见了。梅镇银色的山啊水啊屋顶啊，一下子变得黑漆漆的，看不见了，唯有镇上的灯火与漫天繁星遥相呼应。

原本晴朗恬静的夜晚，因了喇叭河畔的刘老汉突然晕倒在自家猪圈，变得乌云密布。谁都不想遇到的事，偏偏落在刘家枝枝叶叶的头上，想躲都躲不掉。既然遇见了，只需两个字便可将一大家人那不同心思里那些不同的感受收拢，那就是：

麻烦。

在皮大娘的哭天喊地的召唤声中，已经开枝散叶的满堂儿孙一阵风似的，眨眼间聚集到了事发现场，并且七手八脚地将躺在猪屎猪尿中的刘老汉抬了出来。

众人围成一圈，像不准躺在水泥院子中间的那个人离开他的生命似的，场面颇为凄凉、动人。蓝英子和大嫂碍于面子，站在圈外，每人手上亮着一支手电筒，在黑夜用肥沃的光芒，从两个完全不同的角度挖出两个洞来，让众人在茫茫的黑夜里感觉自己的眼睛并没有死去。

刘老汉已经失去意识，他肯定不会知道，此时他两个儿媳的腿肚子不知是出于激动还是不安，剧烈颤抖着，好像腿肚子里有星星在闪呢！

出大事啦！

晚饭没来得及喂到嘴边的蓝英子精神抖擞，出于对肚里孩子的使命和某些顾忌，她并没有走得太近。

事情来得有些突然，皮大娘心焦焦的，人老了力气薄，帮不上忙，就只有哭。生活不相信眼泪，但皮大娘还是想哭，这哭的背后一方面是为了刘老汉的安危着想，毕竟夫妻一场；另一方面则纯粹是对自己今后命运的怀疑。她站着哭了一会儿，又坐着哭了一会儿，哭得一大群人也都跟着心焦焦的，手足无措，乱了方寸。

“赶紧送卫生院啊！”

不知是谁喊了一句，大家这才如梦初醒。

“是啊，你们还傻兮兮愣着干吗？”

哭得正起劲儿的皮大娘显然一心二用了，她听到这句话，瞬间意识到自己的哭，不过是画蛇添足，忙中添乱。人命关天呢，眼下最主要的还是解决问题，她便大声吆喝着指挥起来。皮大娘语气的强硬和居高临下，好像刘老汉附体一般，往日里，躺在地上这个脏兮兮、狼狈不堪的老男人正是如此大大咧咧使唤别人的——主要是她，以及一堆儿女。

“大惊小怪！”

“站着说话不腰疼！”

皮大娘的话有些直了。热脸贴了冷屁股，儿女们听得一肚子气，我们这是在帮忙呢，不是在给你当“服务员”！不过，看在人命关天的份上，没人站出来跟皮大娘啰里啰唆，一帮人这才想起自己长手长脚似的，纷纷行动起来。

刘老汉的大儿子刘甲，走到父亲面前，缓缓蹲下身子，伸出一根手指，电笔似的插在刘老汉的鼻孔面前，试了试。

“气气还在。”

刘甲报喜似的告诉大家。

乡下人讲究体面，在家里可以穿得破破烂烂，但出门在外绝对不行，好歹得换身干净衣裳。对大家而言，刘老汉也是他们的面子呢，几个人七手八脚剥洋葱似的剥下刘老汉的脏衣服，为他换了身行头，这才浩浩荡荡地朝镇上大步流星地走去。

在送因脑出血突发而昏迷不醒的刘老汉去梅镇卫生院的路上，一群人默不作声地走着，脚踩过的泥面在身后落下了一长串混乱的脚印，仿佛葡萄架上成串成串的葡萄。喇叭河不知疲倦的流淌声爬上河床，打湿了一群人的耳朵，脚下的路，也湿漉漉的。

刘家院子里但凡在家的，现在都跟着出门了，皮大娘，老幺，大哥大嫂，大姐大姐夫，还有大毛和天牛，刘老汉由大儿子和大女婿轮流背着，走在最前面；肚皮鼓成小山似的蓝英子跟两个侄儿走在最后。

“二娃哪里去了？”

走着走着，刘乙的大姐刘梅忽然转头问了一句。沉默瞬间被打破，像衣服忽然裂开一道口子来，蓝英子知道在问自己，但对大姐酸溜溜的语气有些不悦，那意思好像是在说，刘乙在故意逃避责任似的。

“刘乙没在家，早上到镇里办事，现在还没落屋。”

蓝英子如实回答。

“怪不得。”

刘梅欲言又止似的说了一句。前些日子，刘乙悄咪咪走上门来，好话说了一箩筐，从她手头借了一千块钱，说尽快还。一千块钱不是小数目，刘梅知道钱刘乙要么打麻将输光了，要么拿去还了赌债，毕竟都是一个妈生的，她不想出卖刘乙，刘乙也恳求她不要告诉蓝英子，给他留点面子。面子值几个钱呢？

刘梅现在有些后悔，后悔不该把钱借给刘乙，说个难听的话，真是自作自受，借钱给别人想要就要，借给刘乙呢，话说多了还容易得罪人。

蓝英子没有接话，常在水边走哪能不湿鞋，她不想被夹在这个话题中间。心里面自然是有点儿不舒服。这大姐闲事管得有点宽了。

闲事管得宽，莫得裤子穿！蓝英子心头气鼓鼓的。

卫生院黑咕隆咚，一个人影没有。值夜班的医生死哪里去啦？刘甲气呼呼地敲着卫生院的玻璃门，恨不得把它拍碎似的。刘甲是急性子，遇事嘴巴说不出来，只会发脾气，只一个劲儿将拳头捏得嘎嘣嘎嘣响。

等了好一阵儿，一个穿着军绿色大衣的老头儿从值班室走了出来，见门口黑压压站着一群人，便问："你们找谁？"

刘梅赶忙回答："找医生，我爸晕倒了！"

老头儿"哦"了一声，在荷包里摸了半天钥匙，这才开了门。

"你们稍等，我找李医生去。"

老头说着，大步走出卫生院大门。

卫生院的李医生在清一色麻将馆抓"副业"——打麻将，专门叮嘱过老头，有事去叫他。

很快，一个戴黑色边框眼镜的中年男人急匆匆走到众人面前，看着耷拉着脑袋被刘乙幺弟刘丁搂在怀里的刘老汉，问："他怎么了？"

刘甲听了这句话很不高兴，说：“我们晓得个铲铲，要是晓得怎么了，能往你卫生院跑？！”

“医生，快救救他吧，老头子突然晕倒在猪圈了。”

皮大娘一边说，一边给大儿子递眼色，示意他别多嘴。

“估计是脑出血，老年人爱犯这病！特别严重啊！”

眼镜医生从荷包里掏出一支小手电筒，翻开刘老汉的眼皮子照了照，又掰开他满嘴黄牙的嘴巴往喉咙里照了照，一边摇头一边说，有些束手无策的样子。

医生一番话，让一伙人的心沉甸甸的，就像有鱼儿上钩的鱼竿，猛然下坠着。

“你们赶紧把他带到我的办公室来，我再好好检查检查！”医生又嘱咐道。

“老天爷，这可怎么办呀？”

皮大娘唱歌似的悲吟。家是一棵树，刘老汉就是刘家这棵树上最大的一片叶子。但是，怎么说呢？树再大，再枝繁叶茂，也是要落叶子的。少年夫妻老来伴，刘老汉满一个甲子才几年时间，不管怎么说，就是要去见马克思，理应再等几年才对；就是要去见马克思，也该让自己先去才对。皮大娘暗中向菩萨祈祷着。

就在刘甲准备将刘老汉抱进医生办公室时，刘老汉的眼皮忽然睁开了，迸发着一种异常生动凛冽的光芒。

“先别动。”

不知谁说了一句。

刘老汉望着家人，最后把目光定格在自己女人身上，他说：“我这是在哪里？”

“卫生院。”

皮大娘告诉他。

“我不是在猪圈吗？”

“你在猪圈里晕了过去，我们把你送到卫生院来了。”

“我把猪屎铲铲落在猪圈里面了，都不帮我捡。”

刘老汉委屈巴巴地说道，跟人告状似的。

说完，奄奄一息的刘老汉陷入了回忆，他想起傍黑自己提着一桶猪食走向猪圈，想起院子里明晃晃的月光，想起自己看见一道黑影远远从老棺山上下来，又想起自己刚刚做了一个梦。良久，刘老汉才自言自语似的说起话来：“刚刚，我做了一个梦，梦见我爷爷来接我，我跟着他的屁股一步步走进了白云洞，里头热闹得很，敲锣打鼓，吹拉弹唱，啥都有。刘丙、刘兰、刘竹、刘菊也都在，三个女子都长大成人了，比刘丙看到的还要老些，他们要我留到那里耍，感觉就像娃儿念书逃课似的，我想着没跟你们说，就自己回来了。”

刘老汉的一番话让一家人面面相觑，心惊肉跳。梅镇的人老了，大多埋在老棺山上；那白云洞，就在老棺山山顶上，原是一条地下暗河，夏天的时候从旁边路过，能听到里面哗啦啦的流水声，据老一辈人说，白云洞里面住有神仙呢。但这也许仅仅是个迷信说法，不过，白云洞自有神奇之处，逢缺雨少水的旱季，只要有人去白云洞站在洞外大吼几声，不一会儿，外面就会落雨。

听了刘老汉的一席话，皮大娘感觉天旋地转，两只脚杆就像被抽掉了骨头似的，绵软无力。她靠着卫生院的白墙努力站稳，生怕跌倒，目光则扫把一样，在一堆儿女中间徘徊。

往昔峥嵘岁月的片段渐次浮现在皮大娘心头，跟刘老汉过了大半辈子，除了老幺，两个儿子一个女儿都已成家立业，当然这只是剩下的，四儿四女总共八个，甲乙丙丁，梅兰竹菊。刘丙十年前用雷管在喇叭河炸鱼，鱼没炸到，把自己炸死了，刘兰、刘竹、刘菊死得更早，刚出生就没了。

刘老汉居然说到了死去的儿女们……

“老头子，别说了，别说了！”

皮大娘预感老头子这些话的目的，不是生离，而是死别啊，她眼泪哗哗地阻拦刘老汉再说下去。看得旁边的人也都眼泪汪汪的。

“我又不是三岁小孩，老婆子，就这样啦！”

刘老汉说完，便闭上眼睛。喇叭河畔上的刘老汉在跟家人说完话后，连续打了四个重重的嗝，便撒手人寰了。

六

梅镇上多数家庭责任分工明确，多是男人当家，女人管钱。

刘乙和蓝英子小两口却不是这样，刘乙是既当家，又管钱，手头自然就比一般的乡下男人阔绰。正是因为有这样的物质漏洞，梅镇街上一些好吃懒做、不务正业的酒肉朋友便盯上了刘乙，在他们的教唆下，刘乙很快迷上赌博，立竿见影，家里不多的存款就像进了无底洞似的，被他输了个精光。输红眼的刘乙却不思悔改，开始向亲朋好友伸手借钱，自不消说，钱照样打了水漂。这一切都是背着蓝英子秘密进行的，每次借钱，刘乙把别人的钱从别人的荷包里掏出来不说，还要把别人的嘴堵上，说千万不要让媳妇蓝英子知道，男子汉大丈夫，一人做事一人当。

父亲刘老汉在梅镇卫生院去世这天晚上，刘乙在镇上一家麻将馆赌了个通宵。

天麻麻亮，赌得脸色蜡黄的刘乙才打着哈欠，意犹未尽地下了桌子，在一家苍蝇馆子吃了二两美味的臊子面，一笼小笼包，付过账，这才风筝一样慢悠悠地往家赶。在外彻夜不归，这还是结婚以来头一遭，好在昨晚手红，赢了不少钱，这使得刘乙回家的底气足了几分。要是蓝英子追问起来，荷包里也有盾牌，硬通货对女人而言，比什么都管用。只不过这赢来的钱比起欠债，恐怕还不够塞牙缝的，看来以后还得多熬夜啊！刘乙一路走一路都在想如何从泥潭里爬出来，他想的是，等自己还了借来的钱，再赢回本钱，就不赌了。

天冷飕飕的，叶子从树上一片片飘零，像是一种提醒，刘乙走过灵官庙，远远看见刘家院子搭起一排长长的彩色帐篷，心里不由咯噔一跳。

一般来说，这帐篷是本地人办红白喜事才有的，但昨天出门，自己可什么都没听说啊。就在这当口，刘乙的大哥刘甲骑着自行车，逶迤而来。那自行车还是刘乙在江油帮忙买回来的，飞鸽牌。

“大哥，这么早出门啊？”

刘乙不冷不热地招呼道。平时，他不太愿意跟刘甲打交道，虽然是一个妈生的，但刘乙感觉他们兄弟就像两个妈生的似的，完全不是一路人。大哥文化浅，脾气却躁，顶好顶好地跟你聊着天，没准儿转眼就撕破脸，一拳把你打到河那边去。刘甲就是这样的人。

“你才早哦！”

刘甲看见是二弟刘乙，阴阳怪气地回了一句，他本想把父亲昨晚去世的噩耗一股脑儿地和盘托出，但心想又不急着这一时，便把想说的话咽了回去。

“上街啊？”

刘乙随随便便问了一句，便急着想往回赶，他一心想弄清那些帐篷是怎么回事，却没想过眼皮子底下就是路，问问大哥刘甲不就知道了吗？他好像忽略了这个。

“嗯啊，我上街买东西呀！”

刘甲见刘乙一副长话短说的样子，有些来气了！火烧眉毛，连自己父亲死了都不知道！刘乙呀！刘甲的目光里透出一丝同情！

“大哥，买什么啊？”

刘乙又问，但人已经向前走了好几步了。

“我买什么？我给你爸买纸！”

“你给爸买什么纸？卫生纸？”

刘乙嘴上说着，心里却暗暗骂了大哥一句——“神经病”，什么你爸你爸的，我爸还不是你爸！

“草纸！”刘甲高声回答，生怕刘乙听不见似的，说完了，他又补充了一句：“还有冥币、火炮子！”

“他要这些干什么？”

刘乙回过头，满脸疑惑不解。

“给他用呗！”

刘甲高声回答。

“大哥，咱爸咋啦？”

“你爸老了！”

刘甲自觉说到了正题，舒了口气。

梅镇的人从来不说人死了这样的丧气话，而是换了一个委婉的说法——老了。刘乙知道，老了就是死了的意思。听大哥这么一说，他顿时有一种天崩地裂的幻灭感。怎么可能！开什么玩笑！

“大哥，你别胡说八道！爸昨天好好的呢，怎么会……”

“你爸昨天白天是好好的，但晚上就不行了，昨天晚上喂猪的时候晕倒了，赶忙送到卫生院，医生说是脑出血，没想到的是，去卫生院来得快，你爸去得也快，没多长时间，气气就断了。”

刘甲说着，眼泪就落了下来。

刘乙没想到自己打麻将的第一个通宵，就出了这么大的事，不由得跟着哭了起来，他哭着说：“真是太突然啦！大哥，爸走的时候没说什么？”

“说了啊，在卫生院，可能是回光返照。你爸醒了过来，他说他做了一个梦，梦见他爷爷来接他，他跟着他爷爷的屁股一步步走进了白云洞，里头热闹得很，敲锣打鼓，吹拉弹唱，见啥都有，刘丙、刘兰、刘竹、刘菊也都在，三个女子都长大成人了，比刘丙看到的还要老些。他们要他留到那里耍，感觉就像娃儿念书逃课似的，他说他想着没跟家里人汇报，就自己回来了。”

刘甲把刘老汉的话大致重复了一遍。

中间，刘乙纠正了他一下，大哥把“回光返照”说成了“回光照返”。

“就这些了？”

刘甲又想了想，告诉他："妈要他别乱说了，但老头子接着说了句自己不是三岁小孩什么的，老婆子，就这样啦！嗯，你爸这辈子最后一句话就是这么说的。"

说完，刘甲故意揉了揉眼睛。但刘乙知道大哥只是做样子罢了，他跟父亲从来就是针尖对麦芒，势不两立呢。

看来大哥并不像在跟自己开黑色玩笑，父亲老了是铁板钉钉的事情，有那么小小的一瞬间，他看到父亲刘老汉戴着他的圆圆帽，笑眯眯地踩着乡间小路远去的样子。父亲老了！刘乙来不及跟大哥道别，打起精神，一阵风似的朝屋头跑去。

刘乙气喘吁吁地踏进院子。平时冷冷清清的院子今天显得格外闹热，又格外悲凉，到处都是人，不苟言笑的老老少少，齐聚一堂。天没亮之前，刘老汉的噩耗已经在村子里传开了，来得这么早，多是来帮忙的乡里乡亲。他们整个村子就是这样，但凡哪家遇到这样的事，不用通知，都主动上门帮忙。

每个人都在忙，没有人跟自己打招呼，刘乙感到自己就像一个不受欢迎的客人，插进了人堆。心情十分悲痛的他看见蓝英子正挺着大肚子在用红砖搭起来的锅炉旁烧水。就走了过去。

"我回来了。"

刘乙跟蓝英子打报告。

"快去给爸烧点纸钱吧。"

这样的场合，蓝英子连生气的力气都没有了，只朝一夜未归的刘乙淡淡瞟了一眼，便继续埋头做事。

刘乙点了点头，说：“马上。”

父亲突然撒手人寰，刘乙悲痛不已，他想痛哭一场，又觉得不合时宜，一个大男人哭哭咧咧成何体统！此外，空气里似乎隐藏着一股语言难以描述的荒诞或者冷幽默，让他有点想笑——不知为什么。此刻，他想到的是，这些年，家里除了幺弟刘丁，其他兄弟姊妹，包括母亲的骨子里，恐怕都跟自己一样多多少少埋着对父亲的恨意吧。在刘氏大家庭里，刘老汉素来就是一个集父权思想于一身的皇帝样的人物，独断专行、冷漠无情、狭隘自私，思想上不光重男轻女，还是个偏心眼儿——俗话说，皇帝爱长子，百姓爱幺儿。刘乙明面上从不多言多语，但心头早就对父亲恨之入骨。一个恨之入骨的人死了，有什么好伤心的？刘乙就是这么想的，夹在某种丧失和情愫之间，灵魂在荡着秋千。

过场是必须要走的。刘乙缓缓来到父亲的灵台前面，在一口黑色的大铁锅里面烧了些纸，又烧了些冥币。一个字也没说。说来也怪，院子里清风雅静的，但那些纸币仿佛借助了暗中的某些力量，飞了起来，在空中盘旋。

刘乙并不觉得奇怪，他毫无杂念地看着面前支起的这口铁锅——终于明白自己为何想要发笑了。铁锅是刘老汉分家时分给自己的，是自己被逐出家门得到的为数不多的家产之一。刘乙当时挺不服气，感觉刘老汉在羞辱他，他无可奈何，心底暗暗发誓，哪天要是飞黄腾达，一定要弄个博物馆把分家时得到的那些破铜烂铁收起来当文物展览！他记得当时就是这么想的。

现在，父亲死了，分到自己家里的，以及分给大哥、大姐家的那些家具物什，一件件也像是受了逝者的召唤，在父亲的葬礼上再次聚拢、重逢。烧过纸钱，刘乙的心情已然平复，他掏出荷包里的烟，开始殷勤地招呼前来帮忙的乡亲父老。他像一只蚂蚁，忙得团团转。

七

日子不像那些公路上轰一脚油门跑得飞叉叉的交通工具，更没有刹车，倒像喇叭河的水，不舍昼夜地缓缓流着、淌着，绝不会因为个别生命的凋零停止前进的步伐，凝滞在某种轻浮而又多余的悲悼之中。

喇叭河畔的刘老汉因脑出血突然身亡的三个月后，被冰雪封冻的大地渐渐松软，风也一日一日地暖和起来，不知从哪儿飞来的喜鹊，在刘家院子的那棵梧桐树上叽叽喳喳地唱着闹着。立了春，院子对岸的山峦也不再枯黄，失去禁锢的草啊叶子啊，就像被打了催生素似的，纷纷直起嫩绿嫩绿的腰来，用昂扬的绿意熏陶着人们的眼睛。

预产期临近，肚子已经高高隆起的蓝英子整日大门不出，二门不迈，吃喝拉撒，都由刘乙伺候着。有时候，还浸泡在丧夫之痛中的婆婆皮大娘也从隔壁端来一碗热气腾腾的猪脚汤，或者是香菇炖鸡，嘴里吆喝着：“趁热吃了吧，快趁热吃了吧！”

别人不说，蓝英子自己心知肚明，如此待遇，肚里的孩子有很大的功劳。

每天做完该做的事，刘乙照样到梅镇街上打麻将。只是跟之前比起来，多了一些无畏和体面，兴许是即将为人父的喜悦与豪迈，使得他不再遮遮掩掩，而是正大光明，就像电视里的运动员似的，无论输赢，都不再是他一个人的事，而是一个家庭的。蓝英子知道男人迷上了赌博，欠下不少赌债，心里烦恼，嘴上却不敢说三道四，刘乙毕竟是个男人，就由他去吧！与此同时，就像怀着刘乙的孩子一样，蓝英子的精神上亦怀着刘乙赌博时的某种侥幸，钱是家里的，刘乙不一定会赢钱，但总不可能故意把钱输给别人嘛——又不是傻！

每天窝在屋里，蓝英子感到自己像没晒干就搁进屋头的粮食，浑身上下都要发霉了。不是看电视，就是看书。电视是长虹牌，黑白的，最近老是开小差，故障频频，正看到兴头上，突然就变脸了，白点黑点密密麻麻镶嵌在巴掌大的屏幕上，还发出令人起鸡皮疙瘩的沙沙声——就好像有一堆毛毛虫在银幕后面歌唱。至于书嘛，只有一本颜色发黄弥散着陈年气息的小说集，日本一个名叫水上勉的作家写的，书名叫《水上勉选集》。

枯燥的日常生活仿佛一杯白开水，而这本刘乙20世纪80年代从收破烂的老头儿那儿随手带回来的书，犹如一撮茶叶或者盐巴，帮助读过几年小学的蓝英子打发了不少时间。岁月在生长，人也在变，蓝英子做梦都不曾想到，以前在学校对学习从不感兴趣的自己，在嫁作人妇后居然会捧着一本外国人的书，读得津津有味。从前言的介绍里，蓝英子得知，水上勉不过是一个穷木匠的儿子，她由此产生了许多愉快的共鸣，既然人家都可以写书，我一个乡下妇女就不能看书？书里的那些故事通俗易懂，蓝英子每读完一篇，都会不由自主地惆怅一番，有时候还会抹眼泪——书里有很多不幸的女人们的命运，令她身临其境，令她伤心。读到后来，她甚至有点舍不得往下读了，用个不恰当的比喻，这就好比狗啃骨头，总有啃完的时候，她不忍心一下子把这根骨头啃完。

这天上午，在自家光线昏暗的堂屋，坐在满是窟窿的旧沙发上，读过一篇叫《越前竹偶》的小说之后，蓝英子久久不能释怀，悲伤又耐人寻味的故事使她热泪盈眶。这一幕，被准备上街打麻将的刘乙撞了个正着。

“媳妇儿，好端端的，你哭个啥？”

刘乙望着正在把《水上勉选集》轻轻合上的蓝英子。

“我在看小说。”

蓝英子解释着，把书合上了，却没有把男人的心合上，反倒是让刘乙猜忌起来，以为蓝英子在书里隐藏了什么惊天秘密似的。

“看书能看哭？”

刘乙忍不住走到媳妇面前，想拿过书检查一番。

“这个故事好悲惨啊！”

蓝英子说着，也看清了男人的意图，她主动把书递给了刘乙。

刘乙把书拿在手上翻了翻，确实没有看到什么秘密，又将书递回蓝英子手上，不无讽刺地说：“不过是骗人的把戏，至于这样吗？你可千万别看成了书呆子啊！”

“比你天天打麻将好！天天窝在屋里，我快疯了！”

蓝英子不满刘乙蛮不讲理的话，又不知如何反驳。读书人看不起文盲理所应当，但文盲看不起读书人，让蓝英子觉得有点委屈，有点荒唐，感觉就好像世界长反了一样！刘乙说的书呆子，是梅镇众所周知的一个年轻精神病患者，经常在街上和学校门口转悠，逢人便问：“需要帮忙解题吗？两毛钱一道，包教包会！”其实谁都不知道书呆子是怎么疯掉的，据说，那年轻人读书时成绩优异，久而久之，本地人都叫那年轻人——书呆子。

“一个农民，读再多的书，都等于零。”

刘乙一锤定音似的说道。

“这本书是你的呢！”

蓝英子不服气。

“是我的，是我的，我没说不是老子的！你是老子的，你肚里的儿子是老子的，老子总不能随时挂在嘴上！”

刘乙用一连串老子，把自己的口是心非或者说无理取闹发挥到了极致，他已经无心恋战，但这不是借口——深究起来，其实原来自己也挺喜欢读书的，只不过那些书都有颜色，假如没有那种颜色作为背景的话，对他而言，就像吃饭没有菜一样，难以下咽。在肾上腺激素分泌旺盛的青春期，刘乙就像一头擅长觅食的鲨鱼，在茫茫书海中乐此不疲地寻找着那些闪烁着性的火光的描述和言辞，以此得到安慰，满足需要。蓝英子手头这本《水上勉选集》，正是当年刘乙为了谋求快感的一笔宝贵遗产，遗憾的是，这本书没能给他带来太多的遐想空间；幸运的是，最终只有它幸存下来，在一个普普通通的农民家庭，显得很是别致，突兀，荒凉。蓝英子心想，这本选集大概也是家中除了神龛之外，能够见到文字最多的东西了。

“又来了又来了！没长透视眼，你怎么看出肚里的孩子是儿子？我看呀，你是想儿子想疯了吧！告诉你，昨晚我梦见鱼啦，我梦见好多鱼在我身上游来游去！”

最近这段时间，刘乙经常问起蓝英子梦见什么了。

蓝英子是故意这么说的。老辈人有个迷信说法，产妇梦见蛇多半生儿子，梦见鱼多半是个女儿。刘乙一直想要蓝英子给他生个带把儿的，看样子是想到骨子里了。天天就这样在蓝英子面前念叨，儿子这样、儿子那样的。他的用意明显，“心诚则灵”嘛！

真是无可救药。

“别胡说！你真的梦到鱼啦？”

刘乙听蓝英子这么一说，脸上有些不悦，心头有些沮丧。

“骗你的。”

蓝英子见刘乙失魂落魄的样子，只好实话实说，说完，又嘟囔一句：“我看，女儿挺好的，贴心的小棉袄，有啥不好？”

“你别在那里乌鸦嘴！女儿早晚得嫁人，泼出去的水，有啥好！”

“马上21世纪了，你这重男轻女的思想，是够我无语的了。”

“兄弟姊妹都生的儿子，你生个女儿，那才叫无语！”

“……没法跟你说，反正是你犁的庄稼，撒的种子，生儿生女，又不是我说了算。”

蓝英子觉得刘乙就像一件刚刚出土的古代文物，脑袋里的灰，真够厚哪！

“就这么着吧，我打麻将去啦！”

刘乙说着，感到两只手像是被一群蚊子咬过似的，痒痒得不行，一瓶花露水用完都不管用。奇怪的是，只要坐到牌桌上，全好了，精神也倍儿棒，好得不行。他三步并作两步走出堂屋，骑着自行车，风风火火地到街上打麻将去了。

蓝英子望着刘乙远去的背影，一声轻叹。

她感到有股语言无法描述的寂寞空虚，寂寞空虚得就像手上这本小说集。

八

这天吃过晌午饭，刘乙一如既往急匆匆地出门打麻将去了。出门前，他特地驻足转身叮嘱蓝英子，要是有临产征兆，马上派人到街上趁手红麻将馆跟他报信。他还跟蓝英子信誓旦旦地表示，自己一定好好战斗，抓住机会，多给儿子赢点奶粉钱。蓝英子哭笑不得，又无可奈何，在她看来，刘乙早已无可救药。

由他去吧！反正话说了一箩筐，也只是废话。蓝英子心想。

今天风和日丽，天气不错。情窦初开似的山峦和土地在光的栅栏中涌现出勃勃生机，一抹抹的绿，一声声鸟鸣，一缕缕的风，蓝的天，白的云，都让这个名叫蓝英子的大肚子女人心生欢喜，欢喜得心都空了。因此，刘乙前脚刚走，蓝英子后脚就搬了家里的那把老藤椅，拿了个坐垫，到院子里坐下，一边看书——还是家里那本泛黄的《水上勉选集》，一边晒太阳。生命需要阳光的滋润和抚慰，草木如此，人亦如此。今天感觉如此奇特。享受着白花花阳光的蓝英子觉得，自己的生命正随着斑斓的阳光一点点化开了似的，无比轻松、惬意。

她翻开书，将留作记号的折页抚平，开始看一篇名叫《桑孩儿》的小说。

您知道桑孩儿的故事吗？是一个从桑地里长出孩

子来的故事。这种故事对作家您来说，也许不算什么稀奇事吧。在北陆一带的穷苦村子里，田地本来就有限，所以孩子一多，只好采取“间苗”的办法。第三子、第四子以下就得丢弃，这是无可奈何的事。大约在明治十三年之前，这种“间苗”的做法是无可厚非的。有些母亲还认认真真地去派出所报告说：“养了个男孩，用湿毛巾捂住孩子的嘴，把他闷死了，请多包涵。”派出所的警察便视而不见地欺上瞒下处置了过去……我们住的村子也是个盛行“间苗”做法的地方哪……

日本真是个变态的国家，竟有如此奇风陋俗！蓝英子目不转睛地读着，既吃惊又好奇，虽说是日本作家写的日本故事，但对她这个地地道道的中国村妇而言，也毫无阅读障碍，尤其是那“间苗”的说法，可以说熟得不能再熟，仿佛是在沸水里煮了三天三夜的鸡蛋。只不过，在她的印象中，“间苗”这样的做法通常都是在庄稼地里广泛应用，而眼下这个故事，分明讲述的是日本穷苦人给孩子“间苗”，虎毒还不食子呢，这日本人真是残忍！

“英子妹妹呀，闲心好呢，居然在看书！”

就在蓝英子读得入迷之际，一个女人的声音忽然飘进她的耳朵。蓝英子抬头一看，说话的不是别人，是刘乙的大姐刘梅。

“大姐！”

蓝英子客客气气地招呼了一声。

“打扰你了吧？看的啥啊？”

刘梅也一副空闲的样子，没话找话地跟蓝英子寒暄道。

“说哪里去了，没事干呢！我在看一个外国人写的小说。”

“是说你看得那么专心。外国啊，离我们天远地远的。你莫见笑，我这辈子就在我们这个镇上画圈圈，远门都没出过哩。”

“你说哪里去了。”

蓝英子不好意思继续埋头看书，索性合上书本，跟刘梅聊了起来。

“你看的是哪个国家的书啊，外国人写的字跟我们中国写的一样？”

刘梅感到自己请教了一个比较专业的问题，很是得意。她一边说，一边在藤椅旁边找了块空地，两手抹了抹灰尘，便就地坐下了。

“我读的是翻译成汉字的作品，不是原文。”

蓝英子解释道。

虽然说汉语，但对农村妇女刘梅而言，诸如翻译、小说这样的字眼的距离，就像孙悟空一个筋斗云，足足有十万八千里。既然话匣子打开了，刘梅便接着问了起来：“英子，书里写的啥吗？跟大姐摆下，反正没事，让大姐也开开眼界。”

“你想听？”

“想听。”

“真的？”

“真的。”

“那好嘛，我给你讲下这个故事……”

蓝英子于是跟大姐刘梅念起水上勉这篇名叫《桑孩儿》的小说来。

俗话说，无巧不成书，这话用在只是打算跟弟媳说说话打发时间的刘梅身上，再合适不过。机缘巧合，蓝英子因此撞上了一个惊人的秘密。

蓝英子断断续续、照本宣科似的念完这篇名为《桑孩儿》的小说，坐在地上的刘梅却很长时间如同挨了霜的石头，一动不动，久久缓不过神的样子。更叫人暗暗惊讶的是，刘梅麦麸色的深邃眼窝下边儿，挂着两道稀溜溜的泪痕——这个发现让蓝英子有点手足无措，她没想到，大姐居然比自己多愁善感。只是，她没有想到，在这些眼泪的后面，还有自己更没有想到的事，在这个遍地阳光的午后，一段不堪回首的往事，渐渐在岁月的水面上探出了脑袋。

“英子，桑孩儿的故事让我好难受啊！”

终于，刘梅说话了。

“大姐，这故事可能是人家瞎编的，当不得真。”

蓝英子说完，又补充了一句：“就像我们平时看的电视剧。”

“你不相信天下有这样的事？”

刘梅问蓝英子。

“你是说‘间苗’？我们本地就有这个做法啊，只不过我们针对的是庄稼，日本针对的是孩子。”

“其实咱们这儿也……”

刘梅意味深长地说了一句。

“大姐，你这话啥意思？我没听懂。”

蓝英子一头雾水地看着满脸被愁云罩住的刘梅。本来，念故事给刘梅听的人是她蓝英子，现在，蓝英子自己倒有些糊涂了。

“你是不知道，其实，我们这个家原来就‘间苗’过呢！”

刘梅又云里雾里地说了一句，说完，东张西望一番，生怕别人听见似的。

蓝英子惊得目瞪口呆：“大姐，你是说像桑孩儿那样，孩子生出来后被丢到地里去？”此刻，她心头升起一个不切实际的想法，要是大姐刘梅变成手上的这本书就好了，她一下子就读懂了。照她这样绕来绕去，真要把人绕晕不可。

“你还记得那天在卫生院我爸最后说的那番话吗？”

刘梅问蓝英子。

“记得啊。”

蓝英子回答。

“我爸说他做了一个梦，梦见他爷爷接他，然后他到了白云洞，里头热闹得很，敲锣打鼓，吹拉弹唱，啥都有。”

“嗯，爸是这样说的。”

刘梅又说：“我爸还提了几个人的名字，刘西、刘兰、刘竹、刘菊。其实，你不知道，我爸和我妈这辈子共有八个子女，四男四女，男是甲乙丙丁，女是梅兰竹菊。除了刘兰、刘竹、刘菊，你可能都见过。”

“嗯。啊！”

蓝英子表示在听。

“英子妹妹，大姐这辈子其实真是命苦呢！像桑孩儿那样命苦，只是，我三个妹妹命更苦！”

再想起《桑孩儿》这篇小说开头的话，蓝英子忍不住落泪，为刘梅，为她的姊妹，为女人。

“不怕你笑话，没扔掉我已经阿弥陀佛！活到现在，我什么都想得通，看得开呢！”

刘梅像一个乡村哲学家似的滔滔不绝。

“大姐，你不说这些我还真没意识到呢！从今往后，你若不嫌弃，就把我当亲妹妹看待吧！”

蓝英子忽然动情地表示。说完了，又觉得画蛇添足。

“好啊，实话实说，我有时候做梦还梦到她们呢！”

“一言为定！”

“一言为定！”

两个女人默契地注视着彼此，热泪盈眶，久久不语。

“龙门阵”结束以后，两个女人就各自回屋了。出于女人某种特殊心理使然，卧室里，蓝英子再次打开书，翻到《桑孩儿》这篇小说，在书页右上方小心翼翼折了三角形，权当记号。

她不想忘记这篇小说。

九

刘乙从趁手红麻将馆出来时天刚擦黑，原本有着厚厚一沓块票的荷包此时已变得空空荡荡。他现在身上拥有的，不过是一种壮志未酬的失落感，和沉甸甸的沮丧。

小心翼翼地走下麻将馆门前的水泥阶梯，刘乙冷不丁打了个寒战，他忍不住搓了搓手。望见隔壁的清一色麻将馆里，烟雾缭绕，几桌人激战正酣，一个个赌徒就像打了鸡血似的，聚精会神。刘乙深吸了口气，迎着路面反射的微光，慢步朝家里走去。

从大姐刘梅那里借来的一千块钱早就缩水成四分之一，只剩二百五十块钱。出门的时候，刘乙打定主意，孤注一掷，要赌就赌个痛快，于是把这些钱全揣进兜里。不到黄河心不死，这下好了，全输光了。输的是血汗钱，哪有不心疼的?

刘乙一边走，一边后悔，后悔得肠子都青了，心想自己要是稍稍有点远见卓识，该少走好多弯路啊！只是，说什么都晚了，钱都换了新主人了。

路过灵官庙的时候，刘乙眼前不由得跳出几个月前的画面，就在这个拐弯处，他从大哥那里得知了父亲的噩耗。此刻，想到自己快要做父亲了，仍然一事无成，刘乙内心不由得五味杂陈。

脚下的路虽然烂得就像被猛兽啃过似的，但好歹宽敞着，但这人生的路，怎么这么窄？

三月的天，孩儿的脸，白天里晒太阳穿得薄，午后天却阴了，凉风一吹，气温下降得厉害，蓝英子发起了高烧。

刘乙推门走进卧室的时候，见媳妇蓝英子正躺在床上昏昏沉沉，说着胡话。

刘乙喊了两声“媳妇儿”，蓝英子都没应，嘴上却一个劲儿念叨着“桑孩儿”“肚子痛”什么的。他凑近摸了摸蓝英子的额头，滚烫！

刘乙心脏一阵狂跳！

几乎没有半点犹豫，刘乙抱着烧得晕晕乎乎的蓝英子直奔镇上的卫生院。途中，或许是天黑的缘故，或许是被石头崴了脚，刘乙不小心摔了一跤。自己没摔倒，怀里的蓝英子却在地上痛苦地“哎呀”了一声。

蓝英子痛苦地“哎呀”了一声，羊水就破了。羊水破了，蓝英子下身很快湿了一大片，她睁开疲惫的双眼，问刘乙：“老公，我是不是要生了？我肚子痛得厉害，你快点把我送到卫生院找医生！”

“媳妇儿，你坚持下，卫生院马上就到！”

刘乙知道这一跤摔得代价惨重，自责不已，恨不得一脚一脚把自己踹死，一刀一刀把自己劈死。他轻轻抱起蓝英子，用走的速度朝卫生院一路小跑，一边走，一边安慰着因为疼痛不断发出痛苦呻吟的蓝英子。

“老公，我痛得不行了，我是不是快要死啦？”

蓝英子柔弱得宛如寒风里的一棵小草。

“傻瓜，不许瞎说！我保证今后再也不打麻将了，我刘乙再打麻将就不是人！等你生了孩子，我就每天去山上砍树背菜墩子，老老实实给你们挣钱，让我们家的日子红火起来，好不好？”刘乙眼泪汪汪地说着。

“嗯，老公，我以后唱歌看书，你还说不说我？”蓝英子弱弱地询问。

听蓝英子这么说，刘乙心痛不已，眼泪像断了线的珠子，他说：“你爱干嘛干嘛，我都依你啦！”

“老公，还有事拜托你，你重男轻女的思想要改改了，这次要是生了个女儿，也别亏待她。”

冥冥之中，蓝英子仿佛有所预感。

“不会不会，我怎么会亏待自己的孩子呢！儿子女儿都一样，一样！”

…………

凌晨两点，梅镇卫生院妇产科洁白的产床上，经过数位医生和护士的共同努力，蓝英子在高烧的情况下顺利产下了一个健康女婴，体重六斤六两，身高五十厘米。蓝英子则由于产后大出血，在抢救室里一番徒劳无望地挣扎后，永远闭上了眼睛，也停止了年仅二十三岁的心跳和呼吸。

满月后，初为人父的刘乙在满怀愧疚中为女儿取名“刘思蓝”，以此寄托对媳妇蓝英子深切的怀念之情。女儿的小名，则是蓝英子去世那个晚上几次念叨过的三个字：桑孩儿。

十

刘思蓝小时候特别聪明伶俐，满脑袋都是问题。

刘思蓝：“爸爸，妈妈哪里去了？”

刘乙：“妈妈藏起来了。”

刘思蓝：“妈妈为什么藏起来？是藏在这本书里还是藏在这个笔记本里？”

刘乙：“我也说不准，等你长大了就会明白的……”

刘思蓝七岁那年，父亲刘乙将一直保存在抽屉里的那本《水上勉选集》和一个蓝色笔记本作为生日礼物送给了她，并且告诉她，这是妈妈留下的东西，要好好珍藏。

刘思蓝十八岁那年，已经出落成亭亭玉立的大闺女。很多熟人看了都说，这孩子长得像蓝英子。这一年，她以优异的成绩考上了一所南方的重点大学，成为村里第一个大学生，为父亲刘乙挣足了面子。

大一寒假，刘思蓝回老家过年。

大年初一这天大清早，刘思蓝大娘（方言，大姑之意）刘梅如同往年一样，照例端着两大碗热气腾腾的汤圆上门来了。

人没进屋，声音抢先飘进了刘思蓝的耳朵：“桑孩儿，吃汤圆啦！桑孩儿，吃汤圆啦！桑孩儿，吃汤圆啦！”

“大娘，你烦不烦，声音大得跟炸辣子似的，我耳朵都被你吵聋啦！”

刘思蓝从小就跟大娘亲，忍不住拿大娘开玩笑。“炸辣子”是个比喻，究竟是什么，谁都没见过。

“哎呀，我家桑孩儿越长越漂亮了！”

“大娘，我回来第一天你就这么说，然后天天如此，我听得都要醉啦！”

“大娘说的真心话，你呀，长得真像你妈英子，你把你妈的壳壳都剥上啦！”

大娘走了之后，刘思蓝没有忙着吃汤圆。“桑孩儿”这个乳名，冥冥之中，激活了她的某些记忆。她努力回想着。众多的亲人只有大娘爱这么称呼自己，刘思蓝隐隐觉得，这里面肯定有什么来头呢！她忽然又想起父亲刘乙小时候送给她的生日礼物。这么想着，便一头闯进卧室翻箱倒柜起来，最终她如愿以偿，很快就在自己的秘密保险箱里找到那本灰扑扑的、旧旧的《水上勉选集》和一个蓝色笔记本。

恍若隔世！十多年了，自己把它们忘记了似的，竟然从未碰过它们！

刘思蓝看了看笔记本，里面只有一首歌词，和一种遥远而黯淡的岁月气息——

歌名：《渴望》

演唱：毛阿敏

悠悠岁月，欲说当年好困惑，
亦真亦幻难取舍。
悲欢离合都曾经有过，
这样执着究竟为什么？
漫漫人生路，上下求索。
心中渴望真诚的生活，
谁能告诉我是对还是错，
问询南来北往的客。
悠悠岁月，欲说当年好困惑，
亦真亦幻难取舍。
悲欢离合都曾经有过，
这样执着究竟为什么？
漫漫人生路，上下求索。
心中渴望真诚的生活，
谁能告诉我是对还是错，
问询南来北往的客。
恩怨忘却，留下真情从头说，
相伴人间万家灯火。

故事不多，宛如平常一段歌，

过去未来共斟酌。

过去未来共斟酌。

看了看笔记本，刘思蓝又翻开书——继续寻找线索——她习惯性地去找目录，没有目录，而是“目次”。“目次”这个说法是有点老土，但毕竟是老书啊！紧接着，她很快就看到了那个小说标题《桑孩儿》，四百六十页。

刘思蓝很自然地翻到了第四百六十页，其实根本不用翻，因为整本书就那一页右上方有一道等边三角形折痕，像是某种记号，又像是一种提醒。这本书，除了父亲刘乙、母亲碰过，估计还有大娘刘梅——桑孩儿这个名字好像就是她叫出来的嘛！

父亲刘乙出门了，刘思蓝只好带着书和笔记本，一阵风似的跑到大娘刘梅家里，想请教请教大娘。万一，她知道些什么呢？

刘梅一看见那颜色早已发黄的书，胸口猛然一阵剧痛，感觉就好像，有人在自己心口烧了个洞似的，眼眶也不由得湿润了。已经好多年没看到这本书啦！记得，第一次见它是在侄女出生前的那天上午，她和英子说了些什么话，现在都能背出来呢！望着侄女手上的书，刘梅有点恍惚了，在她眼底，仿佛这本书隔着她和蓝英子的，不是循环往复的岁月，而是眼下已经亭亭玉立的侄女呀！刘梅感慨不已，在围裙上认认真真擦了擦手上的油污，她从侄女刘思蓝手上捧过书——生怕书突然化了似的——小心翼翼地抚摸着，抚摸着，仿佛在细细打量一件失而复得的宝贝，良久，她才铁板钉钉似的告诉面前有些茫然的刘思蓝："那天，英子跟我讲过这本书里桑孩儿的故事，桑孩儿的坎坷遭遇并非虚构，而是确有其事……"

刘思蓝边听着大娘絮絮叨叨，边从大娘手中取回妈妈蓝英子留下的书，再次翻开那早已褪色的一页，将那道在岁月里保持了多年形状的、清晰的遥远折痕，小心翼翼地抚平，使其恢复最初的完整，又像在将幽暗惶惑的过去剩下的最后一朵浪花，永远熄灭。

鸳鸯澡

一

1998年7月上旬的一天，骄阳似火，群山起伏的大地像一块凹凸不平的镜子，折射着明晃晃的白光，看久了眼睛会疼。

阳光欲壑难填似的洒照在断裂带每一寸皮肤上，泥土下面的蚯蚓也难以承受这份炙热深情的问候，纷纷钻出地面逃难，然后死了。院子旁边的老核桃树下，鸡群正哄抢着蚯蚓腥臭枯干的尸体，个别骄傲的家伙总是恃强凌弱，它们好像不知道自己也不过是早晚在我们肚里过路，然后飘向死亡的可怜虫。

时间恍如一只慢吞吞的老蜗牛，在我家堂屋那只样子已经很老的浅灰色闹钟里面，缓缓转着圆圈，一遍遍地绕着圆圈。我妈已经不怎么年轻的脸上也挂着时间，那些深浅不一的黯淡皱纹，就是最好的证据。

我霜打的茄子一般萎嗒嗒地沮丧地趴在桌上写了半天作文，

除标题《我最难忘的一件事》外，作文本跟新的一样，密密麻麻的方框依旧空空荡荡的。如此简单的作文都写不出来，我真是无可奈何，觉得自己好瓜哦！我怎么这么瓜呢？我问自己，且不时拍西瓜一样拍着我的后脑勺，仿佛里面那些灵感的小火花仍在呼呼大睡，而我却恨不得一巴掌把它们拍醒。生命再燃烧十几年，最多不过二十年，我会像我们所有的断裂带爷们儿一样，讨个媳妇，生几个娃。我当然不会生娃，但眼下，我真实地感受到了生娃甚至是难产的那种痛楚。

现在是夏天，冬天还很远，我埋头写作文，我妈在一旁为我织过冬的毛衣，她好像一位残酷的季节爱好者，特别期待过冬似的，两只手熟练而又快乐地忙碌着。立夏以来，断裂带没落一滴雨，天气燥热不堪，汗水多得不要钱。今天自不消说。每隔上一阵子，我妈就会咬牙切齿、旁若无人地数落几句：

“我的天啊，热死了，热死了，热死了。”

我妈说得好像只有她一个人热似的。她的每一句“热死了”，都让我感到莫名心痛。我尤其担心自己的命运和前途，我想，要是我妈真的没了，我的肚子饿得呱呱叫，还有我的脏衣服脏裤子脏袜子，又该怎么办呢？我将何去何从？生命毕竟是有限的，不同于家门前的黑水河，白天黑夜地流，怎么也流不干。人呢？死了就真的什么都没有了。

我家房子后面半山腰上有座坟园，以前我每次路过那里去外婆家，望着荒草覆盖、成群结队的坟茔，除了恐惧，更多的是失望，如果人死了就是这番模样，还不如不死呢！这肯定不是我想要的生活……

年纪稍长我才渐渐明白，原来死亡并不服从人的意志，不光我自己，就是我妈我爸我所有已经作古的祖宗，包括学校里的老师，谁说了都不算。我想着这些感觉比冬天还要遥远的事情，莫名惆怅。

见我一会儿抓耳挠腮，一会儿用牙齿将我手上的英雄牌钢笔喂到嘴里嚼得嘎巴响，就是没写几个字，我妈脸色如同断裂带傍晚的天空渐渐暗了下来，一直暗到比天黑。瞅了几回，她似乎终于忍不住了，故作好心好意问我：“写作文有那么难？你看你，钢笔都要被你咬坏啦！”

我太了解我妈了，她生怕我咬坏钢笔，其实是变相心疼她荷包里的钱，我不知道我这辈子怎么这么倒霉，遇到如此吝啬的家长，平时买什么东西，我妈都要深思熟虑，嗜赌如命的爸爸也瞧不起她的抠搜，总是爱说：“问你妈要钱，比要命还难！”我百思不得其解，我妈不是银行，钱又不是我妈造出来的，她何必那么勤俭节约？

不过，我妈有我妈的道理，她两手一摊，说：“钱不是问题，问题是没钱！”

写作文要的是灵感，没有灵感，写出来的东西就像炒菜不放盐巴，没有味道。我妈会炒菜，但她未必明白这个道理，秀才遇到兵，有理说不清，情绪低落的我没好气地告诉我妈：“妈，你不懂，就莫指手画脚！”

我妈头也不抬，看也不看我，背书似的说：

“我要是不懂，能给你当妈？我再不懂，也还是你妈！”

说实话，我最不喜欢我妈这一点，太自以为是，好像所有的正确答案永远都在她的掌控之中，她好管闲事，对我的任何事都要指指点点，指指点点就算了，到后来会发现她的目的压根就不是为了给我指引，而在于强调，强调她是我妈，是我生命的缔造者和源头。她越是这样，我越是怀疑我不是她从路边捡来的，要么自己就是从石头里蹦出来的。

每次提及我的来历，我妈总是会一本正经地告诉我，说我是从她的腋窝来到人世的。也就说，我是从她的腋窝里生出来的。有时候我觉得这个世界真是太神奇了，秘密和宝藏处处涌现，每样东西都有来历。我对我妈的腋窝深怀感激，赞叹不已。

我妈做任何事都出人意料，很多时候，我感觉自己并不了解她。比如说现在正是夏天，一年最热的时候，她却开始为我准备冬天穿的毛衣了；到了冬天，她又会拉着我到街上去买夏天才能穿的T恤，而不是冬天穿的外套或者棉裤。几乎不用怀疑，季节在我妈脑袋里完全是反的。

“我要是不懂，能给你当妈？我再不懂，也还是你妈！”

我妈的话让我一下子无话可说。我心想干脆不理她得了。作文写不下去，在班上当了这么多年的语文课代表，真是惭愧。半天时间已经打了水漂，但我还是希望自己能够直面困难，矢志不渝地去做这件事。我固执地认为，写作文这件事就像英国作家丹尼尔·笛福的长篇小说《鲁滨孙漂流记》那个名叫鲁滨孙的倒霉蛋的遭遇一般，无论深陷在怎样的孤岛、困境或者麻烦，最后，“希望之船”总会到来。

《鲁滨孙漂流记》是我在镇上的学校那间巴掌大的图书室借来的，一口气就读完了。过完这个暑假，我也该念六年级了。我眼巴巴地盼着自己快快长大，那样一来，我就完全属于我自己了，用不着再去帮家里念书。因为我妈总是告诉我，幺儿，为了我们这个家，你可要认真念书啊，我想我其实更愿意帮家里做点别的事，比如花她藏在枕套里的钱啊什么的。也用不着再帮我那些凶巴巴的老师们写作业，他们总是喜欢布置一大堆作业给我们，好像我们生来就是他们的廉价劳动力一般，分明就是欺负我们年纪小嘛。还有就是，等我长大了，我就可以到河南嵩山少林寺学武功了，金钟罩，铁布衫，轻功，降龙十八掌，学成以后，就去浪迹天涯，打败天下高手，然后再隐姓埋名回到乡下照顾我爸我妈。他们那时候肯定老得扭不动了，我可以不爱学习，但是也不能不管他们，毕竟我将来也会有自己的孩子，我自己也是会老的。

二

“希望之船”没来，家住一个院子，眉清目秀的堂哥武宽倒是主动串门来了。他纸一样单薄的身体，突然一阵风似的跑到我家。斑驳的堂屋门开一半关一半，长着一对招风耳的堂哥跑到门口的时候灵活地侧了一下身子，然后直接冲到我面前才站稳脚跟。

一股新鲜的热风瞬间使我乱糟糟的枯黄头发瞬间直立起来。

“驴——”堂哥唱戏一般将声音拖得很长。

随时都在一起耍，我自然明白堂哥这一声吼的意思，这是一道他让自己停下来的特殊口令。

不得不承认，堂哥武宽是我们整个院子最有头脑和幽默细胞的，他还是个善始善终的人，每当要出发去某个地方，他嘴上准会像驭马远征那样高高兴兴地吼一声“驾”，然后摊开手掌绷直五根指头使劲儿在自己屁股上拍上那么两三下，再一溜烟冲出去；到达目的地，堂哥也会“驴”一声。堂哥是我们这个院子最大的孩子，是我们这群孩子的头儿，在他的领导下，我们干过的蠢事恐怕要用好些个箩筐才装得下，都被村里人记在心头，比如在三爷家的菜子地里“游泳”，比如把毛牛家刚种在地里的花生偷偷刨出来“充饥”。已经开始发芽的花生粘着臭粪，但聪明得像是比别人多长了一颗脑袋的堂哥立刻就让这道难题迎刃而解，他信誓旦旦地告诉总是灰头土脸的我们，吃的时候定要将那层薄薄的皮儿剥开，他说，这样吃就卫生多了，他把“卫生”两个字说得特别重，虽然说不干不净吃了没病，但我们其实不喜欢吃太脏的东西。有堂哥当头儿，我们不愁找不到吃的，也不担心吃进肚里的东西不卫生。

我和我妈都吓了一大跳。明明知道来的人是谁，我和我妈还是吓了一大跳。

头儿亲自登门造访，这种情况并不多见，我有点小小的惊讶，更多的是感动。通常，都是我去堂哥家找他。我家在院子的东边，他家在院子的西边，门前栽着几棵可怜的樱桃和枇杷树。之所以觉得它们可怜，是因为它们从来没有真正地熟过，就被我们消灭得一干二净。我家和堂哥家并没有挨在一起，中间隔着祖母家的猪圈。猪圈旁边有棵枝繁叶茂的梧桐树，梧桐树很高，很难爬上去，上面有五个喜鹊窝。堂哥带着我们一起对天发过誓，无论是谁敢打这些喜鹊窝和喜鹊的主意，我们就打他的主意。我们相信我们是喜鹊和喜鹊窝的守护神。

堂哥来了，来得突然，也来得辛苦，他就像刚从北京那么遥远的地方一直跑到我家里来似的，气喘吁吁，巴掌大的黝黑脸蛋上挂着密密麻麻的汗水，滴滴答答落在我的作文本上。他气喘吁吁的样子让我看了觉得自己都有些累。

我愕然发现堂哥那黑得发亮的头发不在了。此时此刻，那颗聪明无比的脑袋光秃秃的，就像冬天的大地寸草不生，没有一根头发。昨天堂哥那些头发还好好的呢，今天说不见就不见了。

“武宽，你的头发呢？你怎么成了光蛋蛋啦？”我好奇地看着天外来客般的堂哥。

“被一阵风吹跑啦！”

堂哥平时喜欢吹牛，并且不打草稿，说完，他自己先“哈哈哈”笑起来，有些苍白的脸上晚霞一般红彤彤的。

从进屋到现在，堂哥的右手一直紧紧插在他黑色短裤的荷包里。

“宽儿，你的头发该不是被你爸扯去喂牛了吧？”我妈笑着问我堂哥，跟他打趣。

“二妈，不是跟你说了嘛，我的头发被风吹跑啦！”堂哥似乎不耐烦我妈，但是他又不得不耐着性子跟我们继续解释，“是我妈教我这么说的”，他说。

我妈不喜欢堂哥一家人，尤其是伯母，每次提到这个住在同一个院子的女人，我妈不是摇头就是撇嘴，良久才挤出两个字：“小贱！”我妈很讨厌伯母。当着我的面，我妈最爱提说的事情，就是我比现在还要小很多，也许是刚刚会走路那阵子，有天她从街上给我新买了一个吃饭用的调羹，要知道，那时候我吃饭可不是现在这样老老实实的，中午我就一手端着碗，一手拿调羹边吃饭边去堂哥家串门，回来的时候，调羹没了。我妈一再审问，我也说不出个所以然。等到吃晚饭的时候，堂哥端着碗拿着我的那个调羹，边吃饭边到我家串门来了。我妈说，晚上伯母专门跑到我家来跟她解释，说调羹恰好也是她今天新买的，我妈气得浑身差点裂开。因此，我妈对堂哥一家的厌恶就像某种悲哀一样，把根深深扎进了她的血液之中，直到现在。

我虽然小学尚未毕业，但大人们的不愉快我也心知肚明，毕竟，人心都是肉长的，内心深处我永远会像一棵树那样坚定不移地站在我妈一头，因为她是我妈。

我妈没再说什么，她将织到一半的咖啡色毛衣冲着我比了又比，看了又看，好像恨不得我马上就能把它穿在身上。

“我上街买渔网你去不去？下午我们好到河里捉鱼。”堂哥抹了抹脸上的汗水，又拍了拍他的荷包，说道。

我没来得及说话，我妈就把话插了进来，她威胁我说：“你今天要是敢出门，我就敢把你的脚杆打断，你信不信？”

“二妈，你要是敢那样，我就敢报警，喊警察来抓你，你信不信？”堂哥挺身而出，一副正义凛然的样子。

尽管堂哥是在帮我说话，我还是有点儿不高兴，他不知道自己是谁，他不知道自己在跟别人的妈妈说话吗？一点礼貌都没有。

“上周河里边才淹死人，那家人现在恨不得用巴掌把水拍干，你们还敢下河捉鱼？”我妈苦口婆心地说，“我们大人管你们是为你们好啊！”

我不相信我妈会把我打成残疾人，我对她说：“妈，你不是老是在我爸面前抱怨家里没什么菜吗？正好，我可以捉点鱼回来用清油炸了下饭，还可以烧汤，放点盐和酸菜，就是人间美味！”

我妈一下子同意了。她起身到卧室给我拿了两块钱递到我手中，说：“买个结实点的渔网。”

好点的渔网一块五毛钱，有便宜的，一块钱的那种，不过不太结实。我妈给我的钱可以说是绰绰有余了，我忍不住高兴起来，跟她拍着胸脯保证：“妈，我今天一定给你捉条娃娃鱼回来！”

“少做白日梦！你给我多捉点黄瓜头回来就行了。”我妈不无憧憬地表示。黄瓜头其实不叫黄瓜头，而叫黄辣丁，是我们院子下面黑水河里的一种野生鱼，味道鲜美，营养价值也高。黑水河的鱼种类繁多，白片子、母猪鱼、刺客包、巴石子、长钢钎、肉鱼子、飞马鱼、耙脑壳……当然，最难遇到的还是娃娃鱼，我从来没有见过娃娃鱼，只是听说，这种鱼不但长着脚，还会像婴儿一样哭泣。睡不着觉的夜晚，我时常打开临河的窗户，倾听黑水河里的动静，希望自己能听到娃娃鱼的哭泣。可是我从来没有听到过。

“速去速回！我马上去做饭，你们下午好早点去捉鱼。”我妈一边说，一边将毛衣搁在茶几上，站了起来。

“好！”

我高高兴兴地回答道。

说完，我和堂哥就像驭马远征那样高高兴兴地各自吼了一声“驾”，然后摊开手掌，绷直五根指头使劲儿在自己屁股上拍上那么两三下，就一溜烟冲出门，朝镇上去了。

三

武宽很伟大，把我从写个作文就像生孩子那样恼火的泥潭之中解放出来。

现在，我跟在我的救星屁股后面，一前一后地朝镇上飞奔，我们先是野人似的冲过院子里正在无花果树下躲阴凉的鸡群，惊得它们东奔西逃，有几只甚至忘记了飞行功能其实早已退化的事实，不自量力地伸开翅膀，不过，刚起飞就不可控制地失去重心，栽得眼冒金星，分不清东南西北，然后一头撞在电线杆上。

院子下面还不是我们经常光着屁股洗澡的黑水河，而是一条破破烂烂就像是从别的什么地方捡回来的公路，黑水河在公路的下面，岸边芦苇和芭茅杆迎风舒展，巨石犬牙交错。

我和武宽跑得飞快。

阳光像火苗一样舔着我们单薄无比的身体。绿得反光的树叶在热风之中摇头晃脑地昏昏欲睡，知了声此起彼伏似的在宣泄心头的苦闷抑郁，公路下面，清澈见底的黑水河一如既往地朝下游流淌而去，河面上一个个阴郁的漩涡犹如飞快旋转的漏斗，正把垂挂在每一寸空气上的炎热拼命吸入河底。拳头大小的漩涡就像老师们手中挥舞的教鞭，虽然不会平白无故地咬人，但总是让我们这地方那些不会凫水的旱鸭儿望而生畏。老话说得好，大千世界无奇不有，但是，我也相信世上肯定没有不会凫水的鸭子，旱鸭儿这个饱含蔑视的称呼，不过是我们本地人对那些不会游泳的家伙的一种形象说法，而我们武家院子的所有娃儿倒是见惯不惊，习以为常，骨子里充满激情，不乏冒险精神的我们尤其喜欢潜水，睁大眼睛把水下世界看得清清楚楚，肚皮紧贴河底光滑的沙子，任凭缓缓的流水把我们冲往下游。

我跟武宽刚跑到公路上，他就“驴”了一声，然后停下来，他似乎已经筋疲力尽，连说话的力气也没有，手指着自己脚上的绿色胶鞋，慢慢蹲了下去。

我也只好“驴”了一声，跟着停下来。

武宽蹲在地上系鞋带，我只能站着等他。我穿的泡沫凉鞋没有鞋带，这是我今年夏天的第四双凉鞋，舅舅给我买的。我的第一双泡沫凉鞋是我妈买的，只穿了整整一天，就坏了。我把坏了的鞋子提在手上给我妈看，我妈也没生气，她悄悄告诉我，想买鞋去找你外婆。我去找外婆，外婆就给我买了一双一模一样的泡沫凉鞋，这一双，我凑凑合合穿了两天。第三双鞋是我妈的亲妹妹，在街上开米粉店的二姨给我买的，也是我妈帮我出的主意，也只穿了三天时间。长了一双费鞋的脚，我也只有认了，总不能拿锯子把它们锯了吧，这一回我妈让我找的人还是她的娘家人，她弟弟，我舅舅，我去找我舅舅的时候，人家眼皮子都没眨一下就拉着我去买了一双鞋，照样是三十六码的，对于第四双鞋我格外多了一个心眼，我想既然它命中注定熬不过四天时间，我想自己为什么不等这几天过了再穿呢，我真的在家里打了四天光脚板，到第五天才开始穿新鞋，果然，这双鞋我一直穿到现在还没烂。

“哥，你今天上街带了几块钱？”我一边等武宽系鞋带，一边跟他拉家常。

“五块！”武宽的回答开心得就像那钱是他在路上捡来的一样，然后，他问我：“你呢？”

我妈给我那两块钱的时候，武宽其实就在一边站着，所以，我只好故作从容，反过去问他：“你不是都看到了吗？”

“哦，我想起来了。”武宽恍然大悟状，不过，他好像很不相信自己的眼睛，又跟我说：“是不是只有两块？啊，我想起来了，对对对，就是两块。”说完，堂哥装模作样地叹了口气，为我打抱不平似的，不紧不慢地说：“好少啊！”

听堂哥这样一说，我就像是被扒光了衣服坐在大街上，无地自容。自尊心被戳坏掉了。我感觉自己不是比堂哥少了三块钱，而是比堂哥矮了整整三截。抬头看了看天上的太阳，又看了看仍在系鞋带的堂哥，他脸上欲盖弥彰的得意忘形，比他的嘴巴、鼻子、眼睛和眉毛还要真真切切。说实话，此时此刻我只有一个念头，那就是一脚把我堂哥武宽踹到河那边去！但一想到以往每次在黑水河边的沙滩上跟他摔跤我都是手下败将，理智很快占据了上风，识时务者为俊杰，我违心地挤出一个笑脸，就当没听见，心里却恨不得将堂哥碎尸万段，扔到院子里，喂鸡。瞧他那嘚瑟样儿！

堂哥终于系好鞋带。不过，因为刚才那番话，我暗下决心不再给他面子。其实，我跑步速度比堂哥快多了，他的那两条腿就像火柴棍子一样又细又短，之所以心甘情愿跑在他后面，主要是因为我认他这个头儿，现在想想，我真是把脸贴到别个屁股上去啦！因此，我想的是，只要堂哥“驾”的一声吼，我就迈开腿铆足劲儿地跑，把他远远甩在身后，至于甩多远，我想的是，至少要甩他三块钱那么远。在我看来，这无疑是眼下最痛快淋漓的雪耻方式。

然而，遗憾的是，计划赶不上变化，我万万没想到，堂哥居然改变了主意，他突然跟我说：“天气这么热，我们还是走路去算了，免得中暑。”

堂哥说完，瞟了我一眼，我的心不由得一阵战栗，好像那目光早已将我看穿了似的。不过，我还是有点不死心，我说：“我们还是骑马嘛，骑马快一点。”

“可是，我不想骑马，我想坐飞机，我的梦想就是当飞行员。”堂哥一脸神往地表示。

自小在山区，我们只在电视上看到过飞机，堂哥如此一说，我也跟着激动起来，好像面前真有一架飞机似的。此外，我又想到了《鲁滨孙漂流记》，想到了那个在孤岛上等待了几十年才终于迎来希望之船的鲁滨孙。那时候他在岛上，他的梦想就是得到一艘大船，带他脱离苦海。我一直羡慕鲁滨孙那传奇般的人生，但是，现在，我却由衷地羡慕起我的堂哥，没想到他小小年纪就有如此伟大的梦想，他当飞行员的梦想跟我那去嵩山少林寺习武的梦想比起来还真是一个天上，一个地下啊。

“我们也可以假装开飞机嘛！”我展开双臂模拟飞行，胳膊乱晃了几下，暗示堂哥。

“不行，我们飞得太低了，容易坠机啊。”

堂哥摇摇头，很认真地告诉我，好像我们真的是两架飞机似的。

四

最终，我接受了堂哥的意见，我们一步一个土坑地朝街上走去。堂哥走的是公路外边，那儿能看到清澈见底的黑水河缓缓流向下游。我不想再当堂哥的“尾巴”，独自走在公路里边儿，堡坎上，大片大片的荨麻生机盎然，还有一种被我们称作“臭老婆子”的植物，开着俗艳的紫色花朵，挤在中间。灰扑扑的公路上除了我们，一辆车也没有，一个人影也没有，空荡荡的。

堂哥武宽像支冷箭突然射到我面前的时候，我再次被这王八蛋吓了一大跳，以为他是想偷袭我，把我推到那些荨麻里去。

他是恶作剧高手，经常跟我们干这样的事。就像前两天在河边洗澡一样，他抓起一把沙子就往堂弟武远的屁眼儿里塞，弄得人家哇哇大哭。不过我也没阻拦，菩萨一样坐在那儿目瞪口呆地看着他们，反正，堂弟又不是我的亲生弟弟，要是我的亲生弟弟，我肯定会跟他拼命。堂弟是三爸的孩子。堂哥就是这样，整人很有一套，好像我们都是他的开心果。但是，这一次我好像误会堂哥了，这狗日的并没有暗算我，而是一只手像钳子那样牢牢地拽住我的胳膊。

他说："哎呀！"

我问他："哎呀啥？"

他又"哎呀"了一遍。好像已经激动得狗嘴吐不出象牙来了。

我这才注意到，堂哥白嫩的脸通红通红的，美人蕉的花儿那般红艳。

"你脸红了。"我说。

"哎呀！"堂哥说，"哎呀呀！"

我被堂哥搞蒙了，不知道他这是在唱哪门子戏。

"河里……河里……"堂哥一边说着，一边用手指着公路下面，像是要我去看。

我疑惑不解地走到公路外边，目光在黑水河上搜寻一番，堂哥在"哎呀"什么，我几乎一下子明白了，因为我也看见了，不但看见了，心也一下子跳到了嗓子眼儿，脸上不由得火辣辣的，好像被什么点着了似的，我转过身，躲到公路中间，干巴巴的，也几乎是不由自主的，对着堂哥连续“哎呀”“哎呀”了好几声。

原来，堂哥“哎呀”的是，梁雨生跟他媳妇儿正在河边洗“鸳鸯澡”呢！

我没想到我这么快就“哎呀”起来！

让堂哥和我“哎呀”的不是只穿着内裤的梁雨生，而是他那穿着三点式、身材一览无余的媳妇儿罗佳丽，光天化日之下，只见两人卿卿我我，旁若无人。我真是惊呆了！平时，我妈我爸在家里洗澡都有个先后顺序，我爸洗了，我妈才洗，长这么大，我还从来没有见过两口子一起在黑水河里洗澡的！我感到，堂哥，我，还有院子里其他的伙伴们在黑水河里度过了那么多时光，跟眼下的情形比较起来，简直就是一张白纸。

今天，真是开了眼界！

等我和堂哥躲在公路中间“哎呀”够了，我们又忍不住走到公路外边，让目光掠过那幅像是深藏着无穷奥秘的风景。梁雨生从后面搂着他媳妇儿轻盈的腰肢，而罗佳丽呢，她整个人就像一个雪人，白晃晃的，刺痛我的眼睛。我的心怦怦跳动，好像都快跳落到灰尘扑扑的公路上面来了。那来自异性的身体就像一个遥远的未知世界，在涉世未深的我和堂哥的脑海里面投下了无法抹去的幻影。

堂哥在我后面，牛一样喘着粗气。

我有些不高兴地说：

“我的哥，你离我远点嘛，你的风快把我吹到河里去啦！”

我们偷偷摸摸看了一会儿。然后，我听到身后突然“驾”了一声，回过头，堂哥已经一溜烟似的奔跑起来，好像刚才发生的事，让他失去了控制，公路上扬起一串土烟。于是，我也跟着跑起来，我的屁股后面也扬起一串土烟。我有点怅然若失，离开并非本意，此时此刻我更希望自己能够变成一个漩涡，在梁雨生跟她媳妇儿罗佳丽的面前静静流过……

跑得不算快，但我仍然毫不费力地超过堂哥。

“你跑那么快干啥子？你要去见马克思啊！”

我听到堂哥在身后有气无力地喊。

我头也不回地喊着告诉身后的慢马：“我去桥上等你。”

“死娃子！”

我听到堂哥如此恶狠狠地骂了一句，倒是让我这匹快马跑得更欢快了。

五

我在桥上等了很长时间，堂哥终于走到我面前。他理都不理我，径直从我面前走了过去，走过去也罢了，他还故意“哼”了一声。

我把堂哥惹毛了。

“哥，等等我嘛。”我嘴上亲亲热热地呼喊着，但并未为自己方才逞一时之快后悔。

“你喊哪个？哪个是你哥？”

我跟在武宽屁股后面喊了很久，他终于漫不经心地回过头来，然后，歪着嘴，问了个傻问题。

“我晓得我错了，对不起嘛！”我态度诚恳地表达着歉意。

“你把你刚才的这些话再说一遍。”堂哥似乎没有听清。

于是我把刚才的话又老老实实说了一遍。

“没关系。”

武宽似乎原谅了我，他大人似的站在我面前，说了一通大道理，“做人要学会低调”啊什么的。我完全搞不明白这个人的脑子出了什么问题，跟我妈似的。有一阵子我感觉自己离他很近，有一阵子又感觉离他很远。

我和武宽在镇上的小卖部买了渔网，剩下五毛钱，我买了一根冰棍。除了渔网，堂哥什么也没买。他平时就对自己很严，这是我所不具备的品质，因此，这更让我对他产生了由衷的敬意，只不过，我的这些敬意在我意识里化掉的速度就像我手中的冰棍。

刚出小卖部，我就迫不及待地脱掉冰棍身上的那件“衣服”，对着冰棍，轻轻一舔。平时家里都不会给我什么零花钱，吃着这一根冰棍，我却在担心下一根什么时候才能吃上。所以，我想吃得慢一点。

我才舔完一口，就听见武宽在一旁咽口水的声音了。

过桥的时候，武宽似乎再也按捺不住内心的渴望了，他眼巴巴地跟我说：“兄弟，你还记得不？六一节我给你吃我的脆脆面？”

我点点头，说：“当然记得啊。”

听到我这么说，武宽显得很高兴的样子，他说：“我这人就是心善，有什么好事都想着你的，你呢？”

我忽然明白了武宽的目的，不过，我有些气不过地说：“你那天是买了一袋脆脆面，但实际上只给我吃了指甲盖那么小一块，连一半的十分之一都没有。”

武宽似乎并不介意我的说法，他信誓旦旦地跟我表示：“明年六一节，我发誓请你吃一袋脆脆面。”

我摇头，感觉他说的话没一个字是真的。

武宽说：“你要是信我的话，就给我吃一口吧，就一小口。”他指着我手中的冰棍，因为吃得慢，所以冰棍好像跟刚买的一样。

我想到他起先让我道歉的样子，也装作没有听清似的，说：“你把你刚才的这些话再说一遍。”

武宽于是把刚才的话又老老实实重复了一遍。

我想了想，脆脆面一块钱一袋，冰棍才五毛钱，这生意要得，就答应了他：“可以，只能一小口，不能吃多了。”

我说得很严肃很认真，好像吃多了会生病似的。

武宽就把脸往我手上凑，对着冰棍，张开嘴，一口咬下去。这是好大的一张嘴啊，简直就是一个无底洞！武宽一口咬下去，冰棍没痛，我的心倒是莫名地痛了起来，狗日的轻轻松松一口下去，我的冰棍就少了四分之三！

武宽将吞入口中的冰块嚼得嘎嘎响。

我生气了，大声喊道："武宽，不是说好的一小口吗？你都要给我吃完了！"

"我没注意。"武宽已经将冰块咽到肚子里去了，心满意足。

我已经气得无话可说。

过了一会儿，我的语气慢慢柔和下来，我冷冷地说："一根冰棍都要被你吃完了，还不如被你吃完算了！"

"真的啊？"

武宽狐疑地望着我。

"拿去！"

我气呼呼地将剩下的冰棍递到他手中。

"那就谢谢了哦！"

"不用谢。"

我客气地回答。

武宽将剩下的冰棍一口气吃完之后，我才对"生气是拿别人的错误惩罚自己"这句话有了至深的感受。我怎么这么瓜呢？我一边心痛，一边追问自己。现在说什么都晚了，先不考虑世界上有没有后悔药，我想的是，我的荷包里连买后悔药的钱都没有！

吃了我的免费冰棍，武宽说："我们快快回吧！"

我黑着脸说："大爷我只想走路！"

"那你想不想看梁雨生跟他媳妇儿鸳鸯戏水呢？"武宽神秘地朝我眨了一下眼睛，他嘴巴里蹦跶出来的话总是这样，似乎有一种魔力，能让你不知不觉间言听计从。

说实在的，我已经被气愤冲昏了头，但是，武宽这么一说，我好像又没有那么生气了。我的脑海再次跳出那幅遥不可及的画面，它就像一个黑洞，把我吸了进去。

我望着我的堂哥，不知该说什么。

"要是想，就跟在我的屁股上！"

武宽说完，便高高兴兴地吼了一声"驾"，然后摊开手掌，绷直五根指头使劲儿在自己屁股上拍上那么两三下，就在尘土飞扬的公路上独自奔跑起来。

我就像一匹马，看到前面有一匹马在跑，自己也忍不住了。

我跟在武宽的屁股后面飞叉叉地跑了起来。

六

我们很快跑到先前看梁雨生两口子鸳鸯戏水的地方来了，武宽轻轻"驴"了一声，停下来，这一次，我什么也没说，好像自己是他的影子。

现在，好就好在，这对鸳鸯还坐在河边一块大石头上聊天。

"两个臭流氓！不要脸！"武宽转过头，冲我低声骂道。

正因为武宽是转过头来说这些话的，所以，我一时有点反应不过来，不知道他是在骂别人，还是在骂我们自己。更重要的一点，因为我们都是两个人。

“两个臭流氓！不要脸！”

武宽像是中邪一般说着同样的话，再加上他的目不转睛，他的一动不动，给我的感觉，黑水河边梁雨生跟他媳妇儿罗佳丽仿佛是他的杀父仇人，他怒火中烧，像一堆炸药。

我们浮想联翩地欣赏了一会儿，武宽似乎并不满足，他悄声问我：“想不想来点刺激的？”

我问他：“是杀富济贫，还是劫财劫色？”

武宽说：“我们教训教训他们。”

“怎么教训？我们打不过他们的。”

“真不知道你长脑袋干吗的！”武宽冲我眨了眨眼睛，说：“我有办法。”

我问他什么办法。

他告诉我：“扔石头。”

对于堂哥武宽的任何决定我几乎从来都是支持，义无反顾，因为他是我们这帮小屁孩的领袖嘛。但是，这一次我犹豫了，我甚至为这样的幼稚行为心里暗暗发笑，扔个石头树上的鸟会惊飞，但是，石头能吓到这对神仙眷侣？鬼才信呢。

武宽已经从地上捡了一块很大的鹅卵石，准备就绪。

我看那么大一块石头，估计武宽扔不了多远，就说：“你还是别扔了，这么大个石头，最多扔个十米出头。”

听我这么一说，武宽来劲了，他说：“敢不敢跟我打个赌？我绝对能扔到河里去。”

“赌什么？”我问。

“赌一块钱。”他说。

我没有钱，所以，摇摇头，告诉他：“除了钱，什么都可以赌。”

“好吧，这可是你说的，说话算话！就赌渔网。要是我扔不到河里，我的就是你的。要是我扔到了，你的就是我的。”武宽噼里啪啦地说。

我犹豫一番，最终还是点了点头，心想自己已经胜券在握。

“我要扔了。”武宽深呼吸着，问我：“你扔不扔？”

我说我不扔。

“那我扔了。”武宽说完，手臂猛地一抬，绕了个弧线，那块鹅卵石就像没有翅膀的鸟儿一般飞了出去，飞向黑水河，飞向梁雨生跟他媳妇儿罗佳丽。

鹅卵石没有落在河里，因为我们都没听到扑通声。但肯定砸到人了，因为我们很快就听到河边儿传来一声惨叫，那声音撕心裂肺，惊天动地。

“糟了！”

武宽喊了一句，脸变得煞白，好像已经意识到自己闯了大祸。

事情来得有点突然，我没有反应过来，武宽已经把我的胳膊用力一拽，说：“快跑啊！”

这一次奔跑没有任何启动仪式，没有“驾”，我们就闪电一样奔向我们的院子，我们的家，寻找藏身之处。我们急急忙忙地就跑了起来，没有丁点儿犹豫，至于为什么，那一声惨叫就是为什么，同样是因为事发突然，我们甚至来不及分辨那声惨叫是男人的，还是女人的。

总之，武宽说了句：“快跑啊！”

我们就马儿一样跑了起来，用尽力气，好像稍稍慢一点，身后的那一声惨叫就能让它的爪子深深陷进我们的肉里，把我们的骨头捏碎。

可能是出于某种恐惧给我们造成的错觉，我们明明跑的是直线，但是，脚下的路却像长歪了似的，不听话似的，在我们脚下扭来扭去，变成了斜线。我们跑得很吃力，不但吃力，还频频失误，有好几次，我和武宽都不约而同地摔进了公路边的排水沟，两个膝盖都磕破了，流了不少血。但我们还是顽强地一次次从里面爬了出来，继续奔跑。快跑回院子里的时候，我们才停下来。因为全身都在发抖，我们就像两只萤火虫，在空气的皮肤上一闪一闪的。

武宽气喘吁吁地跟我说：“打……赌……你……赢……了。渔网，给你。”

我说：“我不要你的东西。”

“记住，千万别跟任何人说这件事。”武宽像是在安慰自己，又像是在跟我商量攻守同盟，他继续说：“不然，我们都完蛋了。”

“是你完蛋才对。”我说，“石头又不是我扔的。”

“是你让我扔的。”武宽一副蛮不讲理的样子。

事到如今，也只能这样，我叹了口气，答应了武宽的攻守同盟，说：“好吧！”

过了两天，我和武宽才听说梁雨生媳妇儿罗佳丽被石头砸伤送江油医院抢救的消息。幸亏没有砸到脑袋，而是砸到背上，断了三根骨头。

罗佳丽的遭遇激起了几乎是全村人的愤慨，他们义愤填膺，纷纷表示，要是发现谁干的，就往死里打。死，多么可怕的字眼。

知道闯了大祸，我和武宽病猫似的，整天萎靡不振。

在村里，一个人的事就是全村人的事。暑假结束前几天，罗佳丽出院了，村里人按照本地的风俗，提着鸡蛋或者营养麦片去探望。我妈也打算去，她说家里没有别的什么了，干脆就送一百个鸡蛋。

早上出门的时候，我妈似乎还很心疼很不情愿的样子，她皱着眉头，在我面前喊着我的外婆：“我的亲妈，一百个鸡蛋，要吃好久哦！”

我也后悔得要死，早知道武宽扔块鹅卵石会让我们家损失一百个鸡蛋，我铁定跟他拼命！我在心里喊着：“我的亲妈，一百个鸡蛋，要吃好久哦！”

回来的时候，我妈换了一个人似的，变得悲天悯人起来，她满怀同情眼泪哗哗地说道：“哎呀，那女人好可怜！不知哪个畜生干的孽事！”

我望着我妈一副恨不得替天行道的架势，没敢插话，转身写那篇恐怕要憋几百年才能憋得出来的作文去了，还是原来那个标题：《我最难忘的一件事》。

我们的时代
Our time

张 炜 《夜思》

海 男 《我与世态的亲密》

季栋梁 《苦下到哪达哪达亲》

曹海英 《黑色版图》

羌人六 《1997，南瓜消失在风里》

陈锦丞 《庙会散场后，我们去游泳》